Max Gallo

Agrégé d'histoire, docteur ès lettres, longtemps enseignant, Max Gallo a toujours mené de front une œuvre d'historien, d'essayiste et de romancier, s'attachant à restituer les grands moments de l'Histoire et l'esprit d'une époque. Il est aussi l'auteur de biographies abondamment documentées sur de grands personnages (Napoléon, de Gaulle, César, Victor Hugo, Louis XIV, Jésus, François Ier). Avec *1940, de l'abîme à l'espérance* (2010), il a initié une grande histoire de la Deuxième Guerre mondiale, achevée en 2012 avec *1944-1945, le triomphe de la liberté*. Il est également l'auteur d'une histoire de la Première Guerre mondiale, composée de *1914, le destin du monde* (2013) et de *1918, la terrible victoire* (2013). Tous ces ouvrages ont paru chez XO.

Chez le même éditeur, Max Gallo a publié ses mémoires, *L'oubli est la ruse du diable* (2012), ainsi que, plus récemment, *Dieu le veut : chronique de la première croisade* (2015), *Richelieu : la foi dans la France* (2015) et *Moi, Charlemagne, empereur chrétien* (2016). Son dernier titre, *Henri IV, un roi français*, a paru chez XO en septembre 2016.

Max Gallo a été élu le 31 mai 2007 à l'Académie française, au fauteuil du philosophe Jean-François Revel.

L'OUBLI EST
LA RUSE DU DIABLE

DU MÊME AUTEUR
CHEZ POCKET

CESAR IMPERATOR
JÉSUS, L'HOMME QUI ÉTAIT DIEU
JEANNE D'ARC
FRANÇOIS Ier
LA CHUTE DE L'EMPIRE ROMAIN

LA BAIE DES ANGES

1. LA BAIE DES ANGES
2. LE PALAIS DES FÊTES
3. LA PROMENADE DES ANGLAIS

NAPOLÉON
1. LE CHANT DU DÉPART
2. LE SOLEIL D'AUSTERLITZ
3. L'EMPEREUR DES ROIS
4. L'IMMORTEL DE SAINTE-HÉLÈNE

DE GAULLE

Volume 1
1. L'APPEL DU DESTIN
2. LA SOLITUDE DU COMBATTANT

Volume 2
3. LE PREMIER DES FRANÇAIS
4. LA STATUE DU COMMANDEUR

LOUIS XIV

1. LE ROI-SOLEIL
2. L'HIVER DU GRAND ROI

RÉVOLUTION FRANÇAISE

1. LE PEUPLE ET LE ROI
2. AUX ARMES, CITOYENS !

UNE HISTOIRE DE LA 1e GUERRE MONDIALE

1914, LE DESTIN DU MONDE
1918, LA TERRIBLE VICTOIRE

UNE HISTOIRE DE LA 2e GUERRE MONDIALE

1940, DE L'ABÎME À L'ESPÉRANCE
1941, LE MONDE PREND FEU
1942, LE JOUR SE LÈVE
1943, LE SOUFFLE DE LA VICTOIRE
1944-1945, LE TRIOMPHE DE LA LIBERTÉ

BLEU BLANC ROUGE
(en 1 volume)

1. MARIELLA
2. MATHILDE
3. SARAH

PETIT DICTIONNAIRE AMOUREUX DE L'HISTOIRE DE FRANCE

MÉMOIRES
L'OUBLI EST LA RUSE DU DIABLE

MAX GALLO
de l'Académie française

L'OUBLI EST LA RUSE DU DIABLE

LES MÉMOIRES D'UN IMMORTEL

XO ÉDITIONS

MIXTE
Papier issu de
sources responsables
FSC® C003309

Pocket, une marque d'Univers Poche,
est un éditeur qui s'engage pour la préservation
de son environnement et qui utilise du papier fabriqué
à partir de bois provenant de forêts gérées
de manière responsable.

ISBN : 978-2-266-24604-0

En mémoire des miens.

Pour David et Marielle.

Ne meurent et ne vont en enfer
que ceux dont on ne se souvient plus.
L'oubli est la ruse du diable.

RIGORD,
moine de l'abbaye de Saint-Denis,
1207.

PREMIÈRE PARTIE

1.

J'étais debout sur les épaules de mon père.

Je serrais sa tête entre mes genoux.

J'avais froid. Je tremblais et j'étouffais. Je découvrais dans la salle du Palais des Fêtes cette foule d'hommes qui, le poing levé, nous entourait.

Ils scandaient : « Front populaire ! Front populaire ! » ces mots que j'avais entendu mon père crier dans d'autres meetings où, en dépit des protestations de ma mère, il voulait que je l'accompagne.

Mais jamais avant ce soir du mois d'avril 1936 il ne m'avait hissé sur ses épaules, me disant : « Ne te plie pas, reste toujours droit. »

J'apercevais quelques enfants à califourchon sur les épaules de leur père mais moi, j'étais debout, fier d'être le plus grand, fils d'un homme qui était le plus fort.

Il m'avait souvent montré la médaille dorée, gagnée lors d'un concours de gymnastique, en 1913, à la veille de son incorporation dans la marine. Elle représentait une barre fixe qu'un athlète venait de lâcher et bras en croix, corps tendu, il semblait s'envoler.

J'ai pensé, ce soir-là, que nous allions lui et moi nous élever et planer au-dessus de ces hommes qui s'étaient mis à chanter.

Mon père me tenait par la main droite et brandissait son poing gauche.

Il chantait et sa voix vibrait dans mon corps.

C'est la lutte finale
Groupons-nous et demain
L'Internationale
Sera le genre humain.

Mon père avait tourné la tête vers moi et, les yeux embués de larmes, répétait : « N'oublie pas ! N'oublie pas ! »

Il avait saisi mon poignet gauche et sa main était calleuse.

Je frissonnais comme chaque fois que j'effleurais la peau lisse de son moignon de pouce, le doigt que les pales d'un ventilateur avaient tranché presque au ras de la paume. Mon grand-père déjà avait eu le majeur et l'annulaire écrasés par un tonneau qu'il déchargeait. Il était manœuvre ou charretier. Mon père était un ouvrier électricien.

« N'oublie pas », a-t-il répété une dernière fois.

J'entends toujours avec émotion ce chant de révolte et d'union où s'exprime une espérance dont je sais qu'elle a été trahie. Mais il a la voix de mon père.

Ce soir-là, au Palais des Fêtes de Nice – une grande salle qui n'existe plus –, *L'Internationale* avait été suivie par une « autre chanson française » – comme écrit Aragon – *La Marseillaise*, dont je connaissais le refrain et quelques couplets et que j'avais pris l'habitude – à quatre ans ! – de chanter à pleins poumons. Ma mère hésitait entre le plaisir qu'elle éprouvait à m'écouter et l'irritation de ne pas m'entendre entonner du Verdi.

Elle soupirait, murmurait : « Quelle voix tu as, peut-être un jour… »

Elle rêvait quelques secondes puis secouait la tête et ajoutait : « Mais avec un père comme lui… »

Je souffrais de ce « lui », de ce mépris qu'elle manifestait pour mon père, et je leur en voulais à tous deux de cette guerre qu'ils se livraient.

Je serrais ma mère contre moi, enlaçant ses jambes. Elle était la plus faible. Je la consolais, je lui faisais croire que je partageais ses sentiments.

Puis, ce devoir accompli, je reprenais ma marche bruyante, virile et glorieuse, tapant du talon, mêlant les refrains, le « genre humain » et « aux armes citoyens », mimant les gestes des tambours de la fanfare du 22e bataillon de chasseurs alpins qui défilait souvent sous nos fenêtres en cette fin des années 1930, pleine du claquement des culasses et du martèlement des bottes. Je m'interrompais non pas pour obéir à ma mère qui me demandait de me taire, mais parce que je ne pouvais chanter ces mots de *L'Internationale*. « Du passé, faisons table rase. »

Enfant, je ne les comprenais pas. Adolescent, je les ai détestés.

Ma mère, ma grand-mère qui vivait avec nous, mon père et ses camarades – Gancia et Togniacini, Tasso et Pin, Boldrini et Borello –, tous ces hommes qui avaient fait 14-18, d'autres qui avaient fui l'Italie de Mussolini, et certains qui avaient combattu en Espagne dans les Brigades internationales, tous racontaient leur passé. Leurs récits me tenaient en haleine.

Et l'on voulait vider ces femmes, ces hommes de leur mémoire ? C'était les égorger. Je sentais qu'ils évoquaient les moments les plus intenses de leur vie. Et le passé nourrissait leur espérance.

Je les écoutais, assoiffé, impatient.

Lorsqu'ils se taisaient, je m'accrochais à eux, je les interrogeais. « Alors ? » Je les harcelais.

Ils riaient d'aise. « Il en veut », disaient les camarades de mon père.

Et ma mère et ma grand-mère faisaient elles aussi danser devant moi leur jeunesse.

Plus tard, au mitan de ma vie, j'ai fait mienne une phrase écrite en 1207 par Rigord, un moine de l'abbaye de Saint-Denis :

« Ne meurent et ne vont en enfer que ceux dont on ne se souvient plus.

« L'oubli est la ruse du diable. »

2.

Le diable, ma grand-mère s'efforçait à chaque instant d'en déjouer les ruses, de me mettre en garde contre ses pièges, ses maléfices.

— Il est là, il te voit, il te guette, si tu te laisses tenter…

Elle était debout devant la table au plateau de marbre de la cuisine. Elle retirait tout à coup ses mains couvertes de farine de la pâte qu'elle pétrissait. Elle se signait, marquant son front d'une tache blanche, murmurait une prière, puis elle empoignait de nouveau la pâte, l'écrasait, en faisait une boule qu'elle étirait.

Nous partagions la même chambre où nous avions de la peine à nous glisser tant elle était petite, encombrée par l'armoire et le « lit matrimonial » de ma grand-mère. Ma couche étroite occupait un angle de la pièce.

J'observais ma grand-mère. Je devinais sous sa chemise de nuit son corps osseux de paysanne. Elle s'accroupissait sur le pot de chambre, puis venait s'asseoir au bord du lit.

Je m'agenouillais près d'elle. Elle ne parlait pas le français, à peine l'italien, mais la langue de la région de Parme dont elle était originaire.

J'aimais ces mots aux sonorités brutes, cette langue sans atours, vigoureuse et franche.

Quand nous avions récité le Notre Père et le Je vous salue Marie, je refusais de m'endormir. Je tendais le bras vers ce tableau de la *Vierge à l'Enfant*, accroché au-dessus de la tête de lit. Je voulais qu'elle me lise les quelques mots peints à la base du tableau : *Giulio, per sua sposa Italina*[1].

Elle ne refusait jamais, se redressant, fière, le visage levé, si radieuse que j'en étais troublé, peut-être jaloux.

Elle redevenait durant quelques instants la jeune Italina Gasparini si brune qu'on l'appelait *la Mora*. Elle avait épousé un étudiant des Beaux-Arts, Giulio, un mariage inattendu entre une paysanne aux manches toujours retroussées, prête à pétrir, ou à rouler les meules de parmesan, et un artiste qui avait « étudié » à Rome.

Je répétais : « Giulio », je désirais qu'elle me parle de lui.

Italina baissait la tête, était à nouveau ma grand-mère, et elle ne répondait à aucune des questions que je lui posais sur ce grand-père que je n'avais pas connu, qui s'était installé à Nice, avant d'être mobilisé en 1915 et de mourir.

J'avais espéré, attendu un récit héroïque, Giulio tombant lors d'un assaut contre les Autrichiens, dans les Dolomites, ces montagnes aux roches acérées comme des lames, mais ma grand-mère murmurait seulement que le diable avait ensorcelé Giulio, et l'avait emporté.

Elle se signait, me bordait en répétant d'une voix tout à coup suppliante :

— Ne te laisse pas prendre, il est caché, masqué, mais c'est le diable.

Lorsque j'interrogeais ma mère, elle détournait la tête, s'en prenait à sa mère – « qu'est-ce que tu lui as dit ? » – oubliant que je comprenais leur langue.

1. Giulio, pour son épouse Italina.

Je devinais que la mort de Giulio n'avait pas été héroïque mais honteuse, et que c'était là le secret et la blessure de la mère et de la fille, qu'elles n'avoueraient jamais.

Mon père s'est dérobé lui aussi durant des années, prétextant qu'il n'avait pas connu « ce Giulio », puis un jour – j'étais déjà un homme fait et qui s'était défait plusieurs fois – il m'a dit : « Les femmes, tu comprends ? » Puis, sans doute devant mon étonnement, il a ajouté : « Les femmes à soldats, les maladies qu'elles transmettent. Il y a ceux qui ne savent pas résister. »

Il avait haussé les épaules et ajouté :

— Un homme, ce ne doit pas être une bête. Un homme, c'est d'abord la volonté.

Le désir, était-ce aussi l'une des ruses du diable ?

Mon père abandonnait ce Giulio qui avait succombé à la tentation.

Mais Italina par son amour l'avait arraché à l'oubli et donc au diable.

Je la vois encore, transfigurée, me lisant le soir, dans une langue devenue tout à coup douce : « *Giulio, per sua sposa Italina.* »

3.

Italina, je priais pour elle quand je l'accompagnais le dimanche à la messe de 10 heures en l'église Notre-Dame.

La veille, elle avait étendu sur l'un des côtés de son lit sa robe de laine noire et son manteau gris, qu'elle portait en toutes saisons.

Sa capeline était posée sur une chaise parce que, disait-elle chaque fois, un chapeau sur un lit ça porte malheur. Elle en avait eu sa part, ajoutait-elle, et elle croyait que le diable ne la quittait jamais des yeux.

Nous partions tôt, remontant l'avenue de la Victoire encore peu fréquentée, et nous entrions dans une église à moitié vide. Durant tout l'office, ma grand-mère ne s'agenouillait pas, à peine si elle baissait la tête, ses mains noueuses appuyées au prie-Dieu, ses bras tendus.

J'étais fier d'elle, de son immobilité altière, du deuil qu'elle arborait comme l'étendard du souvenir et de la fidélité.

Elle communiait, son sac noir serré contre sa poitrine ; tels un bouclier ou une offrande.

Je ne la quittais pas des yeux, l'imaginant revêtue d'une armure, ou enveloppée dans les voiles bleus d'une sainte.

— Tu as prié pour Giulio ? lui avais-je demandé en sortant de l'église.

Elle avait paru ne pas m'entendre puis, sans me regarder, elle avait dit d'une voix saccadée, détachant chaque mot :

— Dieu choisit qui Il veut entendre et à qui Il veut pardonner.

Avait-elle compris qu'elle me désespérait comme si elle venait de m'abandonner ?

Elle s'était arrêtée de descendre les marches de l'église et, me prenant contre elle, avait murmuré :

— Tu es bon et Dieu le voit. Il te guidera. Qui sait ce que tu deviendras, mais Il te protégera.

Cette phrase entendue dans l'enfance a-t-elle orienté le cours de ma vie ?

A-t-elle semé en moi ce grain de folie sans lequel on n'ose tenter ce qui, à tout esprit raisonnable, paraît impossible ou vain ?

Suis-je devenu égoïste ou cruel, quelqu'un qui ne se soucie pas de ceux qu'il blesse, qu'il abandonne parce qu'il veut avancer ?

Ma vie a passé et, selon les jours, je m'accable ou je m'absous.

Mais je sais que je n'ai jamais oublié les mots d'Italina.

Quand je me suis élancé, cette année-là, du haut d'un rocher du cap de Nice, pour mon premier plongeon, je me souviens que je me répétais : « Il te protège. »

J'ai sauté de plusieurs mètres. Je me suis enfoncé dans une mer opaque, profonde et froide. J'ai battu des bras et des jambes. J'ai voulu appeler à l'aide et j'ai suffoqué, crevant enfin la surface.

Sur le rocher, mon père, entouré de ses camarades, Gancia le taxi, Borello l'imprimeur, Togniacini le mécanicien, Pin l'ébéniste, levait le poing.

La grosse Rosette, l'amie de Gancia, qui était ouvreuse au cinéma *L'Excelsior*, où elle me faisait entrer dès que la salle était plongée dans l'obscurité, m'envoyait des baisers.

J'ai enfin repris pied. Je grelottais. Rosette m'a frictionné tout en répétant :

— Tu es un homme déjà, tu es courageux, mais ne le sois pas trop.

D'un mouvement de tête elle me forçait à regarder Pin, qui était revenu d'Espagne avec un bras en moins.

— Qu'est-ce qu'il va faire, dis-moi ? Ses deux mains c'était sa richesse. Pauvre Pin !

Je reprenais mon souffle. Je pensais à cet athlète gravé sur la médaille gagnée par mon père en 1913.

Il avait lâché la barre fixe pour faire un saut périlleux, les bras en croix.

4.

J'étais fier d'avoir, moi aussi, eu le courage de m'élancer dans le vide. J'avais hâte de plonger de nouveau pour éprouver cette sensation qui m'avait enveloppé tout entier.

C'était « ça », moi, ce saut, la peur de la noyade, l'eau salée qui emplissait ma bouche, m'étouffait et tout à coup ce soleil qui m'aveuglait après le noir glacé des profondeurs, cette délivrance et cette joie de crever la surface, de respirer.

J'avais été pour la première fois moi.

J'ai tenté de m'arracher aux bras de Rosette, à ses cuisses, à ses seins généreux contre lesquels elle m'appuyait.

— Attends un peu, me murmurait-elle. Tu as toute la vie…

Elle se tournait vers mon père et, dans ce mouvement, sa peau qui effleurait mes lèvres me faisait frissonner. J'avais chaud.

— Jè, lançait-elle.

C'était le diminutif de mon père et j'ai pensé – je garde encore la brûlure que j'ai ressentie à cet instant – que ma mère ne l'appelait jamais ainsi. Mais l'avait-elle jamais nommé ? Il n'était ni Jè ni Joseph. Il n'était que « lui », ce « il », sans identité. Il n'était presque rien, à peine si parfois elle ajoutait « ton père ». Mais c'était sa manière de le repousser loin d'elle.

— Jè, répétait Rosette, ton fils, c'est le saut de l'ange qu'il a fait du premier coup.

Mon père riait. Ses camarades – Borello l'imprimeur, Pin l'ébéniste qui n'achevait jamais le récit de sa guerre dans les faubourgs de Madrid l'interrompant d'un « *No pasarán !* » – donnaient des bourrades à Jean Gancia.

— Méfie-toi, Jeannot, Rosette, elle les prend tout neufs.

J'écoutais.

C'était moi dont on parlait. J'étais entré dans le cercle des hommes. Ce plongeon était mon acte de naissance, la mer, l'eau bénite de mon baptême.

Tout à coup, j'ai crié :

— Je veux voir maman, je veux lui raconter !

Rosette a d'abord essayé de me retenir, je me suis débattu et elle m'a repoussé.

— Tu es comme ton père, mon pauvre petit, la *Principessa* Mafalda, elle vous mène par le bout du nez. Enfin, c'est ta mère…

Son père Giulio – « il avait la folie des grandeurs », disait mon père – lui avait donné le prénom de la fille du Roi d'Italie. Et les camarades de mon père s'étaient, selon ma grand-mère, moqués d'elle, de ses « grands airs ».

« Ta Mafalda », commençaient-ils.

Mon père les faisait taire mais Mafalda refusait de se joindre à eux, quand nous partions dans le taxi de Jean Gancia pour une journée de pêche, au Trayas ou au cap Ferrat.

J'avais beau la supplier, « viens, maman », en m'accrochant à sa jupe, elle refusait. Je me consolais vite. Je préférais qu'elle ne me voie pas, écoutant les récits de guerre de Pin, ou m'empiffrant de petits farcis, de la pissaladière et de la tourte de blette fourrée de pignons qu'avait préparés Rosette.

Quand nous rentrions, je me précipitais vers elle, je la serrais de toutes mes forces.

— Tu m'étouffes, disait-elle.

Je lui montrais les loups, les rougets et les poulpes que nous avions pêchés. Elle n'y jetait qu'un regard distrait. Elle me faisait asseoir près d'elle et me lisait quelques vers de *La Divine Comédie*.

Per me si va nella città dolente
Per me si va nell'eterno dolore
Per me si va tra la perduta gente.

« Ville souffrante, douleur éternelle,
Hommes à tout jamais perdus. »

Ces vers de Dante, je les ai fait graver sur la dalle tombale de granit sous laquelle reposent ma grand-mère Italina, ma mère Mafalda, mon père, et Mathilde, ma fille dont le prénom vient pour la première fois « crever la surface » de ma mémoire alors qu'il l'occupe tout entière.

Je me rends aussi souvent que je le peux devant « mes » morts.

Cette pierre gravée est une page qui résume ma vie dont je commence ici le récit.

Les vers de Dante sont pour ma mère.

Puis *Amarcord, la Mora dei Gasparini*, pour Italina, qui aimait répéter cet « amarcord » – *mi ricordo* en italien –, *je m'en souviens* en français.

Pour mon père j'ai fait graver ces mots : « *Notre mémoire, notre révolte, notre espoir*. »

À Mathilde, Anne, Hélène, ma fille, je dédie ces vers :

To the child
Of my century
Who lives and dies
Every day
In my heart.[1]

Ils sont signés Allan Roy Galway car c'était le temps où j'avançais masqué, derrière des pseudonymes.

On passe les arrangements qu'on peut avec sa mémoire, sa souffrance, et ses remords.

1. « À l'enfant de mon siècle/qui vit et meurt/chaque jour dans mon cœur. »

5.

J'ai couru vers ma mère.

Mon cœur, au rythme de ma course, scandait les mots que j'allais lui offrir : « Le saut de l'ange, maman, du plus haut des rochers du cap de Nice. »

Je me suis retourné.

Mon père palabrait devant les panneaux de papier accrochés à la façade du *Petit Niçois*, l'un des quotidiens de la ville. Les rédacteurs calligraphiaient en grosses lettres noires les dernières dépêches que commentaient les quelques dizaines de personnes agglutinées devant le journal.

Comme le disait Pin ou Rosette : « Jè, il tient toujours le crachoir. »

Je l'avais écouté, admiré. Il remportait toutes les joutes, décourageant ses contradicteurs, puis, au milieu d'une phrase, il regardait autour de lui, baissait la tête, me prenait par la main, murmurait : « On y va, fiston, maman nous attend. »

C'est moi qu'elle attendait ce jour-là.

Je voulais être le seul, le premier à lui raconter mon exploit.

Je me suis engagé dans l'avenue de la Victoire.

Nous habitions au cinquième étage d'un immeuble imposant, à moins de deux cents mètres de la place Masséna, donc au centre de la ville, à quelques pas du jardin Albert-Ier, où ma mère, chaque après-midi, retrouvait quelques habitués. Ils formaient un cercle autour d'elle, la plus belle. Je l'observais. C'était bien la *principessa*.

Au jardin – comme elle disait – elle riait. Elle racontait son enfance à Reggio Emilia, son grand-père libraire qui pleurait en lisant *La Divine Comédie* ou le *Mémorial de Sainte-Hélène*, parce que, disait-il, Napoléon, c'est le Dante de l'Histoire.

Puis nous rentrions et ma mère s'assombrissait. Elle avait des gestes brusques presque brutaux. Elle tirait sur mon bras. Elle répétait : « J'espère qu'on ne va pas les rencontrer. » Je savais ce qu'elle craignait.

Notre immeuble appartenait à la Banca Commerciale italienne dont le hall immense – « Ici, c'est le style fasciste », disait mon père –, décoré de fresques représentant des scènes de l'Antiquité romaine, occupait le rez-de-chaussée.

On accédait aux bureaux par un vaste escalier de marbre qui desservait les premier et deuxième étages. Le troisième et le quatrième étaient réservés aux appartements des directeurs, Carlo Bizzo et Sergio Vigorelli.

Nous logions sous les combles.

Mon père était l'homme à tout faire de la banque. Il réparait les machines à écrire, entretenait l'installation électrique, les chaudières et les voitures des directeurs.

Il circulait en blouse grise ou en bleu de travail, des outils dépassant de ses poches, une cigarette calée sur l'oreille droite. Le plus souvent, il se tenait au sous-sol – ces mots étranges, ce lieu qui m'attirait. Là, il avait son atelier. Il y fabriquait pour moi des maquettes de navires de guerre et, tout en fixant les mâts et les tourelles, il me racontait ses presque sept années de service dans la marine, comme quartier-maître électricien.

Je pouvais rester des heures à l'écouter, et il me semblait que j'avais été à ses côtés, quand son contre-torpilleur avait coulé dans l'Adriatique un sous-marin autrichien, ou bien quand, devant Odessa, une partie de ces équipages de la flotte française s'était mutinée, refusant de se battre contre les Soviets, ces « Rouges » qui avaient pris le pouvoir en Russie.

Mon père s'arrêtait toujours à cet instant de son récit.

Il allumait sa cigarette.

« On risquait douze balles dans la peau ou le bagne... Tu te rends compte, on a chanté *L'Internationale* à bord. Ils ont eu peur de la contagion. Ils nous ont démobilisés. Quand tu as vécu ça, tu ne l'oublies pas. »

Un jour, il a retroussé la manche de sa veste bleue d'ouvrier, et j'ai vu cette ancre de marine tatouée à l'intérieur du bras, et cette inscription qu'il me lisait : « Vive la révolution. »

Le téléphone sonnait dans l'atelier, il se précipitait. Sa voix était autre. Humble. « Oui, Monsieur le directeur, tout de suite. »

L'épouse de l'un de ces Messieurs, Madame Bizzo ou Madame Vigorelli, avait besoin de Joseph, pour une réparation ou lui servir de chauffeur.

Il était bien l'homme à tout faire, l'homme de peine, et le concierge.

En échange de quoi nous logions avenue de la Victoire, et ma mère pouvait se rendre chaque après-midi au jardin Albert-Ier. Mais avant d'entrer dans le hall de la banque, elle passait plusieurs fois devant la porte et elle ne s'y engouffrait que lorsqu'elle était sûre qu'elle ne rencontrerait ni les directeurs ni leurs épouses.

Elle courait presque, se glissait dans le petit escalier, puisque mon père nous le répétait chaque jour, l'ascenseur nous était interdit.

Je n'en connaissais que la machinerie, un moteur, une immense poulie, des câbles qui occupaient tout un angle de notre appartement.

Lorsque ces Messieurs Dames prenaient l'ascenseur, le bruit du moteur, le grincement des câbles envahissaient toutes les pièces.

— Mon père, disait souvent ma mère, il vaut mieux qu'il soit mort plutôt que de voir ça.

« Ça », j'en souffrais comme ma mère, comme mon père.

— Je suis enchaîné, tu comprends, avait-il dit à Borello l'imprimeur. Mafalda…

Il s'était interrompu, et je ne l'ai jamais entendu s'en prendre à ma mère.

Il avait ajouté, et l'expression mystérieuse s'est gravée en moi :

— Il y a le rapport des forces. Je dépends d'eux. Enchaîné.

D'un geste machinal, il avait cherché en vain sa cigarette sur l'oreille droite et Borello lui en avait offert une.

— Le rapport des forces, ça change, avait dit l'imprimeur.

Mon père n'avait rien répondu.

Je courais donc vers ma mère, haletant, et, au lieu de m'engager dans l'escalier, j'ai poussé de l'épaule et du genou la porte à deux battants de l'ascenseur.

Et, collé contre la paroi de la cabine, j'ai appuyé autant que je l'ai pu sur le dernier des boutons.

6.

J'ai vu ma mère et je n'ai pas su quoi lui dire.

La chaleur, dans notre appartement exposé de l'aube à la nuit au soleil, m'avait enveloppé comme une glu brûlante. Les persiennes étaient tirées et dans la pénombre étouffante je n'ai pas aussitôt aperçu ma mère.

Tout à coup, je l'ai découverte.

Elle était allongée sur les tomettes, les bras et les jambes écartés. Elle avait les seins nus, et je me suis souvenu qu'elle m'avait dit, plusieurs fois :

— Tu avais deux ans et je te nourrissais encore au sein. Au jardin, tout le monde nous regardait comme des phénomènes. Tu courais avec d'autres enfants et puis tu venais vers moi, tu criais : « J'ai faim. » Mes amies, elles riaient, ça aurait pu durer encore longtemps mais tu as été brûlé…

Elle n'avait jamais voulu me raconter ce qui était arrivé.

Maintenant, elle était là, devant moi.

Elle ne m'avait pas entendu rentrer et moi je n'osais bouger, incapable de parler.

J'ai fermé violemment la porte et ma mère s'est redressée, croisant les bras sur sa poitrine, répétant :

« Qu'est-ce que tu fais là ? » « Où est ton père, celui-là… » Je ne pouvais pas lui parler du saut de l'ange, des camarades de mon père qui m'avaient fêté, de Rosette.

Ma mère avait reboutonné sa robe, repoussé les persiennes, et la lumière incandescente envahissait la petite pièce.

Elle s'est approchée, m'a caressé les cheveux.

— Alors, tu as fait le Niçois ?

Elle ne les aimait pas, je le savais.

— Rosette était là ? Cette femme…

Elle avait soupiré.

— Et ton père, il a parlé toute la journée, de sa politique, de Mussolini, de l'Espagne. Qu'est-ce que ça lui rapporte, dis-moi ? On crève sous les toits. On est traités comme des domestiques.

Je me suis serré contre elle. Son corps était moite.

— L'ascenseur, je l'ai pris, maman.

— Tu sais que ton père…

— Je l'ai pris jusqu'au quatrième. Ils ne m'ont pas vu.

Elle m'a embrassé.

— Toi, tu me rendras fière.

Mon père est rentré. Ma mère s'est éloignée.

« Cet appartement, c'est une fournaise, disait-elle, il n'y a que les tomettes qui sont fraîches. »

— Il t'a dit ce qu'il avait fait ? a interrogé mon père.

— Le saut de l'ange, maman, du plus haut rocher du cap de Nice.

— Gancia, Borello, Pin, a repris mon père, ils n'en revenaient pas. Rosette…

Il avait eu peur, avait confessé mon père, peut-être n'avait-il jamais eu aussi peur depuis la guerre, quand il avait embarqué sur un dragueur de mines.

— Et tu l'as laissé faire, a hurlé ma mère, tu voulais qu'il se noie, tu as oublié la Tour Rouge ?

Mon père et ma mère étaient comme deux chiens qui montraient leurs crocs, et aboyaient. Je me suis enfui, me réfugiant dans la chambre de ma grand-mère.

Je me suis allongé sur son lit. Les éclats de voix venaient jusqu'à moi mais étouffés.

— Ils sont fous, avait murmuré ma grand-mère en s'asseyant près de moi.

Elle m'a raconté.

J'avais six mois, mon père avait entraîné ma mère au-delà du port, dans une crique située au pied de la Tour Rouge. La mer était calme, mais le paquebot, *L'Île-de-Beauté*, avait appareillé pour la Corse, et les vagues nées de son sillage s'étaient engouffrées dans la crique, submergeant le couffin dans lequel je dormais. Le ressac m'avait entraîné au large. Mon père avait plongé dans les remous, me tirant hors de l'eau.

De la Tour Rouge, certains l'applaudissaient et d'autres l'insultaient. Mon père et ma mère étaient des inconscients, criaient-ils, on devait leur interdire de garder cet enfant.

Ma mère avait traité mon père de criminel.

Ils n'aboyaient plus.

Et moi, je voulais savoir.

« Brûlé », ai-je seulement dit. Ma grand-mère s'est signée.

Un jour, je devais avoir deux ans, j'ai saisi le manche d'une casserole dans laquelle l'eau bouillait. C'était un dimanche, ma grand-mère était à la messe. Quand elle est rentrée, les infirmiers m'emmenaient à l'hôpital. « Il est défiguré », avait dit l'un d'eux.

Mon père sanglotait et traitait ma mère, prostrée, de bonne à rien. La police était venue enquêter.

J'étais resté plusieurs mois attaché au cadre du lit, afin de ne pas être tenté d'arracher les compresses et chaque soir un infirmier venait me panser.

La peau s'est reconstituée. Mes brûlures n'avaient laissé aucune trace, à peine sur mes épaules et le cou, là où l'eau brûlante avait stagné, arrêtée par mes vêtements, distinguait-on des boursouflures.

Elles sont encore là, au bout de ma vie, au bout de mes doigts.

J'ai harcelé ma grand-mère, refusant de m'endormir si elle ne me racontait pas ce qui s'était passé après.

— J'ai prié pour toi, chaque jour, je suis restée près de ton lit toutes les nuits et le Seigneur m'a écoutée, a-t-elle murmuré.

J'ai pris sa main, je l'ai embrassée. C'est d'eux que je voulais qu'elle me parle. Elle a haussé les épaules.

— Les parents, on les accepte comme ils sont, a-t-elle dit. Ils t'aiment, tu es tout pour eux, mais ils ne s'aiment pas.

Elle s'est penchée. Elle m'a chuchoté, comme si elle me confiait un secret :

— Tu dois penser à toi, faire ta vie, mais leur vie à eux c'est toi aussi qui la feras.

Elle s'est signée. Dieu l'avait voulu ainsi, avait-elle ajouté. Il m'avait sauvé de la mer et du feu pour que je les sauve « eux ».

C'était mon destin.

7.

Il destino.

Je m'étais insurgé contre ce mot que ma grand-mère répétait d'une voix apaisée. Elle montrait ses mains ouvertes, vides, comme pour me faire comprendre que toute rébellion était impossible, que je devais moi aussi me soumettre à cette force – je m'interrogeais : Dieu ? le diable ? – qui imposait sa loi aux hommes.

Je n'aimais pas ce mot.

Nous étions assis dans la cuisine si exiguë que ma grand-mère restait debout et nous servait.

Elle maugréait. Elle avait oublié de saler l'eau des pâtes ou d'y verser une cuiller d'huile d'olive et elle murmurait : « *Il destino.* »

Mais elle prononçait le même mot quand ma mère nous apprenait que l'épouse de Rocca – un représentant en parmesan qui rendait visite à ma mère à chacun de ses voyages à Nice – était morte.

Et ma mère avait crié en se levant de table, en repoussant violemment sa chaise : « *Basta ! Basta !* »

Ce n'était pas le destin mais les chirurgiens qui lui avaient « tout enlevé » et qui l'avaient tuée.

Maintenant, il est veuf, avait commenté ma grand-mère.

Je me suis souvenu de ma mère et de Rocca, assis dans ce que ma mère appelait « *il salotto* ». C'était le plein été, la pièce où deux fauteuils occupaient tout l'espace était plongée dans la pénombre, persiennes fermées.

Rocca fixait ma mère vers laquelle je voulais me précipiter, mais ma grand-mère, qui se tenait debout sur le seuil de la pièce, m'avait retenu.

Nous étions restés là, l'un contre l'autre, jusqu'à ce que Rocca se soit levé, incliné devant la *signora* Mafalda.

Il nous avait salués d'un mouvement de tête. Je l'avais trouvé grand, vêtu comme l'un des directeurs de la banque.

J'avais dit à ma mère qu'il leur ressemblait.

Elle s'était figée, les yeux mi-clos, les lèvres boudeuses, puis elle avait dit : « Il est plus beau, plus fin. »

Elle avait soupiré et paru ne pas entendre ma grand-mère qui murmurait que c'était « trop tard », *il destino*. Ma mère avait crié, claqué la porte.

Aujourd'hui, alors que comme les morceaux d'une épave enfouie qui remontent à la surface, ces scènes me reviennent en mémoire, je sais que ma mère avait rêvé d'épouser *il signor* Rocca, mais que ses parents s'y étaient opposés.

Un jour, ma mère m'a dit – c'était déjà une vieille femme qui avait le regard d'une petite fille perdue et j'étais vieux, moi aussi : « Ils ont gâché ma vie. »

J'ai souri avec la suffisance d'un homme qui se moquait du mélodrame et j'ai dit – et ce mot était aussi l'un des débris du naufrage : « *il destino*, maman, *il destino signora Mafalda* ».

J'ai aussitôt regretté ma cruauté, cette insensibilité qui mérite la peine la plus lourde.

Elle a étouffé un sanglot et répété : « *Il destino.* »

Mon père, quand il entendait ce mot, s'emportait, et lui qui ne se querellait jamais avec sa belle-mère disait d'un ton méprisant :

— Vous avez la mentalité des esclaves.

Il posait la main sur mon épaule, me montrait son poing serré.

— La volonté, mon fils, la volonté ! Ce ne sont pas les portes qui résistent à celui qui veut les briser, mais ce sont les hommes qui n'ont pas la volonté, le courage, l'obstination de pousser jusqu'à ce qu'elles cèdent. C'est si facile d'abandonner, de dire *il destino*. Ton destin, tu le fais. Les portes, tu les forces.

Ma mère ricanait.

— Et c'est toi qui dis ça, toi qui nous interdis de prendre l'ascenseur ! La mentalité d'esclave… tu la connais !

Mon père quittait la table et je le suivais.

8.

J'aimais être seul avec mon père dans ces immenses sous-sols où personne d'autre ne pénétrait.

Je m'accrochais à sa blouse tant j'avais peur de me perdre en traversant ces caves à peine éclairées.

Mon père s'arrêtait devant les chaudières à mazout, ouvrait le portillon, me soulevait pour que je voie ce qu'il appelait la « fournaise ».

J'avais entendu ma mère crier que notre appartement était une « fournaise ». Et je me persuadais que mon père lui avait appris ce mot.

— Ta mère, ta mère… murmurait-il, il faut la comprendre, elle vient d'un milieu…

Le souffle du foyer me brûlait les joues. Je voulais m'éloigner. Je reconnaissais cette souffrance, et mon père, en me serrant contre lui, la partageait, se souvenait.

— Ta mère, disait-il, quand elle t'a vu défiguré, elle a voulu se…

Tout à coup, sa voix était recouverte par les brûleurs qui se déclenchaient, hurlant avec une voix de gorge qui envahissait la chaufferie.

Mon père jetait dans la chaudière des ampoules hors d'usage et me forçait à regarder dans la lueur bleutée des flammes le verre et le métal qui fondaient.

— Le feu dévore tout, disait-il. Rien ne résiste. C'est ça le rapport de force. Tu es vaincu d'avance. Tu te bats, mais tu sais que tu vas perdre.

Il prenait sa cigarette calée derrière son oreille et j'aimais le geste de sa main puis la manière dont il rejetait la fumée, renversant la tête, les yeux mi-clos.

Je savais qu'il allait commencer à parler, d'abord à mi-voix, puis il hausserait le ton ; paraissant oublier qu'il ne s'adressait qu'à moi et non à Pin, à Borello, à Jean Gancia, à Togniacini, à Boldrini, ses camarades qui l'écoutaient dévotement.

Un jour, il m'avait raconté l'exécution de Sacco et Vanzetti, deux anarchistes condamnés à la chaise électrique, accusés injustement d'avoir commis des attentats à Chicago. Mais il fallait qu'ils meurent.

« C'étaient des gens comme nous. »

La protestation avait gagné le monde entier.

À Nice, les gardes mobiles avaient chargé. Les manifestants jetaient des billes sous les sabots des chevaux. Mon père avait dû, pour éviter d'être arrêté, sauter dans le lit du Paillon, cette rivière – aujourd'hui couverte – qui séparait le vieux Nice, à l'est – les quartiers ouvriers –, des nouveaux quartiers, à l'ouest.

Il m'avait laissé seul quelques minutes et j'avais craint d'être dévoré par ces rats qui trottinaient devant moi en couinant.

Mais j'avais réussi à ne pas hurler. J'avais fermé les yeux, ne les rouvrant qu'au retour de mon père. Il avait posé sur l'établi un rat pris dans l'un des pièges que mon père fabriquait avec des morceaux de grillage.

Le rat me fixait de ses yeux rouges.

Mon père avait touché le piège avec deux fils de cuivre dénudés. Il y avait eu une étincelle, et le rat s'était raidi, électrocuté.

Mon père avait jeté le rat dans les flammes de la chaudière.

Je voulais m'enfuir. Mais mon père s'attardait, réglant les brûleurs tout en me parlant.

— Ta mère, disait-il, elle te récite des poésies. Elle a raison. Les hommes ne sont pas des rats. Mais on les traite comme des rats. Ça, elle ne le sait pas. Elle imagine que la vie peut être un paradis.

Il avait secoué la tête.

— La vie c'est un peu d'espoir, disait-il.

Il m'avait serré la nuque, et j'avais senti la peau lisse de son moignon de pouce.

J'avais eu envie de pleurer.

— Un peu d'espoir, avait-il repris, les gens qu'on aime, toi, ta mère, ta grand-mère, quelques camarades en qui on a confiance.

Il avait ouvert la porte qui donnait sur l'escalier.

Je savais que nous n'allions pas emprunter l'ascenseur, à cause de ce « rapport des forces », cette expression qui déchirait ma poitrine comme une blessure.

Mon père s'était retourné vers moi, s'était accroupi. Il avait pris mon visage dans ses mains.

— Une volonté d'acier, fils, avait-il murmuré, sinon…

Il avait hésité à poursuivre, mais il s'était tu, m'avait embrassé et nous avions commencé à monter l'escalier.

9.

Je regrette encore, des décennies plus tard, alors que ma vie est jouée, de ne pas avoir interrogé mon père.

Il se levait tôt le matin.

Je l'entendais tousser, cracher, se laver dans la cuisine qui se trouvait mitoyenne de la chambre de ma grand-mère où je dormais.

J'attendais ce moment.

Je me glissais hors du lit, bras tendus pour ne pas heurter l'armoire, la chaise, la table de nuit et le pot de chambre. J'entrouvrais la porte de la chambre, puis celle de la cuisine. Je les refermais.

Il était là, debout devant l'évier, le miroir accroché au robinet. Il affûtait son rasoir sur une bande de cuir. Je connaissais ces gestes rituels, le blaireau, la mousse, et ce bruit que faisait la longue lame, passant sur les joues. Tout à coup, il me voyait. « Tu es sur le pont, matelot ? Tu n'es pas de quart, pourtant ! »

Il portait un tricot de flanelle sur son torse musclé et osseux, un caleçon mi-long qui flottait sur ses jambes maigres. Il me hissait sur l'évier et je me lavais ainsi, accroupi, laissant l'eau couler sur mes mollets puis sur ma nuque.

Ma grand-mère surgissait, nous interpellait.

Elle aussi se levait tôt, et nous la gênions. Elle avait les draps à laver, à étendre.

Tout à coup, ma mère poussait la porte, disait qu'elle n'en pouvait plus, qu'on n'avait pas de lavabo, que les directeurs disposaient dans chaque appartement de trois salles de bains, que sa belle-sœur – Irène – vivait dans une villa avec tout le confort. Et parfois elle s'en prenait à sa mère, qui n'avait qu'à aller vivre chez son fils – Aldo –, qu'elle y serait mieux logée qu'ici et au moins – elle se tournait vers moi – « il » – c'était moi – aurait une chambre à lui.

Je voulais que ma mère se taise. Elle savait bien qu'Irène et Aldo avaient toujours refusé d'héberger ma grand-mère. Mais jamais Italina n'avait critiqué son fils. Elle subissait et moi j'avais honte. Je me précipitais. J'embrassais mon Italina. Ma mère regrettait ses propos, quittait la cuisine. Et je me retrouvais seul avec mon père, qui achevait de se laver.

Je mordillais un quignon de pain, et selon la saison une tomate ou des figues qu'apportait à mon père Nérod, un employé de la banque qui possédait, à Saint-Laurent-du-Var, une maison et un jardin, où nous nous rendions souvent.

Il avait fui les Soviets, embarqué sur un navire français à Odessa. Il racontait ce qu'il avait vu et subi, les massacres des Russes blancs, les pillages, la famine.

« On a mangé de l'homme, disait-il. Je vous jure que c'est l'enfer, croyez-moi, j'ai vu vendre à Odessa de la viande en conserve dont tout le monde savait que c'était de la chair humaine. »

Mon père écoutait, ne niait rien. Il disait seulement

qu'il fallait bien que le monde change, et on était encore dans la préhistoire de l'humanité. La Russie s'était engagée dans la bonne direction. Nérod faisait non de la tête, tout en remplissant un panier de figues, que nous emportions.

J'étais assis sur le porte-bagages du vélo de mon père. Nous longions la mer.

Il fredonnait une chanson soviétique dont j'avais appris quelques paroles, que j'entonnais :

Ma Blonde entends-tu dans la ville
Siffler les fabriques et les trains ?
[…]
Il va vers le soleil levant
Notre pays.

Mon père se retournait – sans doute se souvenait-il à cet instant du témoignage de Nérod.

Ce sera long, disait-il, peut-être tes enfants verront-ils ça, l'humanité unie, heureuse. Et l'égalité entre les hommes.

Il se penchait sur le guidon, pédalait plus vite et répétait :

— Éduque ta volonté, si je te lègue ça, je n'aurai pas perdu ma vie.

Je m'accrochais à lui, mes bras noués autour de sa taille, ma tête appuyée à son dos.

Je pensais à ce rat aux yeux rouges, pris au piège, électrocuté, jeté dans la fournaise.

Était-ce à ce destin qu'on était voué si on n'« éduquait » pas sa volonté ?

Cette question est restée dans ma gorge, mais mon père y a répondu à sa manière, tout au long de mon adolescence.

Il m'avait aménagé dans le « cagibi » où se trouvaient les câbles, la poulie et le moteur de l'ascenseur, un recoin. « Ton bureau », disait-il. Il plaçait sur la petite table qu'il avait fabriquée des brochures, les numéros d'une revue, *L'Idée libre*, dont je ne me lassais pas de contempler la couverture illustrée, représentant une femme nue qui, ayant brisé les chaînes qui l'entravaient, s'offrait, bras levés, au soleil levant.

J'ai lu – et relu – ces textes qui proposaient des *exercices* et une *méthode* pour se « forger une volonté d'acier ».

Je les ai suivis à la lettre pendant des années, ne les trouvant ridicules que beaucoup plus tard. Mais le Mal – ou le Bien – était fait.

Je n'avais pas écouté ma mère qui m'avait mis en garde contre ces « stupidités ».

« Tu vois ce qu'il est devenu. »

« Il », mon père, que je n'osais pas défendre quand elle répétait qu'il n'était qu'un *raté*. Je me bouchais les oreilles, je fuyais ce mot aux yeux rouges d'un rat.

Mais je n'avais pas trahi mon père, puisque j'avais embarqué sur son navire et exécutais ses ordres.

Chaque soir, j'allais à heure fixe jeter un galet dans la Baie des Anges, parce que je voulais acquérir cette volonté d'acier sans laquelle je ne serais moi aussi qu'un *raté*, qu'un rat.

Chaque matin, je courais jusqu'au collège, afin d'y arriver le premier, et de pouvoir ainsi m'imposer de retourner chez moi, puis de repartir aussitôt, et cette contrainte m'exaltait. Je me mêlais à mes camarades, fier de mon secret, de ma différence.

Et je tentais, au cours de la journée, de rester le plus longtemps possible sans ciller.

Je m'obligeais, comme un prisonnier puni, à exécuter vingt ou trente « tractions » – c'était le mot de mon père –, le corps tendu, les muscles des bras douloureux. Mais j'aimais cette souffrance.

Ainsi j'ai vécu mon adolescence, rouage *volontaire* de cette *machinerie* que mon père avait mise en place, heureux de me soumettre à sa *volonté*.

Sur l'un des petits carnets où, ces années-là, je notais chaque jour le nombre d'exercices que j'avais accomplis, j'ai relu ce que j'avais écrit avec la prétention d'un adolescent aveuglé par l'orgueil, et grisé par ses certitudes :

« Je suis le cavalier et sa monture. C'est à moi que je donne les coups d'éperon. »

Ou bien :

« Si tu ne t'obéis pas, tu n'es qu'un rat. »

Et chaque jour, en lettres capitales en haut de la page :

« Mon destin, c'est ma volonté. »

10.

J'ai écrit cette phrase – que durant des années j'appellerai mon « mot d'ordre » – en plein ciel.

C'était en 1947, j'avais quinze ans.

Chaque jour, les cortèges de grévistes parcouraient les rues. Ils scandaient : « Le fascisme ne passera pas », « Unité d'action » et quelquefois « Vive l'URSS » et « Vive Staline ».

Ils entonnaient *L'Internationale* et un chant que je répétais après eux :

Prenez garde ! Prenez garde !
Vous les sabreurs, les bourgeois,
les gavés et les curés
V'là la jeune garde v'là la jeune garde qui descend
sur le pavé
C'est la lutte finale qui commence
C'est la revanche de tous les meurt-de-faim
C'est la Révolution qui s'avance.

Leurs voix hargneuses arrivaient étouffées, mais encore chargées de violence, jusqu'au toit de notre immeuble sur lequel je me trouvais.

J'avais pris l'habitude, dès 1938, de m'installer là sur ces tuiles qui en pente douce allaient rejoindre les plus hautes branches des grands platanes de l'avenue de la Victoire.

J'avais l'impression d'être réfugié sur une île, loin des criailleries de ma mère et de ma grand-mère.

L'une et l'autre me faisaient leurs confidences, cherchaient à me convaincre des bonnes raisons qu'elles avaient de se détester.

— Elle a toujours préféré son fils, disait ma mère. Mais Aldo, il ne lui donne pas un sou, il ne sait même plus qu'elle existe !

— Mafalda, elle est méchante, répondait Italina. C'est le diable qui l'a faite. Elle porte malheur, elle est comme une chauve-souris. Elle voit le mal partout. Mais c'est elle qui l'attire. Elle t'a brûlé, mon pauvre petit.

Elle se signait.

Je refusais de prendre parti. J'allais de l'une à l'autre. Je les consolais. Je m'enfuyais.

Je voulais aussi m'évader de ce « cagibi » – mon bureau ! – qui vibrait quand la machinerie de l'ascenseur se mettait en route.

Je me bouchais les oreilles, j'enrageais. Je m'insurgeais contre les directeurs, ces Messieurs Bizzo et Vigorelli, leurs épouses qui l'utilisaient. Je les entendais rire, claquant les portes. Je les imaginais dans leurs salles de bains.

Ils avaient humilié ma mère en lui proposant de devenir leur bonne ! Ma mère !

« Prenez garde à la jeune garde qui descend sur le pavé », répéterai-je plus tard, en 1947-1948, quand les camarades de mon père prédiraient que l'Armée rouge allait déferler, et que les Américains rembarqueraient. « *US go home !* » criait-on.

Mon père se taisait. « Les guerres, ça suffit », murmurait-il.

Et moi, j'avais la nausée.

La graisse dont mon père enduisait les câbles, les engrenages, toute cette machinerie qui occupait la plus grande partie de mon cagibi, puait.

J'étouffais comme si ma bouche avait été remplie d'une eau saumâtre.

C'est donc en 1938, en explorant les combles, que j'avais trouvé un vasistas qui permettait d'accéder au toit.

J'ai empilé des caisses, des planches, des briques.

J'étais l'un de ces sous-mariniers, dont mon père m'avait décrit le sauvetage. Ils avaient réussi à échapper à leur submersible envahi par les vapeurs de mazout.

J'ai soulevé le vasistas.

Le ciel ! L'air libre !

Je suis resté ainsi, le corps encore prisonnier, mais la tête dans le vent.

Pour la première fois de ma vie, je découvrais ce qu'était la beauté d'un paysage, des massifs des Maures et de l'Estérel, au mont Chauve et au mont Alban.

Je me suis hissé sur le toit. J'ai hésité à me redresser, à rejoindre la cheminée située à quelques mètres.

« Volonté d'acier ! Volonté d'acier ! » ai-je répété.

Je me suis mis debout, j'ai avancé.

C'était mon exploit. Je le raconterai.

Adossé à la cheminée, j'ai fermé les yeux et composé une première phrase.

« Je suis seul dans le ciel. »

Et tout à coup, j'ai vu un chat qui suivait la ligne de faîte. Il avait sans doute bondi de l'immeuble mitoyen qui surplombait le nôtre.

Je me suis accroupi, je l'ai appelé, caressé.

— Il est là, il est là, a-t-on crié. C'est le chat des Italiens !

J'ai aperçu une jeune fille qui, d'une terrasse de l'autre immeuble, tendait le bras.

— Il a tué mes oiseaux, a-t-elle répété.

— Saloperie de chat, a grondé une voix d'homme, rauque, haineuse. Pourriture d'Italien.

Puis le silence.

Le chat s'est pelotonné contre moi. J'ai découvert en le caressant des plumes ensanglantées collées à son pelage.

11.

Je n'étais pas une pourriture d'Italien !

Je l'ai hurlé aux frères et aux neveux de ma grand-mère chez qui elle et moi avons passé les mois de juillet et d'août 1938.

Ils possédaient une ferme et une laiterie dans les environs de Guastalla, une petite ville proche de Modène et de Reggio Emilia.

J'y avais déjà séjourné plusieurs fois, heureux d'être parmi ces hommes de haute taille, enthousiastes et laborieux, levés dès l'aube, trayant les vaches, modelant des formes de parmesan, grosses roues de pâte meuble, dont ils découpaient des lanières que je mâchonnais.

Ma grand-mère était redevenue Italina, *la Mora* des Gasparini, commandant à ses frères, maniant comme eux ces longues cuillers de bois, avec lesquelles ils brassaient le lait qui bouillonnait dans de grandes cuves.

Un soir, alors que s'étirait un interminable crépuscule, l'un des neveux de ma grand-mère, Danilo, m'a dit en me donnant l'accolade :

« Tu es de notre race, toi ! »

Il a ajouté : « *Nizza nostra !* », ce « Nice est à nous » que j'avais déjà entendu, quand nous avions franchi la frontière à Menton.

Des miliciens en chemise noire, le poignard au côté, le baudrier serrant leur torse, coiffés d'un fez noir auquel était accroché un gland de fils verts, blancs et rouges, l'avaient crié.

J'avais voulu répondre mais ma grand-mère avait posé sa main noueuse sur ma bouche.

J'avais baissé la tête, murmuré ces mots « pourriture d'Italien », cette gifle qui m'avait brûlé les joues.

J'avais voulu en parler à mon père mais il eût fallu que je lui avoue que presque chaque jour je gagnais le toit, mon donjon, mon refuge. Et puis le moment, je l'avais senti, n'était pas propice aux jeux d'enfant.

Tous les soirs, mon père retrouvait ses camarades devant la façade du *Petit Niçois* pour lire et commenter les dernières nouvelles retranscrites sur les grands panneaux de papier blanc.

La guerre frappait aux portes.

En Espagne, les troupes du général Franco avançaient. On se battait sur l'Èbre. Mussolini et Hitler envoyaient des tanks, de nouvelles escadrilles, des volontaires.

Pin l'ébéniste s'indignait, serrait sa manche vide, la soulevait, la montrait. Il avait laissé son bras là-bas, sur les rives de la Guadalajara, et ça avait servi à quoi ?

Blum laissait étrangler le *Frente Popular*, signait avec les nazis et les fascistes un pacte de non-intervention en Espagne, et s'engageait à dissoudre les Brigades internationales.

Tasso le maçon, qui revenait d'Espagne, « entier » comme il disait, racontait comment les franquistes, les fascistes italiens, fusillaient les prisonniers ! Quant aux Allemands, leurs escadrilles rasaient les villes.

J'avais retenu le nom de *Guernica*, et j'avais crié devant *Le Petit Niçois* : « Des avions pour l'Espagne ! Le fascisme ne passera pas. »

La police était intervenue, donnant ici et là quelques coups de pèlerine ou de bâton, menaçant : « Dispersez-vous ou on vous embarque ! »

Mon père avait filé l'un des premiers, murmurant à ses camarades : « À la *Banca*, tous fascistes, ces messieurs n'attendent que ça, un prétexte pour me balancer. »

« Pourritures d'Italiens ! »

Je les avais vus, à Vintimille, à Piacenza, ces carabiniers qui allaient deux par deux d'un pas majestueux. Les Guardia di Finanza examinaient avec minutie et lenteur les papiers que leur tendait ma grand-mère. Sa main tremblait.

L'un de ces Guardia di Finanza me désignait. « *Francese o Italiano* ? »

Il avait une nouvelle fois feuilleté les « *documenti* ».

« Gallo, Gallo, avait-il répété en me tapotant la joue. *Italiano*. »

Il avait cligné de l'œil.

J'avais rougi, honteux de ne pas crier que j'étais français, que mon père l'était, qu'il avait combattu aux Dardanelles, que ses camarades avaient mis en déroute sur la Guadalajara les volontaires fascistes, que Lino, l'un de ses oncles, avait été gazé à Dieuze, qu'on l'avait décoré de la croix de guerre avec palmes, que le nom de Gallo – celui de Victor, un cousin de mon père – était gravé sur le monument aux morts creusé face à la mer, dans la colline du château de Nice, *Nice française*, et que mon grand-père paternel, Louis, avait taillé les blocs de marbre du monument.

Mais je n'avais rien dit de tout cela. J'étais en territoire ennemi, et j'avais cessé d'avoir peur à Piacenza, quand j'avais entendu crier « *Tavola Calda* ». Je m'étais souvenu que lors de mes voyages précédents, ma grand-mère m'avait acheté du pain frit imbibé d'huile d'olive et croustillant.

Tavola Calda. Je m'étais gavé et ma grand-mère me regardait avec fierté, comptant les quelques sous qu'elle possédait, qu'elle épargnait toute l'année, pensant à ce voyage, à la « bonne figure » qu'elle devait faire, ne se plaignant jamais, parlant avec orgueil de sa Mafalda, d'Aldo, ses enfants, et de Giuseppe, son gendre qui était employé à la Banca Commerciale italienne.

« Employé ! »

Les Gasparini hochaient la tête avec respect.

Le plus jeune d'entre eux, Danilo, lançait le ballon, j'étais dans les buts ; il m'interpellait, l'Italie était championne du monde de football pour la deuxième fois et Bartali avait gagné le Tour de France.

— *Viva l'Italia ! Nizza nostra, Nizza nostra !*

J'avais crié : « Vive la France ! », « Aux armes citoyens ! », et voulu entonner *L'Internationale*. Gastone, le frère de ma grand-mère, un homme vigoureux qui portait un gilet et des pantalons en velours, et ne quittait jamais son chapeau de feutre à larges bords, avait lancé : « *Basta, basta* », accompagnant ces mots de grands gestes des bras, de mimiques.

Je m'étais tu aussitôt, et Danilo était venu vers moi, m'avait tendu la main.

Gastone avait entraîné sa sœur loin de l'aire, et ils avaient marché longuement, se tenant par le bras.

J'avais couru derrière eux, Gastone m'avait soulevé et embrassé.

— Ici, c'est pas comme en France, avait-il chuchoté. Le fascisme… (Il avait haussé les épaules.) Ici, ce que tu penses, tu le gardes pour toi. Sinon, *vai in galera*.

Durant le voyage de retour, je me suis tenu coi. J'avais peur que tous ces carabiniers, ces miliciens, ces Guardie di Finanza, ces *Balilli*, ces enfants en uniforme, armés d'un petit mousqueton, ne me retiennent et ne m'envoient « aux galères ».

Quand après un long arrêt à Vintimille le train a franchi la frontière, je me suis précipité à la fenêtre du wagon et j'ai chanté à tue-tête *La Marseillaise*.

Mon père nous attendait à la gare. Il a placé la grosse valise noire de ma grand-mère sur le porte-bagages de son vélo. Italina, la main posée sur la valise, était encore la fière *Mora dei Gasparini*, altière, frappant fort ses talons sur la chaussée.

Elle énumérait tout ce que ses frères lui avaient donné, deux kilos de parmesan, de la coppa, du pain à l'huile, comme on n'en fait qu'en Emilia. Et deux bouteilles de *lambrusco*.

— J'ai travaillé tout l'été comme un homme, demandez à votre fils, ils me doivent bien ça.

Mon père m'avait assis sur le cadre. Il paraissait soucieux.

— Je suis français, comme toi, lui ai-je dit. Les Italiens, ils crient « *Nizza nostra !* ».

Il avait haussé les épaules.

Ce mouvement et tout son corps exprimaient la lassitude.

— Ça sent la guerre, avait-il dit.

J'ai murmuré : « Pourriture d'Italien ! »

Il s'est arrêté, m'a dévisagé. Jamais je n'avais vu son visage aussi ridé, comme si un masque gris l'avait recouvert.

— Ne dis jamais ça.

J'ai eu honte.

Le lendemain matin, je suis monté sur le toit.

J'ai aperçu à mi-chemin entre « ma » cheminée et le mur de l'immeuble mitoyen un sac fermé par une cordelette.

J'ai marché à quatre pattes jusqu'à lui. Je l'ai ouvert.

Le cadavre du chat grouillait de vers.

12.

Je me suis redressé et, debout sur la ligne de faîte du toit, j'ai lancé le sac macabre aussi loin que je l'ai pu.

Quand je l'ai vu s'écraser sur la terrasse de l'immeuble mitoyen, j'ai brandi le poing.

J'ai crié :

Aux armes citoyens
Qu'un sang impur
Abreuve nos sillons.

C'était la guerre.

J'avais des ennemis. Et tout au long de cet automne de l'année 1938, je les ai vus et entendus.

Je me glissais, guidé par la lampe de poche de Rosette, dans la salle du cinéma *L'Excelsior*, située à quelques pas de l'avenue de la Victoire et à une centaine de mètres du siège du *Petit Niçois*.

Rosette me désignait un fauteuil des premiers rangs qui étaient rarement occupés. Je m'y enfonçais, je m'agrippais aux accoudoirs cependant que les avions à croix noire bombardaient, en un piqué accompagné du sifflement aigu d'une sirène, les villes de l'Espagne républicaine.

Souvent, je passais plusieurs heures immobile, la nuque et les yeux douloureux, regardant deux ou trois fois les Actualités qui précédaient la diffusion du « Grand film ».

J'ai vu ainsi brûler Madrid et s'effondrer les maisons de Guernica et de Barcelone.

J'ai vu retirer des décombres des enfants ensanglantés dont les bras pendaient inertes de chaque côté des brancards, que des infirmiers casqués emportaient en courant.

C'était *ma* guerre.

Je reconnaissais ces miliciens en chemise noire que j'avais entendus crier « *Nizza nostra* » sur les quais des gares italiennes. Je fermais les yeux, pour ne pas voir les divisions allemandes s'avancer vers moi inexorablement au pas de l'oie.

Ma tête était remplie par les « *Sieg Heil* » qui saluaient le Führer et le Duce.

Et ces mots nouveaux s'enracinaient dans ma mémoire.

Je sortais en titubant de la salle. Où étais-je ?

La nuit était déjà tombée mais j'apercevais devant la façade du *Petit Niçois* une foule dense et bruyante.

Je courais, bousculant les passants, me faufilant parmi ces hommes qui, le bras tendu, désignaient les panneaux que l'on venait d'accrocher.

Certains lisaient à haute voix les dernières nouvelles pour tous les autres qui s'exclamaient, juraient, protestaient, s'indignaient et applaudissaient.

Je cherchais mon père et à chaque pas que je faisais j'entendais les mots que les Actualités avaient martelés :

« La guerre, la guerre, la mobilisation, des sacs de

sable distribués aux Parisiens, les Allemands des Sudètes. »

Je mettais des visages sur les noms qui revenaient, suscitaient des injures : Hitler, Mussolini, Daladier, Chamberlain.

J'ai enfin pu saisir la main de mon père, rassuré et fier d'être à ses côtés.

Je participais à *sa* guerre.

« Qu'est-ce que tu fais là ? » a-t-il bougonné, m'ordonnant de me taire.

J'ai reconnu au milieu d'un cercle d'une dizaine de personnes l'un de ses camarades, Lucien Paoli.

Je n'aimais pas cet homme petit et maigre, qui parlait d'une voix méprisante et hachée.

On le disait laveur de carreaux et je l'avais souvent croisé, marchant lentement, vêtu d'un bleu de travail, tenant d'une main un seau et portant sur l'épaule une échelle.

Mon père comme Gancia, Tasso, Pin, Borello ou Togniacini l'écoutaient avec une attention et un respect qui m'étonnaient et m'irritaient.

Il n'y avait que Rosette qui osait l'interrompre. Elle qui, les mains sur les hanches, tutoyait tout le monde, et même les agents de police, le vouvoyait.

— Vous, Monsieur Paoli, qui savez… commençait-elle en ricanant, vous faites partie des huiles.

Dès qu'il s'éloignait, elle interpellait Jean Gancia, et les autres camarades.

— Vous vous faites embobiner. Pourquoi il n'est pas allé en Espagne ? C'est Pin qui, lui, y a laissé le bras, Monsieur Paoli, c'est le *Parti* ; vous savez ce que j'en fais de votre Parti, je m'y assois dessus.

Elle s'accroupissait.

J'étais de son côté et elle le savait.

— Toi, tu garderas la tête froide, me disait-elle en prenant appui sur moi pour se redresser. Méfie-toi de ceux qui parlent au nom des autres, ils sont comme les représentants de commerce, ils te font acheter n'importe quoi ! Ne sois pas comme ton père, Jè, c'est un grand naïf et un sentimental !

Gancia essayait en vain de la faire taire. Rosette s'emportait.

— Moi, les hommes, je les sens, je les connais. Votre Paoli, c'est un type qui envoie les autres se faire tuer. C'est comme un maquereau, c'est ça le Parti ? Ça me dégoûte.

Ce soir-là, le 26 septembre 1938, devant *Le Petit Niçois*, Lucien Paoli répétait qu'il ne fallait pas abandonner la Tchécoslovaquie à Hitler, la conférence de Munich était un piège. Ce que voulaient les capitalistes et leurs valets socialistes, radicaux – Blum, Daladier –, c'était la guerre, s'allier avec le fascisme, attaquer Staline, mais le fascisme ne passera pas. L'Armée rouge…

On l'applaudissait du bout des doigts : « solidarité avec l'Espagne ».

Puis lentement, la foule s'égaillait devant les policiers qui, avançant avec leur vélo devant eux, dégageaient les trottoirs et la rue.

Je me suis accroché à la main de mon père qui m'ignorait, marchant la tête baissée, comme un vaincu.

Avenue de la Victoire, la fanfare des chasseurs alpins, suivie de deux compagnies, martelait la chaussée d'un pas rapide.

J'ai retiré ma main, abandonné mon père. J'ai couru le long des troupes dont la fanfare, clairons et cors de chasse brandis, s'était mise à jouer, m'entraînant vers la place Masséna.

J'ai applaudi, commencé à chanter *La Marseillaise*. Un homme s'est approché, me menaçant d'un geste.

« Rentre chez toi et vite… »

J'ai fui, m'enfonçant dans la pénombre de l'avenue.

Mon père allait et venait devant la grande porte de la Banca.

J'ai tenté de l'éviter. Il m'a saisi le bras et, du revers de sa main gauche, il m'a giflé.

— Ta mère hurle, pleure, m'a-t-il dit, et toi…

Il m'a pris aux épaules, m'a secoué comme jamais il ne l'avait fait.

— La guerre, tu comprends !

13.

Mon père savait ce que je n'avais pas imaginé.

Il montait l'escalier derrière moi.

Ma mère m'attendait sur le palier, le visage ravagé, deux rides profondes cernant sa bouche, les yeux rougis, les mains sur ses seins.

Je me suis arrêté, levant déjà le coude afin de me protéger des claques qu'elle allait me donner.

— Monte, monte, a dit mon père.

Je ne lui connaissais pas cette voix de gorge.

Il m'a forcé à me tourner, à regarder la porte de l'appartement du quatrième étage, celui qu'occupait Monsieur le directeur, Sergio Vigorelli.

— Pas de scandale ici. Ils sont là.

Ma mère a ouvert la bouche, écarté les bras.

— Ne crie pas, ne crie pas, l'ai-je suppliée.

— Viens, a-t-elle dit.

J'ai baissé mon coude. Elle m'a serré contre elle. Je n'ai pas regardé mon père, je me suis précipité dans notre appartement. Ma grand-mère m'entraînait dans sa chambre mais j'entendais ma mère qui, d'une voix étouffée, accablait mon père.

— Tu lui mets des idées dans la tête. Tu veux en faire un raté comme toi, comme Gancia, Tasso et les autres pauvres idiots.

Je découvrais qu'elle connaissait les camarades de mon père, et peut-être autrefois, avant ma naissance, avait-elle accompagné mon père au cap Ferrat, ou au Trayas.

Puis, entre Jè et Mafalda, quelque chose s'était déchiré.

Et maintenant ma mère allait et venait dans l'appartement, répétant qu'elle ne voulait pas – plus jamais – que son fils soit pourri par ces gens-là ; Pin, Borello, Togniacini et cette Rosette, l'ouvreuse de *L'Excelsior*, une femme qu'il suffisait de rencontrer une fois pour savoir qu'elle « avait fait la vie », que personne ne l'ignorait, qu'on devinait avec quel argent Jean Gancia avait payé sa licence de taxi, un maquereau.

C'était *leur* guerre.

Et mon père ne répondait rien.

J'ai attendu que ma mère se taise et je me suis glissé dans le cagibi, où mon père se réfugiait souvent, évitant ainsi d'affronter ma mère.

Il était là, assis devant « ma » petite table.

Il m'a cligné de l'œil.

— C'est comme ça, a-t-il murmuré. Écoute…

Je n'avais pas encore vu ce gros cube en bois verni qu'il avait posé devant lui. J'ai tendu le bras, frôlé le poste de télégraphie sans fil, plus gros que celui qui trônait dans notre salle de classe.

— Vigorelli l'a jeté. Il m'a suffi d'une heure pour le réparer, écoute.

Et tout à coup, cette voix grave qui faisait vibrer le haut-parleur.

Elle annonçait que les quatre grandes puissances – France, Angleterre, Italie, Allemagne – étaient parvenues à un accord à Munich, que le Premier ministre britannique Chamberlain avait déclaré que « c'est la paix pour notre temps ».

Mon père a tourné l'un des trois boutons. Musique, puis un rire de femme, et à nouveau la voix grave qui rapportait que Mussolini et Hitler s'étaient félicités de la réussite de la conférence qui garantissait la paix en Europe.

Mon père a posé la main sur le poste de TSF, il l'a caressé du bout des doigts, puis, penchant la tête, il a cherché en vain la cigarette qu'il avait l'habitude de caler derrière l'oreille.

Je me suis pendu à son cou, j'ai fermé les yeux, je ne voulais pas voir ces rides qui fripaient son visage, exprimaient sa déception.

Il tâta les poches de sa veste, hésita, puis éteignit la radio.

— Ta mère sera peut-être contente, murmura-t-il.

14.

Quand ma mère et mon père se sont penchés, côte à côte, devant le poste que mon père avait installé dans notre *salotto*, j'ai eu la tentation de me glisser entre eux.

Mais je suis resté immobile, assis par terre, paralysé. Je découvrais des inconnus.

Leurs gestes lents, leurs voix apaisées me surprenaient, m'enchantaient. Ils ne se souciaient pas de moi et je craignais qu'un seul de mes mouvements ne les fasse disparaître, eux, mes parents, que je n'avais jamais vus si proches l'un de l'autre.

Leurs épaules et leurs hanches se touchaient. Les cheveux de ma mère frôlaient la joue de mon père.

Ils étaient d'*avant* moi.

Jè prenait le poignet de Mafalda, guidait sa main vers les boutons du poste.

Il lui expliquait comment changer de station, de longueur d'onde. Je suivais l'aiguille qui se déplaçait sur le cadran.

Et tout à coup, la voix d'une femme envahissait le *salotto*. Ma mère fredonnait, accompagnant la chanteuse, et mon père sifflait, prolongeant le refrain.

J'entendais pour la première fois ces mots dont

j'ignorais le sens : *fandangos*, *mantilles*, et cet accent qui faisait rire ma mère.

Elle l'imitait, joyeuse, se penchait en arrière, cependant que mon père la soutenait, la main posée sur sa cambrure.

J'ai cru que c'était la fin de *leur* guerre.

Et lorsque les jours suivants j'ai entendu la radio répéter que la France et l'Allemagne s'apprêtaient à conclure un « traité de bonne entente », j'ai retenu le nom de Ribbentrop, dont le voyage à Paris, pour signer l'accord, me semblait confirmer que pour mes parents, pour moi, pour le monde, s'ouvrait une nouvelle vie.

J'ai commencé à écouter la radio chaque jour, me gavant de mots, d'événements, aimant la voix grave et solennelle du présentateur du *Journal parlé*, dont je m'efforçais d'imiter la diction.

Je ne voulais plus être un enfant.

J'étais élève de l'école publique de l'avenue de la Victoire, mais tout le monde l'appelait école Notre-Dame, parce qu'elle était située à proximité de cette église où j'accompagnais ma grand-mère chaque dimanche matin.

À la sortie de la messe, je l'entraînais – je la « tirais » – jusqu'à « mon » école et poussant le portail de fer je lui montrais notre cour de récréation entourée de hauts murs de pierre.

Je me tenais à l'écart de mes camarades de classe.

Assis à même le sol, adossé au tronc d'un platane dont la ramure recouvrait la cour de l'école, j'oubliais leurs courses et leurs cris.

On ne me dérangeait plus depuis que j'avais, à coups de poing, écarté ceux qui avaient voulu s'emparer du petit carnet que mon père avait grappillé pour moi à la Banca. J'y notais les noms et les événements que j'avais entendus à la radio, et je les relisais pendant les récréations, prononçant les mots à mi-voix.

Monsieur Weber, notre instituteur, m'avait surpris, me touchant la poitrine du bout de l'une de ses béquilles.

Il avait fui l'Alsace allemande en 1914, franchi la frontière, et s'était engagé dans la Légion étrangère. Blessé et amputé de la jambe gauche, il enseignait à Nice depuis 1917 et ne regagnait l'Alsace que l'été.

Le samedi matin, il nous faisait chanter des airs patriotiques, que j'entonnais en descendant l'avenue de la Victoire pour rentrer chez moi. J'avais noté les paroles dans mon carnet et lorsque Monsieur Weber a exigé que je le lui montre j'ai prétendu qu'il s'agissait d'un carnet de récitation, et j'ai répété :

Flotte petit drapeau
Flotte, flotte bien haut
Image de la France
Symbole d'espérance
Tu réunis dans ta simplicité
La famille et le sol,
La liberté.

Il m'a interrompu :

— C'est tout ce que tu écris ?

J'ai récité :

Vous n'aurez pas l'Alsace et la Lorraine
Et malgré vous nous resterons français

Vous avez pu germaniser la plaine
Mais notre cœur, vous ne l'aurez jamais.

— Montre-moi.

J'ai hésité.

— Tu peux refuser, c'est ton droit.

Je lui ai tendu le carnet.

Monsieur Weber s'est appuyé au platane, ses béquilles contre sa poitrine, et il a feuilleté longuement mon carnet.

Munich, les Sudètes, Ribbentrop, Mussolini, Hitler…

Il m'a regardé en hochant la tête, puis, sans me quitter des yeux, il a soliloqué :

« Qu'est-ce qu'il fait de tout ça, ce gamin ? Est-ce que je ne devrais pas avertir son père, lui dire qu'il vaut mieux laisser les enfants le plus longtemps possible en dehors des horreurs que provoquent les hommes ? »

Je ne l'ai plus écouté et, lorsqu'il s'est arrêté de parler, me tendant le carnet, j'ai dit que Pin, un camarade de mon père, engagé volontaire dans les Brigades internationales, avait perdu son bras à la bataille de la Guadalajara.

Monsieur Weber est resté coi puis, penché vers moi, il m'a dit à mi-voix, comme s'il me confiait un secret :

— Tu vas voir ce que c'est la guerre. Elle est là. Elle frappe aux portes. Hitler va donner de grands coups de bottes, et il va tout fracasser, piétiner. Ton père, il doit le savoir. Dis-le-lui de ma part. Il a fait la guerre, ton père !

Je me suis levé d'un bond.

— Sept ans dans la marine, Monsieur. Quartier-maître électricien sur un dragueur de mines…

Monsieur Weber d'un geste m'a interrompu puis s'est éloigné, a sifflé la fin de la récréation, et nous nous sommes mis en rangs.

15.

Je n'ai pas rapporté à mon père les propos de Monsieur Weber.

Mon père savait.

Assis devant le poste de radio, recroquevillé, les bras repliés, les coudes sur les genoux, les poings sous le menton, il écoutait le *Journal parlé*.

« Ils sont entrés dans le piège à rats », disait-il.

Il injuriait Daladier, Chamberlain, ces « abrutis », ces « salopards ».

À Munich, Hitler leur avait fait renifler un bon morceau de fromage, la Russie soviétique, et ils s'étaient précipités. Et maintenant…

J'étais installé près de lui, appuyé à ses jambes, et souvent il posait la main sur ma tête, et je m'en trouvais rassuré – comme si tout mon corps était protégé, à l'abri.

Ma mère pestait.

« Si c'était pour ça, la radio ! » s'exclamait-elle, défiant mon père.

« Tu espères quoi ? Tu n'as pas encore compris ? Tu veux qu'il devienne idiot, comme les autres ? »

Ce « il », c'était moi, réduit à rien.

Elle haussait le ton, de manière à couvrir la voix du présentateur. Elle évoquait la réussite de son frère Aldo qui avait ouvert, place Masséna, un studio de photographie. Irène, sa femme, pouvait se prélasser. Et leur fils Julien, on ne lui encombrait pas la tête avec des stupidités.

— Tu viens avec moi, m'ordonnait-elle.

Leur guerre avait recommencé.

Je ne bougeais pas.

J'écoutais, l'oreille contre le haut-parleur afin de ne pas entendre ma mère, les acclamations des Allemands des Sudètes, accueillant leur Führer.

— Demain, ce sera Prague, commentait mon père.

— Qu'on leur donne ce qu'ils veulent et qu'on nous laisse vivre en paix, disait ma mère. Et même Nice !

Je bondissais, je me précipitais contre elle, poings fermés, je lui criais qu'elle ne comprenait rien.

Elle me giflait et je m'enfuyais en hurlant : « Vive la France ! »

Puis, dans mon cagibi, la porte entrebâillée, je les écoutais.

Mon père parlait.

Monsieur Bizzo, le directeur principal de la Banca, avait démissionné. Il était juif, concerné par les lois antisémites que venait de promulguer Mussolini.

— Il a pleuré devant moi, disait mon père. Il part pour les États-Unis.

— Et nous, on partira où ? criait ma mère. Toi, tu n'es rien ! Quand on a tes idées, on ne se marie pas, on n'a pas d'enfants !

J'aurais voulu crier : « Je suis fier de toi, papa, fier d'être ton fils ! »

Je n'ai pas pu, tant ma gorge était serrée.

Je suis sorti de mon cagibi.

Ils m'ont vu. Ils se sont tus.

— Va au jardin avec ta mère, a dit mon père en me prenant par l'épaule, en me poussant vers elle.

16.

Ma mère savait-elle que, dans ma tête, je n'étais plus un enfant ?

Quand je l'accompagnais, elle avait renoncé à me tenir par la main et le plus souvent je marchais un ou deux pas devant elle.

Je ne l'attendais que lorsqu'il nous fallait traverser l'avenue de la Victoire. Mais c'est moi qui choisissais le moment où nous nous engagerions sur la chaussée.

Je lui prenais la main et l'orgueil brûlait ma poitrine et mes joues. J'avais l'impression d'avoir tout à coup grandi.

Ma mère m'obéissait et quoi qu'elle fît ou dît – elle me giflait encore et me réprimandait en criant – il me semblait qu'elle reconnaissait mon autorité et même – j'avais noté ce mot dans mon carnet – ma supériorité.

Mon père l'avait, une seule fois mais je ne l'avais pas oublié, traitée d'*ignorante* parce qu'elle refusait de s'intéresser à ce qu'elle appelait la « *politica sporca* », la sale politique.

Elle écoutait rarement le *Journal parlé*, alors que je me précipitais vers le poste de radio dès que j'entendais l'indicatif de l'émission.

Je pouvais citer le nom des ministres, français ou étrangers, et expliquer ce qu'était la question des Sudètes.

Elle, ma mère, se désintéressait de ce qui me passionnait, et de ce dont notre vie allait dépendre. Et je lui en voulais de ce mépris dont elle accablait mon père et ses « idées ».

Pourtant, un jour où j'étais assis près d'elle au jardin, parmi ses amies, je l'ai entendue interrompre celle qui tenait des propos que ma mère aurait dû approuver. Et voilà qu'au contraire elle parlait comme mon père, reprenant les mots qu'il employait, prédisant comme lui que la guerre allait survenir, parce que Daladier et Chamberlain avaient cédé à Hitler et Mussolini. Lâches, idiots, ils avaient été pris au piège comme des rats ! C'était ma mère qui disait cela, qui ajoutait :

— Nice ne sera jamais plus italienne, on ne l'acceptera pas. Nous sommes tous français. Mussolini, il finira mal, on le tuera !

Ma mère ! Ma mère !

Je l'ai embrassée, je lui ai dit que j'allais faire le tour du jardin.

Il fallait bien que je cache mon émotion.

J'ai couru jusqu'au kiosque à musique où j'avais pris l'habitude de retrouver quelques filles qui échappaient à la surveillance de leur mère.

Nous interprétions des « histoires » que j'inventais.

Monique, une blonde espiègle, capricieuse et distante, incarnait la reine, Christiane aux anglaises noires, et Danièle au visage joufflu, les princesses. Je lisais *Ivanhoé*, j'étais donc le chevalier.

Mon cousin Julien venait nous rejoindre. Il lui suffisait d'un mot, d'un sourire pour que notre jeu s'interrompe.

J'admirais son aisance, le naturel avec lequel il saisissait la main de ma reine, et l'entraînait derrière des haies, où – je le devinais – il l'embrassait.

Je l'enviais. Je me souvenais des propos de ma mère : Julien avait un avenir assuré grâce à Aldo, mon oncle photographe.

Elle ajoutait que je ne serais rien, comme mon père, la tête encombrée d'idées inutiles. À cet instant, je lui donnais raison. J'aurais voulu pouvoir troquer mes Ribbentrop, mes Daladier, mes Sudètes, Hitler, Mussolini, contre le talent, l'élégance, le don, la séduction de Julien.

J'étais à l'âge des premiers émois. Souvent, une chaleur soudaine m'envahissait. Mes certitudes devenaient cendres.

Pour échapper à cette tension, je me battais.

Je bousculais Julien, je le défiais. Il refusait le combat avec ironie et bienveillance.

« Frappe le premier, si tu veux », me lançait-il.

Je lui donnais un coup de poing, je le poussais pour qu'il trébuche. Et sans que je comprenne comment il y était parvenu, il me tordait le bras, me faisait basculer, sans cesser de sourire.

J'étais défait, malheureux, vaincu, honteux. Je capitulais et nous faisions la paix.

Heureusement, je pouvais reprendre le combat contre ceux que les mères appelaient les « voyous ».

Ils arrivaient du *Babazouk*, la « vieille ville » située à l'est de la rivière du Paillon.

Ils nous insultaient, nous bombardaient de pierres et de détritus. Les filles s'égaillaient. Julien, bras croisés, méprisant, les défiait.

Moi, je baissais la visière de mon heaume, et je chargeais, donnant et recevant des coups.

On me jetait à terre, on me piétinait, mais ma rage était telle que je remportais la victoire, et les filles me félicitaient. On soignait mes genoux écorchés.

Mais j'étais morose.

Je savais que les pères de ces « voyous » ressemblaient au mien, à mon grand-père Louis, manœuvre, charretier, terrassier, tailleur de pierre ! Ma belle adresse, 10, avenue de la Victoire, n'était qu'un leurre.

Mon père portait une blouse grise, et il avait des outils plein les poches. Et nous ne prenions pas l'ascenseur !

Mes camarades de l'école Notre-Dame étaient des fils d'artisans, de commerçants, d'employés, de fonctionnaires. Julien était à sa place parmi eux. Moi, j'avançais masqué, suivant le conseil de ma mère : « Ne dis rien, tout le monde croit que ton père est employé à la Banca. Fais bonne figure. »

Je ne répondais pas aux questions de Fernand – le fils d'un artisan tailleur –, de François, dont le père était fonctionnaire à la préfecture, de Paul, dont le père avait été diplomate !

J'éludais. J'étais seul parce que je ne voulais pas frayer avec Pietro et Astro, les fils des concierges de l'avenue de la Victoire.

Mais hasard ou fatalité, je partageais mon banc avec Astro.

C'était un garçon vigoureux, un cancre, et Monsieur Weber m'avait chargé de l'aider. Astro m'avait repoussé.

« Je m'en fous, je m'engage dans l'armée. Weber le sait. L'école, c'est pas pour moi. »

Plusieurs fois par jour, il déboutonnait sa braguette et il frottait son sexe contre les rainures du banc.

Son visage s'empourprait, il haletait. Je m'écartais de lui autant que je le pouvais, répondant aux questions de Monsieur Weber qui, une fois installé sur l'estrade, ses béquilles posées contre son bureau, ne bougeait plus jusqu'à l'heure de la récréation, ce qui, dès lors qu'on paraissait attentif, permettait à certains élèves toutes les audaces.

— Tu sais pas ce qui est bon, chuchotait Astro.

Il m'effrayait et me fascinait, faisait surgir de ma mémoire des images précises, mon père debout sur le seuil de la chambre à coucher. Il était nu, urinait dans le pot de chambre et il souriait, le visage serein, lançant à ma mère : « Ne t'endors pas. »

Elle répondait : « Mais qu'est-ce que tu crois ? »

Elle était sortie de la chambre, cheveux dénoués, en chemise de nuit. Elle m'avait vu et s'était figée.

Je m'étais enfui, me réfugiant dans le lit de ma grand-mère. Ma mère avait entrebâillé la porte.

— Vous n'avez pas honte, avait dit ma grand-mère.

Puis, tout en m'invitant à réciter mes prières, elle avait murmuré : « Les hommes sont des cochons. »

Je quittais vraiment le territoire de l'enfance.

Un homme dans l'obscurité de la salle presque vide de *L'Excelsior* était venu s'asseoir près de moi et, au moment où j'avais senti sa main effleurer ma cuisse, Rosette l'avait éclairé de sa lampe de poche.

Elle l'avait saisi par les cheveux, tiré hors de la rangée, criant : « Cochon, salaud, vicieux ! »

Il s'était affalé dans l'allée et Rosette l'avait bourré de coups de pied. Il avait réussi à se redresser, à fuir.

Rosette m'avait conduit dans la petite pièce où elle se tenait entre deux séances.

— Celui-là, si je le reprends, je lui coupe…

Elle m'avait recommandé de ne rien raconter à mes parents.

— Ces choses-là – elle avait posé sa main sur mon sexe – n'en parle pas.

Elle avait écarté mes jambes. J'avais fermé les yeux, le corps en feu, puis la chaleur s'était dissipée.

En quelques instants, Rosette m'était devenue plus familière, plus proche qu'aucune personne ne l'avait été.

Je m'étais senti libre.

J'ai quitté *L'Excelsior* et je suis resté immobile sous une pluie d'averse.

La rue était déserte, les lampadaires éteints.

J'ai aperçu au bout de la rue des agents de police qui interdisaient aux rares voitures de circuler avenue de la Victoire.

Je l'avais oublié, c'était le jour de la grève générale.

17.

La porte de notre appartement était entrebâillée.

Je suis entré et le silence m'a enseveli.

J'ai appelé en vain puis j'ai allumé la radio.

J'étais distrait. Où étaient-ils ?

Je me suis efforcé d'écouter le *Journal parlé*, mais les noms, les événements glissaient sur moi.

Ce monde qui d'habitude me fascinait me laissait indifférent. Et pourtant les bandes de Hitler pourchassaient les Juifs, les rouaient de coups, les tuaient, les emprisonnaient, les dépouillaient de leurs biens. Les armées du général Franco, victorieuses, défilaient dans les rues de Barcelone et de Madrid. Paris et Londres reconnaissaient son gouvernement. J'entendais pour la première fois ce titre, ce nom : maréchal Pétain. Le journaliste annonçait avec emphase et respect que le Maréchal, le « vainqueur de Verdun », était nommé ambassadeur de France auprès du général Franco.

J'ai pensé à Pin. J'ai imaginé qu'il pleurait en serrant sa manche vide.

Tout à coup, je me suis mis à sangloter, à hoqueter. Mais ma bouche n'était pleine que de syllabes enfantines.

Papa, *mamma*, *nonna*, où étaient-ils ?

Je me suis précipité dans la chambre de ma grand-mère dont j'avais seulement poussé la porte.

Son armoire était ouverte. On avait fouillé dans sa grosse valise noire, posée par terre. Ses vêtements du dimanche avaient été jetés en désordre sur la chaise.

Quand j'ai vu sa capeline au milieu du lit, j'ai su qu'un malheur était arrivé.

Elle disait « *una disgrazia* » et elle se signait.

Je me suis agenouillé, j'ai prié, les yeux fixés sur ce tableau de la *Vierge à l'Enfant* que Giulio avait dédié à son épouse Italina.

— Prie, a murmuré mon père en s'asseyant au bord du lit.

Je ne l'avais pas entendu entrer. Je me suis installé près de lui et il a enveloppé mes épaules de son bras.

— Elle reviendra, m'a-t-il dit en me serrant contre lui.

Puis inclinant la tête, il a ajouté :

— Mais elle ne sera plus comme avant.

J'ai réussi à ne pas crier.

— Ta grand-mère, a poursuivi mon père, comme l'était ma mère, ce sont des femmes qui ont vécu pour les autres, leur mari, leurs enfants ; si elles ne peuvent plus se dévouer, travailler, la vie ne vaut plus la peine. Elles se sentent en trop. Elles ne veulent pas être une charge et, comme disait ma mère, une « bouche inutile ».

Il a retiré son bras de mes épaules et il a caché son visage dans ses mains.

J'ai craint qu'il ne pleure et j'ai enlacé sa poitrine.

— Ma mère, avait-il repris d'une voix sourde qui résonnait dans mon corps, elle aurait tant voulu te voir naître. Ça lui aurait sauvé la vie.

Il a dénoué ses bras, commencé à ranger les vêtements de ma grand-mère dans la grosse valise noire.

Il pliait la jupe, la veste, le chemisier avec des gestes lents, s'arrêtant souvent, pour m'expliquer que ma grand-mère avait eu un malaise. Elle était tombée, elle ne savait plus où elle était, qui elle était. Elle n'avait pas reconnu sa fille restée près d'elle à l'hôpital. Ma grand-mère devait rentrer dans quelques jours, mais, selon les médecins, elle pouvait vivre comme ça pendant des années.

— Ma mère…

Mon père avait secoué la tête en refermant la valise.

— Ma mère, elle avait été paralysée par des rhumatismes. Je la portais dans mes bras, comme une petite fille. Elle pleurait, me disait : « Tue-moi, Jè, tue-moi, si tu m'aimes un peu… »

Il s'était interrompu, m'avait regardé comme s'il avait oublié à qui il parlait.

— Je te dis tout ça, je ne devrais pas. Mais il faut te préparer à faire face. Ma mère, un jour, je l'ai retrouvée morte. Elle s'était étranglée dans son lit. Les douleurs, mais surtout une autre souffrance bien plus cruelle, ne plus pouvoir s'occuper de nous, mon père, moi.

Il avait repoussé si lentement la porte de l'armoire qu'il paraissait la retenir.

— Je n'ai pas prié avec ma mère, avait-il ajouté. Je lui ai refusé cette joie. Je lui ai même dit, la veille de sa mort, que si Dieu existait Il n'aurait pas laissé la douleur, les guerres martyriser les hommes. J'avais la tête enfoncée dans un sac. Je ne voyais rien, je n'entendais rien, je ne comprenais rien. Mes idées, seulement mes idées. Quand ta grand-mère rentrera, prie avec elle.

Il avait posé la main sur ma nuque et nous avions quitté la chambre du même pas.

18.

Elle, qui avait été ma grand-mère, qu'était-elle devenue ?

Quand, à son retour de l'hôpital Saint-Roch, je l'ai vue sur le seuil de sa chambre, jetant un regard égaré autour d'elle, j'ai su que ma grand-mère Italina, *la Mora dei Gasparini*, était morte.

Elle, auprès de qui je me réfugiais, elle qui m'avait appris le Notre Père et le Je vous salue Marie, elle qui dans la pâte qu'elle venait de pétrir découpait et modelait un poisson, un coq, et les mettait au four, pour moi, et j'avais hâte de mordre dans cette pâte croquante, elle qui nous servait debout dans la cuisine, elle que j'accompagnais à la messe le dimanche à 10 heures, elle dont j'étais fier… Elle… Elle… Elle… – et j'étouffais mes sanglots – c'était comme si elle n'avait rien vécu de toute cette vie que nous avions partagée.

C'était une vieille femme édentée, qui marmonnait, qui s'asseyait sur la chaise que ma mère, devenue si tendre, si dévouée, lui présentait.

Et Italina, la Brune des Gasparini, approchait la chaise de l'armoire, tout contre la glace et commençait à chuchoter, parlant à cette autre femme, assise de l'autre côté du miroir, elle qui vivait désormais dans un monde où rien de ce que j'avais vécu avec elle ne s'était produit.

Elle n'avait prêté aucune attention au tableau de la *Vierge à l'Enfant*. Elle appelait Mafalda, ma mère, sa fille, « *signora* » – madame…

Elle souriait à mon père, comme si elle avait voulu le séduire.

Et si je m'approchais d'elle, elle s'emportait, me menaçait, m'accusait d'être l'un de ces « cochons », de ces hommes dont elle devinait les intentions. « Vous devriez avoir honte », répétait-elle.

Elle nouait un foulard autour de sa tête comme une paysanne, reprenait sa place devant le miroir, et recommençait à chuchoter avec son double, cependant que ses doigts trituraient un mouchoir dont elle faisait peu à peu de la charpie, le déchirant avec ses ongles longs et noirs.

Je l'observais. En quel temps vivait-elle ?

Parfois, elle riait, regardant autour d'elle comme si elle avait craint d'être épiée, surprise, puis elle se confiait à son visage.

Elle prononçait souvent des mots que dans le chaos de sa parole j'avais réussi à identifier *Prampolini*, *Misson*.

J'avais interrogé ma mère qui les murmurant s'était enfin souvenue que le *Misson* était le nom de la ferme des parents de ma grand-mère, et *Prampolini*, celui d'un député, un veuf qui avait voulu épouser Italina, la jeune et fière paysanne.

Elle vivait donc, *la Mora*, avant son mariage avec Giulio, avant la naissance de Mafalda et d'Aldo, ses enfants. Et moi, comme tous ceux-là, je n'existais plus.

Mais qu'était-ce donc que la vie si elle pouvait s'effacer ainsi par pans entiers ?

Heureusement les événements déferlaient.

J'oubliais – le temps d'un *Journal parlé* – ma grand-mère recroquevillée, chuchotant le front appuyé contre la glace de son armoire.

Les troupes de Hitler entraient à Prague, celles de Mussolini envahissaient l'Albanie.

J'apprenais le nom d'une ville allemande, Dantzig, séparée du Reich par un « corridor » qu'on avait, en 1920, attribué à la Pologne.

Hitler menaçait et mon père prophétisait la guerre.

Il retrouvait ses camarades devant *Le Petit Niçois*. Il y avait foule. On s'étripait. Les uns voulaient empêcher Hitler d'avaler la Pologne comme il avait dépecé, dévoré les Sudètes et la Tchécoslovaquie, et les autres refusaient de « mourir pour Dantzig ».

Nous rentrions lentement, comme si nous voulions retarder le moment où ce « vieux cochon » de Prampolini avait fait des « propositions » à Italina.

— Comment elle va ? interrogeait mon père.

Ma mère haussait les épaules.

— Comment veux-tu qu'elle aille ?

Et parfois elle ajoutait :

— Elle nous enterrera tous.

Puis, comme prise de remords, elle ouvrait la porte de la chambre de ma grand-mère, lui annonçait que bientôt elle lui apporterait à dîner.

Et, d'une petite voix soumise, ma grand-mère répondait :

— *Grazie signora.*

Je m'enfermais dans mon cagibi où mon père avait réussi à installer un petit lit.

Mais le sommeil se dérobait.

Je me couvrais la tête avec l'oreiller.

C'était donc ça la vie ?

Je m'enfonçais dans des pensées glacées et opaques.

Je me mordais les lèvres afin de ne pas hurler d'effroi, appeler à l'aide.

19.

Un matin, alors que, dans un cauchemar qui me hantait souvent, je tentais, en vain, d'envoyer au loin ce sac macabre où l'on avait enfoui, étouffé, le « chat des Italiens », tueur d'oiseaux, mon père m'a réveillé.

Il était penché, ses mains pesant sur mes épaules comme s'il avait craint que je ne me débatte.

— Elle est partie, a-t-il chuchoté.

Je n'ai pas bougé, j'ai fermé les yeux.

Le chat bondissait hors du sac. Il venait vers moi, et je le caressais.

— C'est mieux pour elle, a ajouté mon père en me tendant la main pour m'aider à me lever.

Je me suis pelotonné, les poings fermés sur la bouche, les jambes repliées sur la poitrine.

— Il faut que tu l'embrasses. Si tu ne la vois pas…

J'ai repoussé les couvertures.

Ma mère pleurait, assise dans la cuisine. Elle a ouvert les bras pour que je m'y réfugie mais j'ai détourné la tête. Je suis entré dans la chambre.

Deux hommes en noir s'affairaient.

On allait l'enfouir dans le sac.

Je me suis approché. Un bandeau serrait son menton.

Elle n'avait plus de bouche comme si elle avait avalé ses lèvres. Les os des pommettes semblaient prêts à percer sa peau, si blanche.

J'ai effleuré son front.

C'était une pierre si froide que j'ai reculé, comme si j'allais être figé en un bloc minéral, l'une de ces dalles de marbre que mon grand-père paternel, Louis, avait taillées lors de la construction du monument aux morts.

Mon père m'a tiré hors de la chambre en répétant : « C'est mieux pour elle, crois-moi. »

J'ai couru jusqu'à mon cagibi.

C'était donc ça la mort !

Je me suis souvenu que lors de la seule visite qu'il avait faite à sa mère, son fils Aldo, qui n'était resté que quelques minutes, avait dit : « C'est une morte vivante. »

J'ai frappé des poings et du front le paravent que mon père avait réalisé pour masquer la machinerie de l'ascenseur.

Je sentais que le froid marmoréen collait à ma peau, que ma grand-mère, errant dans son passé, immobile devant le miroir, parlant à son image, donnait de la vie à nos vies.

« Morte vivante ! »

Elle était la vie, différente des nôtres, mais la vie qui palpitait, qui rayonnait.

Maintenant, la pierre blanche et glacée avait étouffé cette vie.

Ce froid, ce minéral étaient en moi.

C'était cela la fin de l'enfance, quand on portait la mort en soi.

J'ai crié.

20.

Ils n'ont pas entendu mon cri.

Le moteur de l'ascenseur s'était mis en marche et son grondement sourd avait envahi le cagibi, étouffé ma voix.

La vie imposait sa loi.

Mon père a ouvert la porte. Je l'ai suivi sur le palier.

Les hommes en noir s'apprêtaient à visser le couvercle du cercueil en bois brut.

Ma mère, mordillant son mouchoir, pleurait, demandait d'un geste d'attendre encore. À cet instant, j'ai vu pour la première fois combien elle ressemblait à sa mère. Et j'ai eu peur qu'elle ne soit, elle aussi, engloutie par son passé, dont elle me racontait si souvent les épisodes, ces jeunes officiers s'enveloppant dans leurs capes et se pressant, en 1917, autour d'elle, via Emilia, la principale rue de Reggio, où son grand-père était libraire.

Un jour peut-être elle n'aurait plus que ces souvenirs-là en tête, et elle ne me reconnaîtrait pas.

Je me suis serré contre elle.

— Il faut, a murmuré mon père.

J'ai enlacé ma mère de toutes mes forces. Je devais la retenir, la garder avec moi, dans ce monde, dans cette vie.

Les hommes en noir ont fermé le cercueil et ils ont commencé à descendre l'escalier.

Italina, *la Mora dei Gasparini*, ne pesait plus rien.

J'ai dévalé l'escalier, posé la main sur le cercueil.

Elle n'avait jamais eu droit, vive ou morte, de prendre l'ascenseur. Elle n'y avait même pas songé.

J'ai levé la tête.

Ma mère était appuyée à la balustrade, le corps si penché en avant que j'ai eu peur qu'elle ne bascule.

J'ai remonté l'escalier en courant.

Elle, ma mère, elle prendrait l'ascenseur, j'en faisais le serment.

21.

Je n'ai jamais oublié ce serment qui était mon secret.

Quand ma mère s'emportait, maudissant cette vie – *maledetta !* –, qu'elle claquait les portes, agressait mon père qui, disait-elle, ne savait que parler, je me serrais contre elle.

Je lui murmurais des mots qu'elle paraissait ne pas entendre, me repoussant souvent, criant : « Mais laisse-moi, laisse-moi ! »

Je m'obstinais.

« Je suis là, maman, tu verras, je suis là. »

Je ne lui promettais rien.

Qu'aurais-je pu lui dire alors que je n'imaginais pas comment j'aurais pu l'arracher à cette vie qu'elle détestait, qui la laissait souvent abattue, si sombre que je m'approchais à nouveau, la prenant par les épaules, comme si j'avais eu la force et les moyens de la protéger, de lui offrir ce qui lui manquait. Un cabinet de toilette, des pièces plus vastes, un mari dont elle aurait pu être fière, toujours.

Elle soupirait, elle m'embrassait.

— Tu es ma consolation, me disait-elle.

Brusquement, elle se levait. Elle avait entendu le moteur de l'ascenseur se mettre en marche.

— Ceux-là, maugréait-elle, ils ont tout !

Si mon père arrivait à cet instant, elle l'invectivait et s'il esquissait un geste, un mot pour l'apaiser, elle lui lançait :

— Ne me touche pas ! Tais-toi, tais-toi !

Elle allumait la radio et, comme pour provoquer mon père, elle cherchait une station qui ne diffusait que des chansons ou des sketches.

Mon père quittait le *salotto* et je le suivais jusqu'à la chambre de ma grand-mère qui devait devenir la mienne après qu'il l'eut repeinte.

Il prenait son temps, allumant une cigarette, ouvrant les pots de peinture, plongeant les pinceaux, faisant tourner leurs manches entre ses paumes de façon à rendre la peinture fluide.

— Tu veux le garder ? m'avait-il dit en me montrant le tableau de la *Vierge à l'Enfant* peint par Giulio.

J'avais répondu en inclinant la tête plusieurs fois.

— Elle l'aimait, avait-il murmuré.

C'était le premier jour alors que nous poussions l'armoire, le lit. Mais le tableau était resté à sa place, et lorsque monté sur le lit j'avais voulu le décrocher, mon père avait levé la main. On avait le temps, on peindrait cette cloison en dernier.

Le moment était venu.

Mon père m'avait tendu le tableau et je l'avais gardé serré contre ma poitrine, n'obéissant pas à mon père qui me demandait de le poser contre l'armoire.

Il était lourd, j'avais de la peine à le soutenir, les doigts agrippés aux feuilles dorées de l'encadrement.

Je l'avais finalement appuyé contre l'armoire.

Ma mère avait violemment poussé la porte, heurtant l'armoire que nous avions déplacée, brisant le cadre.

« Ce n'est rien », avait répété mon père.

Il expliquait qu'il reconstituerait les motifs, qu'il passerait une ou deux couches de dorure.

Ma mère était paralysée, la bouche ouverte, les bras à demi levés, les yeux fixes. Elle répétait : « Le tableau peint par mon père, pour ma pauvre mère, c'était toute sa vie. »

Quand mon père s'était approché d'elle, elle avait crié.

— Ça va être la guerre, les Russes sont avec les Allemands.

Mon père l'a bousculée et il a couru vers le *salotto*.

Je l'ai suivi.

La radio hurlait.

Les mots se succédaient par vagues furieuses. Elles me submergeaient. J'étouffais comme lorsque, dans l'une des criques du cap de Nice, j'étais recouvert par l'écume, emporté par le ressac, je craignais de ne plus jamais pouvoir reprendre pied.

J'écoutais, je regardais mon père.

À chaque mot, à chaque vague, il enfonçait un peu plus la tête dans ses épaules, comme s'il avait voulu se protéger des coups qu'on lui portait.

Hitler, Staline, Pacte de non-agression germano-soviétique. La Pologne envahie dans les jours qui viennent, occupée, dépecée par les Allemands et les Russes.

Mon père a saisi le poste à deux mains et peut-être voulait-il le jeter à terre, le briser ?

J'ai serré son poignet.

Il a retiré son bras, m'a longuement regardé, puis a éteint le poste et écrasé ses deux mains sur ses yeux.

22.

Je n'avais jamais pensé jusqu'à ces jours-là à l'âge de mon père.

Mais tout à coup, en cette fin d'été de l'année 1939, je le découvrais vieux.

Il montait l'escalier d'un pas lourd, s'arrêtant à chaque palier, reprenant son souffle.

Il levait la tête, me voyait, esquissait un geste de la main, puis lentement, comme s'il traînait un boulet à chaque pied, il recommençait à gravir pesamment les marches.

Peut-être voulait-il retarder le moment où il lui faudrait affronter ma mère.

Elle l'accablait.

« Tes Russes », « Tes communistes », « Ton Staline », lui lançait-elle cependant que la radio annonçait l'attaque allemande contre la Pologne, la déclaration de guerre de Londres et de Paris, alliés de Varsovie.

Moi, je trépignais. J'apprenais des mots nouveaux : *Stukas*, *Blitzkrieg*. Je chargeais, avec la cavalerie polonaise, les *Panzers*.

Un grand film se déroulait plus captivant que tous ceux que j'avais vus à *L'Excelsior*.

Je n'étais pas un spectateur mais un témoin et un acteur.

En classe, Monsieur Weber nous commandait chaque jour une minute de silence en hommage aux soldats qui mouraient pour la France et aux patriotes polonais qui s'opposaient à mains nues aux Allemands et aux Russes.

Je me raidissais, bras et doigts tendus, tête levée.

Je murmurais le chant que Monsieur Weber venait de nous apprendre :

Mourir pour la patrie
C'est le sort le plus beau
Le plus digne d'envie.

Je quittais l'école en courant. J'avais hâte de retrouver mon père dans les sous-sols de la Banca. Avec quelques-uns de ses camarades il faisait « le point de la situation ».

Il avait toujours refusé d'adhérer au Parti. « Je suis un communiste libertaire », disait-il.

Il s'opposait à Borello, à Tasso, à Boldrini, à Pin et condamnait le pacte germano-soviétique.

« Je suis d'abord un patriote républicain », affirmait-il.

Il avait vu souvent, pendant la Grande Guerre, les cadavres de ces marins de vingt ans qui flottaient dans l'eau huileuse après que leur bateau avait été torpillé par un sous-marin allemand.

Ne pas résister à Hitler c'est les trahir, eux qui avaient donné leur vie.

Il me semblait entendre Monsieur Weber qui évoquait le sort de l'Alsace-Lorraine, que Hitler voulait annexer.

Un jour, après la minute de silence, et alors que la récréation commençait, je m'étais avancé jusqu'à l'estrade et j'avais, étouffant d'émotion, répété une phrase de mon père : « Un patriote, c'est un antifasciste. »

Monsieur Weber m'avait longuement regardé, hochant la tête, me racontant comment, en 1914, les Allemands avaient fusillé des enfants qui avaient dit ou écrit « Vive la France ».

Il avait levé sa béquille, et l'avait posée sur mon épaule comme s'il m'adoubait.

— Tu écris toujours dans ton carnet ?

Je l'avais admis.

— Apprends le sens des mots avant de les utiliser. Fasciste ? Tu sais ce que ça signifie ?

Il m'avait tapoté l'épaule avec sa béquille.

— À la guerre, on tue comme on respire ! Réfléchis avant de parler ou d'écrire ! Ce n'est pas à toi qu'on s'en prendra, mais à ton père.

Inquiet, pensif, je n'avais pas couru le long de l'avenue de la Victoire.

Une foule bruyante était rassemblée devant les panneaux accrochés à la façade de *L'Éclaireur de Nice et du Sud-Est*, le concurrent du *Petit Niçois*. Ils annonçaient l'arrestation des députés communistes, la désertion de Maurice Thorez, le chef du Parti.

Je ne me suis pas attardé.

Je savais que Lucien Paoli avait disparu, déserteur sans doute, et Rosette avait craché par terre, répétant qu'elle avait déjà dit que ce type-là, avec sa morgue, ce n'était qu'un maquereau qui envoyait les autres au casse-pipe.

Il avait filé comme Thorez, mais on avait arrêté Pin, Tasso, Boldrini, Togniacini. Qui sait si Paoli ne les avait pas vendus à la police ?

J'ai hâté le pas, l'angoisse me nouant la gorge.

Et je n'ai pas été surpris quand j'ai vu devant la grande porte de la Banca mon père en conversation avec deux gendarmes.

Dans sa blouse grise, entre ces deux hommes en uniforme, portant un étui à revolver accroché à leur large ceinture de cuir, il m'est apparu malingre et vulnérable.

On allait l'arrêter.

J'ai imaginé que je demanderai à Monsieur Weber de témoigner du patriotisme de mon père. J'appellerai aussi Monsieur Nérod qui avait fui la Russie et savait que Staline était un barbare, et son régime, une dictature. Mon père l'avait approuvé.

Mais j'étais pétrifié, caché derrière le tronc de l'un des hauts platanes de l'avenue que l'automne précoce avait déjà dépouillés de leur feuillage. Puis les gendarmes se sont éloignés.

J'ai couru vers mon père qui était resté sur le seuil de la grande porte de la Banca.

Je devinais ses gestes lents plus que je ne les voyais. Il avait placé sa cigarette au coin gauche de sa bouche, sorti son gros briquet en cuivre, et il avait du mal avec son moignon de pouce, à faire tourner la molette.

Enfin la flamme a jailli.

Je me suis approché, j'ai agrippé sa blouse.

J'ai aimé cette odeur de graisse de moteur qui, habituellement, me donnait la nausée.

DEUXIÈME PARTIE

23.

Mon père, d'un mouvement de tête, à peine esquissé, a désigné les deux gendarmes qui s'éloignaient, leurs sacoches de cuir accrochées à leurs baudriers.

— On ne dit rien à ta mère, a-t-il murmuré en posant comme il en avait l'habitude la main sur ma nuque.

Nous sommes entrés dans la Banca dont le hall était encombré de caisses métalliques.

— Ça part en Italie, ils se préparent.

Je n'avais pas besoin d'explications. Mon père m'avait fabriqué un poste à galène qui me permettait de capter les émissions de la radio italienne. Ma mère avait hurlé, l'accusant une fois de plus de m'« abrutir ».

Il n'avait pas répondu et ma mère s'était résignée.

Le soir, dans le « lit matrimonial » de ma grand-mère qui était devenu le mien, les écouteurs sur les oreilles, je m'indignais des discours de Mussolini, des cris et des applaudissements frénétiques qui saluaient les propos guerriers du Duce. « *Nizza nostra* », scandait la foule lorsqu'il évoquait les « huit millions de baïonnettes de l'armée italienne ».

Mais j'étais séduit par les musiques et les chants martiaux.

Je répétais :

Giovinezza, Giovinezza
Primavera di bellezza[1]

Camerati nella vita
Camerati della morte[2].

J'imaginais mes cousins de Parme, de Reggio, défilant eux aussi, comme les Allemands, au pas de l'oie. Ils devaient chanter « *Siam Fascisti, a morte i comunisti* ».

C'était une « drôle de guerre ».

Jean Gancia, mobilisé à Toulon au Dépôt des équipages de la flotte, était revenu en permission.

Il avait grossi, le visage rubicond.

Il était chauffeur d'un amiral et avec quelques autres marins affectés à l'état-major ils cuisinaient presque chaque soir une bouillabaisse énorme, à se faire péter le ventre.

« Personne ne veut se battre… On attend que ça finisse, on se débrouille, on s'arrange. »

L'amiral détestait les Anglais, et trouvait les Allemands plus convenables. Il avait salué le courage des officiers allemands qui dans la baie de Montevideo avaient sabordé leur cuirassé le *Graf von Spee*, qu'une meute de navires anglais guettait.

Mon père écoutait, soucieux.

« Ils laissent Hitler digérer la Pologne », disait-il.

Qui étaient ces « ils » ?

Je ne comprenais pas.

J'aurais voulu que mon père soit l'un de ces héros dont les exploits faisaient les titres des journaux.

1. « Jeunesse, jeunesse, printemps de beauté »
2. « Camarade dans la vie, camarade dans la mort. »

L'un d'eux, un officier de chasseurs alpins, posait, la poitrine bardée de décorations gagnées durant la Grande Guerre.

Dès la déclaration de guerre, il avait repris du service et avait réussi à franchir les lignes allemandes, afin de recueillir des renseignements, de faire des prisonniers. Il avait été rechercher le corps d'un de ses camarades tombé entre les lignes.

Quand j'avais évoqué ces faits d'armes, cité le nom de ce héros qui possédait une entreprise à Nice, Joseph Darnand, mon père avait eu une expression de dégoût, muée en colère. Darnand, c'était un fasciste, un « cagoulard » !

Encore un mot nouveau, dont je ne cherchais pas à connaître le sens.

Je le notais dans mon carnet, à côté des paroles de ces chansons si différentes de celles que j'entendais sur les radios italiennes. Elles étaient joyeuses.

On ira pendr'notre linge
Sur la ligne Siegfried

chantaient les « collégiens » de l'orchestre de Ray Ventura.

Et Maurice Chevalier, gouailleur, après avoir évoqué la diversité des opinions qui caractérisait l'armée française, concluait au refrain :

Et tout ça fait
D'excellents Français
D'excellents soldats
Qui marchent au pas
En pensant que la République
C'est encore le meilleur régime ici-bas.

Je fredonnais, je chantais, je sifflais, en remontant l'avenue de la Victoire.

Cette guerre, c'était le grand jeu de ma vie.

J'écoutais « ma » radio, ce poste à galène qui déformait les voix, mais j'apprenais qu'à Narvik, en Norvège, « la route du fer » suédois exporté vers l'Allemagne « était coupée ».

Je retenais les noms de Paul Reynaud, chef du gouvernement, de Churchill. Je ne jouais plus avec Monique, Christiane ou Danièle.

Je préférais quand ma mère exigeait que je l'accompagne « au jardin », écouter Monsieur Boissard, que les dames qui l'entouraient appelaient capitaine.

Et j'en voulais à ma mère de paraître convaincue, séduite, par cet homme bedonnant, qui racontait « l'autre guerre », sa « Grande Guerre », et disait qu'on serait bien obligés bientôt de faire appel aux vrais soldats, les anciens combattants, et à leur chef, le maréchal Pétain.

Je connaissais ce nom !

Un jour, mon père m'a entraîné dans les sous-sols.

Il m'a montré à droite de la porte un interrupteur, placé de telle manière, presque au ras du sol, qu'en ouvrant le battant on le masquait.

L'interrupteur commandait une lampe, installée dans son atelier.

Si quelque chose ou quelqu'un m'inquiétait, m'expliquait mon père, je devais abaisser l'interrupteur. « J'aurais le temps de prendre mes dispositions, m'avait-il dit. Je te fais confiance. »

J'étais fier.

J'étais le dépositaire des secrets de mon père.

Je voulais être le fils d'un héros.

24.

J'ai craint pour la vie de mon père.
J'étais son guetteur, aux avant-postes.

Je grimpais sur le toit de notre immeuble. Je distinguais la silhouette d'un navire de guerre qui croisait au large de la Baie des Anges. Italien ou français ?

J'avais entendu mon père affirmer que Mussolini nous attaquerait dès que nous serions affaiblis.

J'avais honte d'avoir dans mes veines, comme le prétendait ma mère, du « sang italien ».

Sang de traître !

J'exigeais qu'elle ne me parle qu'en français. Et en classe, je n'avais pour camarades que ceux dont les noms me paraissaient de pure souche française, Nérac, Boullier, Jacquemin, Clapier. Les Orengo, les Astro, les Giuliano, les Martinotti, je les traitais de haut, moi dont le nom signifiait « Gaulois ».

Et je m'étais enorgueilli d'avoir été qualifié de « coq » par la mère de l'une des « filles du jardin » qui trouvait que j'étais trop pressant avec ces demoiselles, Monique, Christiane, Danièle.

« Coq » oui, parce que « gaulois » et donc « français ».

Et je m'étais persuadé qu'il me faudrait me battre

contre ces traîtres d'Italiens dont mon père ne manquait jamais de rappeler qu'ils ne disposaient que d'une armée d'opérette, qui en 1917 n'avait été sauvée de la débâcle que par l'envoi de troupes françaises !

Mais il fallait se préparer à faire face au fascisme. Et Hitler avait rencontré Mussolini au col du Brenner.

J'ignorais où ce lieu était situé et j'étais bien incapable de placer sur la carte de l'Europe, que mon père avait accrochée au mur du cagibi, Rotterdam, la Meuse ou les Ardennes.

Mais j'inscrivais ces noms dans mon carnet aux côtés de *Stukas*, de *Panzers* et de *parachutistes*.

C'est moi qui avais averti mon père du déclenchement de l'offensive allemande.

Cette nuit-là du mois de mai 1940, je m'étais endormi sans retirer les écouteurs de mon poste à galène. Tout à coup, j'avais été réveillé par des voix gutturales, des chants martiaux, des bruits de moteurs.

La station italienne de Gênes que je captais souvent retransmettait les reportages d'une radio allemande.

La vraie guerre commençait ! Et nous perdions les premières batailles puisque les journalistes et traducteurs italiens exultaient ! Les traîtres allaient nous poignarder dans le dos !

J'ai couru jusqu'à la chambre de mes parents.

Je me suis arrêté sur le seuil.

Ma mère était couchée seule, en travers du lit, bras écartés, cuisses nues.

Dans la clarté naissante j'ai deviné des touffes noires sous ses aisselles.

J'ai détourné la tête, j'ai eu honte.

Tout se mêlait, l'attaque allemande, l'absence de mon père, l'impudeur de ma mère, et je l'avais surprise, alors que j'apprenais que les divisions de Panzers avaient traversé la Meuse, les Ardennes, envahi la Belgique.

Où était mon père ?

Je me suis habillé en hâte. J'imaginais que Nice allait être bombardée. J'ai descendu l'escalier, sautant les marches quatre à quatre, poussant la porte du sous-sol, appuyant longuement sur l'interrupteur. Puis j'ai couru dans le long dédale des caves, traversant la chaufferie, devinant avec effroi les rats qui s'enfuyaient.

Enfin, j'ai aperçu au bout de ce qui m'apparaissait comme un tunnel la lumière qui brillait dans l'atelier de mon père.

Il s'est tourné vers moi avant même que je crie. Il s'est avancé et, d'une voix sourde, il m'a questionné.

J'ai parlé si vite que j'en ai perdu mon souffle, jetant les mots en désordre, Meuse, Belgique, Rotterdam, Ardennes, Sedan, Panzers.

— C'est la radio de Gênes, ai-je ajouté.

— Ceux-là, ils vont nous tomber dessus, a dit mon père.

Il a sifflé.

Et Tasso, l'un de ses camarades, est sorti de l'ombre. Il tenait une barre de fer à la main.

Je savais qu'il avait été arrêté, comme Pin, Boldrini, Togniacini et d'autres anciens combattants des Brigades internationales.

— Il s'est évadé, a murmuré mon père.

Tasso, un homme trapu, que j'avais appelé « sans cou », tant sa tête collait aux épaules, me tendait la main gauche, la droite gardant serrée la barre de fer.

Il m'a broyé les doigts.

— Tu ne l'as pas vu, a dit mon père. Tu n'en parles à personne.

Il a répété ce dernier mot.

Je savais qu'il voulait dire « à ta mère ».

25.

Ma mère, ma « pauvre mère » – comme disait mon père lorsqu'il évoquait la sienne –, je m'efforçais de la rassurer. Mais je ne pouvais rien répondre à cette question qu'elle ne cessait de murmurer :

— Mais qu'est-ce que nous allons devenir ?

Je me serrais contre elle et durant quelques minutes je réussissais à l'arracher à cette angoisse qui la tourmentait, la saisissait à nouveau.

Elle me repoussait : « Mais laisse-moi, laisse-moi ! »

Elle écoutait le *Journal parlé*.

Le gouvernement avait abandonné Paris pour Bordeaux. L'Italie avait déclaré la guerre. Les réfugiés étaient mitraillés par les Stukas. Les divisions de Panzers s'enfonçaient dans le cœur de la France.

— Mon Dieu, mon Dieu, mais qu'est-ce que nous allons devenir ?

Chaque matin, elle se rendait au marché du cours Saleya.

Je guettais son retour du haut de l'escalier, craignant qu'elle ne trébuche, qu'elle ne s'affale sur les marches.

Je descendais à sa rencontre, je m'emparais de son cabas.

— On ne trouve plus rien, disait-elle.

Les maraîchers des rives du Var ne traversaient plus le fleuve.

Au marché, dans les queues qui se formaient devant les rares étals, on disait que les avions italiens allaient bombarder la ville, détruire le pont du Var. On assurait que des parachutistes allemands avaient pris pied à Vence. Les Italiens attaquaient Menton.

Ma mère se jetait sur le lit. Elle était couverte de sueur, s'épongeait le front, la nuque, le cou.

— J'étouffe, murmurait-elle.

Puis elle se levait, vidait son cabas sur la table de la cuisine, commençait à éplucher les légumes, maudissait ces paysans qui augmentaient les prix, « Bientôt on va crever de faim ».

— Ton père…

Je préférais sa colère injuste et les malédictions dont elle l'accablait à son désespoir.

— Il l'espérait, cette guerre, il est content maintenant ! Et toi avec lui ! Pauvres idiots !

Je l'enlaçais. Elle se calmait, préparait un plat de courgettes, d'aubergines et de tomates qu'elle faisait cuire au four.

Mon père arrivait, accompagné de Monsieur Nérod.

J'aimais cet homme au crâne rasé qui nous apportait un panier de légumes et de fruits. La Banca était fermée depuis la déclaration de guerre avec l'Italie, mais Nérod, qui vivait seul dans sa maison des bords du Var, venait chaque jour à bicyclette, nous proposant de nous réfugier chez lui. Ma mère refusait. Pourquoi irait-elle se mettre là, près du pont du Var, que les Italiens allaient bombarder ? Elle n'était pas folle.

— Mais si « lui » – elle désignait mon père – veut s'y installer, je ne le retiens pas.

Elle se tournait vers moi.

— Nous, concluait-elle, on reste ici. On y crèvera. « Il » a voulu sa guerre ! Il l'a.

Elle nous servait, comme l'avait fait ma grand-mère.

Mon père parlait, racontait qu'à Menton les tirailleurs sénégalais avaient repoussé toutes les attaques italiennes et portaient des colliers d'oreilles coupées.

Ma mère poussait un cri de colère et d'effroi.

Elle était italienne, elle en était fière, maudit était le jour où elle avait quitté son pays.

— Vous autres, Niçois, vous n'êtes rien, ni français ni italiens !

Elle marmonnait, tout son visage exprimait l'horreur, le mépris. « Les Sénégalais. » Tout à coup, elle fondait en larmes, me repoussait, criait : « Laissez-moi tranquille ! »

Un jour, le lundi 17 juin 1940, vers 12 h 30, ma mère est revenue dans la cuisine qu'elle venait de quitter en claquant la porte. Elle a crié :

— Le maréchal Pétain, il parle, il parle !

Nous avons tous couru jusqu'au *salotto*.

Ma mère était debout devant le poste de radio, triturant un mouchoir avec des gestes qui me rappelaient ceux de ma grand-mère.

Je savais que je n'oublierais pas la voix chevrotante du Maréchal. Il était le nouveau chef du gouvernement.

Je voulais retenir les mots qu'il employait : « heures douloureuses », « malheureux réfugiés », « je fais à la France le don de ma personne pour atténuer son malheur ».

Ma mère sanglotait. Monsieur Nérod était en larmes. Mon père cachait ses yeux avec sa main gauche.

« C'est le cœur serré que je vous dis aujourd'hui qu'il faut cesser le combat. »

Les derniers mots que j'ai transcrits, quelques instants plus tard, sur mon carnet étaient :

« Après la lutte et dans l'honneur… Un terme aux hostilités. »

Ma mère continuait de sangloter et Monsieur Nérod de pleurer.

Mon père n'avait pas bougé.

Je n'ai pas vu s'il pleurait, mais je l'ai entendu dire :

« Ça, un maréchal de France ! »

26.

Ce maréchal de France là, je lui dois d'avoir reçu mes deux dernières gifles paternelles.

Mais je n'ai pas pleuré.

Cela faisait des mois que je provoquais mon père qui s'était dérobé à toutes les questions que depuis juin 1940 – le mois de l'armistice – je lui posais.

J'avais vu défiler sur l'avenue de la Victoire la Légion des Anciens combattants de 14-18. Ils marchaient au pas, arborant leurs décorations, deux officiers en uniforme portant un grand portrait du Maréchal.

Pourquoi mon père, ancien combattant, son oncle Lino, blessé à Dieuze, gazé, décoré, pourquoi Monsieur Weber, mon instituteur alsacien, invalide, héroïque et patriote, ne faisaient-ils pas partie de cette Légion, ne défilaient-ils pas ?

Le Maréchal, nous, à l'école, nous le célébrions, alignés, au garde-à-vous, cependant que deux bons élèves hissaient les couleurs du mât que l'on avait dressé dans la cour.

J'observais mon père. Je devinais à la manière dont il serrait les poings quand la radio faisait l'éloge de

Philippe Pétain, vainqueur de Verdun, qu'il était hostile à ce Maréchal qu'il appelait, baissant la voix, « la vieille baderne ».

Je ne connaissais pas ce mot dont mon père avait refusé de me donner le sens.

« Oublie ça », m'avait-il lancé d'un ton qui n'admettait aucune réplique.

Et je n'aimais pas qu'il me traitât ainsi, m'écartant de lui, comme si, depuis juin 1940, il avait rompu notre pacte, notre alliance, comme si je n'étais plus digne de partager ses secrets.

Mais je m'obstinais.

J'avais noté le mot dans mon carnet, cherchant le vieux dictionnaire que mon père avait lui-même relié, et que je le soupçonnais d'avoir caché afin que je ne puisse le consulter. Alors je chantais à tue-tête le chant d'allégeance au Maréchal qui à l'école remplaçait *La Marseillaise*.

Maréchal, nous voilà !
Devant toi, le sauveur de la France,
Nous jurons, nous tes gars,
De servir et de suivre tes pas,
Maréchal, nous voilà !
Tu nous as redonné l'espérance,
La Patrie renaîtra
Maréchal, Maréchal, nous voilà !

Je refusais de me taire et mon père quittait l'appartement, en jurant, se réfugiant sans doute au sous-sol dont désormais il fermait la porte à clé.

J'étais malheureux, humilié. Il me semblait que mon père refusait de me faire confiance, me rangeait dans le parti de ma mère. Elle paraissait moins inquiète et avait recommencé à se rendre l'après-midi au jardin Albert-Ier, où elle retrouvait ses amies, et le capitaine Boissard qui portait la francisque – l'emblème de la Légion des Anciens combattants – à la boutonnière.

Le soir, à table, elle feignait d'ignorer mon père, s'adressant à moi, vantant les mérites du Maréchal, grâce à qui l'Allemagne n'occupait qu'une partie de la France. Et ici, à Nice, nous étions en zone libre. Le Maréchal nous protégeait des Italiens qui voulaient nous annexer.

Je ne m'étonnais pas des contradictions maternelles, mais mon père s'emportait contre ces « vieilles badernes » et leur chef.

Moi, je rôdais en ville, attiré par les défilés, les discours, les uniformes, j'assistais, place Masséna, à quelques centaines de mètres de chez moi, au grand rassemblement de la Légion. Joseph Darnand, le « héros des deux guerres », était à la tribune et déclarait : « Nous avons besoin maintenant que les vrais Français patriotes remplacent les métèques, les Juifs et les étrangers. »

Et si mon père, ma mère, ma grand-mère, Jè, Mafalda, Italina et moi, leur descendant, n'étions que des métèques, des Juifs, des étrangers ?

Quelques semaines plus tard, ce Maréchal, « la vieille baderne », rencontrait le chancelier Hitler.

Et j'ai entendu le Maréchal déclarer : « *J'entre aujourd'hui dans la voie de la collaboration.* »

J'ai noté ces mots dans mon carnet mais je n'ai pas eu besoin du dictionnaire pour en comprendre le sens.

J'avais de nouveaux amis, Robert, Simon, Benjamin, qui savaient ce que cela signifiait d'être « métèque, juif, étranger ».

Ils avaient fui la zone occupée où l'on arrêtait les Juifs d'origine étrangère. Et il avait suffi de quelques jours de classe pour que je me lie avec eux, qu'ils me décrivent leur errance. Ils avaient quitté la Pologne, l'Allemagne, l'Autriche et s'étaient réfugiés en France. Mais les Allemands occupaient Paris. Ils avaient donc gagné la zone libre.

Le père de Robert avait été assassiné dans un camp de concentration en Allemagne. Ainsi j'ai appris le mot « Gestapo ».

La nuit, je me réveillais en sursaut, pourchassé, persécuté par les *nazis*. Et ce mot, je le découvrais.

J'étais métèque, juif, étranger, je me voulais pareil à Robert, Simon, Benjamin.

Je comprenais leur réserve, leur prudence, cette façon qu'ils avaient de regarder autour d'eux avant de parler.

Je pensais à mon père qui baissait la voix avant de nommer « la vieille baderne ».

Lui savait. Pourquoi n'agissait-il pas ? Qu'étaient devenus ses camarades ? Tasso, l'évadé que j'avais vu dans les sous-sols et Pin ? Et Gancia ?

Leurs noms me revenaient en mémoire. J'interrogeais mon père et il répondait toujours : « Oublie ça. » Parfois, il ajoutait : « C'est la guerre, essaie de comprendre. »

Si comprendre, c'était renoncer, être lâche, je ne voulais pas comprendre.

Un matin, dans la cour de récréation, alors que s'achevait la cérémonie du lever des couleurs et avant qu'on ne regagne nos classes, j'ai dit – peut-être ai-je crié : « Pétain, c'est une vieille baderne. » J'étais à quelques pas du directeur de l'école, Monsieur Lagier.

Sa main s'est posée sur mon épaule, et il m'a traîné dans sa classe. Il a rédigé un mot pour mon père qu'il convoquait à 8 heures.

« Ou bien il vient et on règle ça entre nous, ou je te renvoie et j'appelle la police. » J'ai remis la lettre à mon père, jurant que je ne connaissais pas les raisons de cette convocation.

Le lendemain matin, j'ai attendu dans le couloir.

C'est mon père qui a ouvert la porte, m'a tiré dans la classe jusqu'à l'estrade. Monsieur Weber était assis à côté de Monsieur Lagier. Sa présence m'a rassuré.

— Ça ne se reproduira plus, a dit mon père.

Il s'est tourné vers moi, je n'ai pas vu son bras se lever, tant le mouvement était rapide.

Et les gifles ont été si fortes que j'ai eu l'impression qu'on m'arrachait la tête.

Je n'ai pas pleuré.

Mon père a murmuré : « Je vous remercie », puis il m'a poussé brutalement hors de la classe et, les joues en feu, j'ai rejoint mes camarades.

Aucun de mes nouveaux amis ne m'a interrogé et je ne leur ai rien raconté.

27.

J'ai fui le regard de mon père durant des semaines, peut-être des mois.

Chaque matin, j'entrais dans la cuisine, tête baissée.

Il était là, devant l'évier, achevant de se raser. J'espérais un mot de lui, et j'avais envie de m'accrocher à son cou, de répéter ces deux syllabes qui m'étouffaient, « papa, papa ».

Mais nous nous taisions.

Je devinais chacun de ses gestes.

Il essuyait son rasoir, l'enveloppait dans un morceau de flanelle, le rangeait dans l'un des tiroirs de ce buffet qu'il avait fabriqué puis il se gargarisait.

Je faisais un pas pour m'écarter de la porte, afin qu'il puisse passer sans me toucher alors que j'étais tenté de l'agripper, de le retenir, de lui crier : « Pardonne-moi, papa ! »

Je m'accusais de l'avoir mis en danger par vanité, pour le compromettre, le contraindre de clamer ses opinions, de ne jamais baisser la voix, afin qu'il agisse comme ces héros dont je rêvais.

Mais il m'ignorait et quittait la cuisine sans un mot, sans un geste, sans un regard.

Et j'avais envie de le défier, de crier à tue-tête

« vieille baderne » afin qu'il me frappe encore, qu'il me châtie plus durement.

J'attendais en vain, et le bruit de la porte palière qu'il claquait était plus douloureux qu'une gifle.

Je me précipitais, j'ouvrais lentement la porte, je le regardais descendre l'escalier.

Je n'étais plus son chevalier, son compagnon d'armes.

Je gagnais les mansardes, je grimpais sur le toit, je m'adossais à « ma » cheminée, je lisais, j'écrivais dans mon carnet.

Je fixais la cime des arbres, j'étais tenté de me laisser glisser sur les tuiles, de plonger, j'imaginais que j'allais me rattraper aux branches, qu'ainsi j'attirerais son attention.

Ma mère m'appelait.

Le temps n'était plus au désespoir, elle avait besoin de moi.

Nous partions pour le marché du cours Saleya.

Ma mère marchait vite, d'un pas résolu.

Elle dressait son plan de bataille. Je devais faire la queue chez le paysan qui vendait des pommes de terre, elle, pendant ce temps, elle achèterait des légumes puis elle me rejoindrait. Et si quelqu'un protestait, elle saurait lui répondre.

Je la découvrais combative. J'étais fier d'elle quand, à ceux qui criaient : « À la queue, madame, à la queue comme tout le monde ! », elle répondait : « C'est mon fils, il a le droit d'être là, il mange, vous savez ! »

Elle bousculait ceux qui tentaient de l'empêcher de prendre place près de moi.

Quand elle les avait domptés, elle m'indiquait l'étal devant lequel je devais l'attendre. J'y courais.

Souvent, elle me confiait un cabas et le porte-monnaie.

« Ne te laisse pas voler, ils te trompent sur le poids, sur le prix, sur tout. Et garde bien ta place. »

Je pensais alors qu'elle était le véritable héros, et que mon père ne savait que parler, et encore à voix basse !

Nous rentrions, nos deux cabas remplis, et je portais le plus lourd parce que, tout à coup, comme si la bataille qu'elle venait de livrer l'avait épuisée, elle paraissait essoufflée, un voile de lassitude et de tristesse couvrant son visage.

Plus nous approchions de la grande porte de la Banca, plus elle traînait le pas, mais courait presque dès que nous étions engagés dans le hall et que nous avions refermé derrière nous la porte de l'escalier.

Il lui arrivait de s'asseoir sur la première marche.

Je tentais de saisir le deuxième cabas, mais elle se levait, commençait à monter et souvent elle me disait :

— C'est pour toi que je fais tout ça.

Je lui prenais de force le deuxième cabas, et je montais l'escalier, en enjambant deux ou trois marches, les bras si tendus par le poids des cabas qu'il me semblait qu'on m'arrachait les épaules.

— Tu es fou, laisse-m'en un, tu vas te faire mal, disait-elle en me suivant.

Mais je gravissais l'escalier comme un soldat d'élite monte à l'assaut.

Un jour, mon père est venu à notre rencontre.

— Donne, m'a-t-il dit.

Il a pris les deux cabas et les a soulevés comme s'ils étaient vides, les portant les bras à l'horizontale, se retournant, me souriant.

— Tu ne peux pas encore faire ça !

J'ai attendu ma mère, j'ai pris sa main et nous sommes montés côte à côte.

C'était mon père, c'était ma mère. Et comme me l'avait dit, il y a longtemps, ma grand-mère Italina, je les unissais.

Je n'avais pas à choisir entre eux.

Mon père d'une inclinaison de tête m'a demandé de le suivre au *salotto*.

En voyant le poste de radio renversé sur la petite table où il était habituellement posé, j'ai pensé : « Il lui ouvre le ventre. » Il avait mis à nu cet entrelacs de fils, cet assemblage de petites lampes.

J'ai admiré ses gestes précis, sa dextérité, la manière dont il faisait surgir des poches de sa blouse un tournevis, une pince, de la toile isolante.

Il m'a montré ce qu'on appelait la « baladeuse », cette ampoule placée au bout d'un long fil et protégée par un grillage.

— Aide-moi, éclaire-moi, a-t-il murmuré.

Je me suis agenouillé près de lui, fasciné par l'agilité de ses doigts, de ce moignon de pouce dont il se servait pour tenir ses outils.

— On y est arrivés, a-t-il dit en redressant le poste de radio.

Il en refermait le ventre, puis commençait à déplacer l'aiguille sur le cadran.

Les voix se succédaient et, malgré les parasites – « Ils brouillent » –, j'ai entendu une voix anglaise, ces lettres BBC qui étaient déjà gravées dans ma mémoire, puisque Robert, l'un des élèves réfugiés de ma classe, m'avait confié que sa mère écoutait la radio anglaise, la BBC.

Mon père m'a pris par l'épaule, me tirant vers lui, m'invitant à regarder le cadran, à retenir les chiffres sur lesquels il avait arrêté l'aiguille.

J'étais à nouveau son chevalier, son écuyer. Je devais veiller à ce que jamais l'aiguille ne reste placée sur cette longueur d'onde, il fallait la laisser en permanence sur Radio Paris.

Il a chantonné.

Radio Paris ment
Radio Paris est allemand.

Il a posé la main sur ma nuque.

Il m'adoubait.

— À l'école, ne chante pas ça, mais *Maréchal nous voilà*, chante-le faux.

J'ai ri. Mais je n'ai pas réussi à prononcer les deux syllabes enfantines qui obstruaient ma gorge.

« Papa », ce n'était pas un mot de soldat.

Ce soir-là, nous sommes restés épaule contre épaule, l'oreille collée au haut-parleur, à écouter ces voix françaises qui venaient de Londres.

28.

Ma mère était assise loin du poste de radio, à l'autre bout de la pièce.

Elle lisait, faisant mine de ne pas écouter, se levait d'un bond, allait ouvrir puis refermer la porte palière et, revenant dans le *salotto*, elle lançait d'une voix étranglée, anxieuse :

— Pas si fort ! Vous voulez quoi ? Qu'on vous arrête, qu'on vous fusille ?

Elle allait et venait, s'approchait du poste devant lequel j'étais installé depuis longtemps ; bien avant l'heure du début de l'émission, tant j'avais hâte d'entendre l'indicatif – des coups de gong graves, longs, répétés – et les premiers mots :

Ici Londres
Les Français parlent aux Français.

Ma mère se penchait, saisissait mon bras, me secouait :

— Ils entendent tout, et « l'autre »…

Elle se tournait vers mon père qui se tenait en retrait, les yeux mi-clos, la tête renversée en arrière.

— « L'autre » qui ne dit rien, poursuivait ma mère.

Elle se plaçait devant mon père.

— Si par malheur il arrivait quelque chose à mon fils…

Elle se retirait dans sa chambre et disait une nouvelle fois :

— Pas si fort !

— Baisse un peu, murmurait mon père.

J'obéissais, je déplaçais à peine l'aiguille sur le cadran, afin d'échapper aux parasites, au brouillage, et, soirée après soirée, j'avais acquis de l'expérience, et je réussissais parfois pendant plus de la moitié de l'émission à obtenir des voix nettes.

Aujourd'hui, huit cent dixième jour
de la lutte du peuple français pour sa libération…

J'épiais mon père.

Il avait un cahier ouvert sur les genoux et de temps à autre il griffonnait quelques mots.

J'imaginais qu'il était l'un des destinataires de ces « messages personnels » qui occupaient une part importante de l'émission. Il était donc un résistant, un héros.

Moi, je cueillais un mot, une phrase ici et là, *Résistance*, *Libération*, « *La flamme de la résistance française ne doit pas s'éteindre et ne s'éteindra pas* ».

Le lendemain, assis sur le toit, j'écrivais le récit de la guerre tel que Radio Londres – et même Radio Paris – la racontait.

Je confectionnais de petits drapeaux aux couleurs des nations en lutte, qui balisaient les lignes de front sur la grande carte que mon père avait punaisée sur l'une des cloisons du cagibi.

J'apprenais la géographie. Je savais où étaient l'oasis de Koufra, le Fezzan, Tobrouk, Bir Hakeim, El-Alamein, ou bien Leningrad, Orel, Stalingrad, Karkhov, Palerme, Naples, Anzio, Monte Cassino…

J'allais chercher mon père, je lui prenais la main. Il me suivait, hochait la tête devant la carte et déplaçait parfois deux ou trois de mes drapeaux.

Mais le plus souvent, il me félicitait et j'aimais lorsque, levant le bras comme s'il portait la main à une visière, il me gratifiait d'un : « C'est bien, camarade ! On va leur briser les reins ! »

Je m'enthousiasmais. Je vivais dans l'univers immatériel des ondes et des voix et j'écrivais, solitaire, assis sur un toit en plein ciel.

Et tout à coup, ma mère, les lèvres tremblantes, les bras levés comme si elle avait voulu frapper mon père, nous rapportait que l'épouse de l'un des nouveaux directeurs de la Banca, une Française, l'avait mise en garde.

« Votre mari est connu de la police fasciste. Ils ont un gros dossier. Ils le surveillent. S'ils l'arrêtent, vous ne pourrez pas rester ici. Quand on a une famille, un enfant, on est prudent. »

— Je le savais, je le savais. Je vous ai avertis. « Ils » entendent tout, disait ma mère.

Elle avait voulu jeter le poste de radio à terre, et je l'en avais empêchée.

Mon père s'est levé.

— Viens m'aider.

Nous sommes descendus au sous-sol, et nous avons jeté dans les chaudières des stencils, des tracts, des numéros de la revue *L'Idée libre*.

— S'il m'arrive quelque chose, tu t'occuperas de maman.

— Cache-toi.

Il a haussé les épaules.

— Il n'arrivera rien.

Je l'ai cru, mais le lendemain, quand j'ai croisé dans l'escalier un officier italien, j'ai tremblé.

Nice était occupée par la Ve armée italienne depuis le mois de novembre 1942.

J'avais vu place Masséna les *bersaglieri* mettre leurs mitrailleuses et leurs canons en batterie.

Il y avait eu les jours suivants des défilés et même des concerts donnés par la musique de l'armée italienne au kiosque du jardin Albert-Ier.

Mon père m'avait rassuré.

— C'est une armée de jolis cœurs, avait-il dit.

Et maintenant, cette menace, cet officier.

Je suis remonté.

Il sonnait à notre porte.

J'ai aperçu le visage de ma mère, ses yeux écarquillés, sa bouche ouverte.

L'officier qui la prenait dans ses bras, l'embrassait, « *Carissima Mafalda* ».

Un cousin de ma grand-mère, un Gasparini, affecté à l'état-major. J'étais entré derrière lui. Il me coiffait de son chapeau d'alpino à plume d'aigle. Je m'en débarrassais d'un geste rageur. Et Giorgio Gasparini riait.

La peur s'est retirée puis est revenue.

L'armée italienne s'est défaite et a été remplacée par les Allemands.

Je rentre de classe. Devant moi, sur le trottoir de l'avenue de la Victoire, un soldat allemand qui porte un écusson bleu blanc rouge cousu en haut de la manche gauche de sa veste. Deux civils marchent près de lui.

Je dépasse ces trois hommes, j'avance fièrement à grands pas et brusquement *j'entends* ce que je siffle, ce chant de ma petite enfance dont les paroles résonnent en moi.

C'est la lutte finale
Groupons-nous et demain
L'Internationale
Sera le genre humain.

Je n'ai jamais eu aussi peur. J'accélère le pas. Je n'ose pas me retourner, je traverse, je cours jusqu'à la Banca, je me réfugie dans les sous-sols.

La peur est une lèpre qui rongera mon corps des semaines durant.

Je revois l'écusson bleu blanc rouge du soldat allemand.

Moi qui n'ai plus prié depuis des mois, emporté que j'étais par cette machinerie humaine qu'est la guerre, par la succession fascinante des événements, je remercie Dieu de m'avoir protégé.

Je peux imaginer ce qui serait advenu.

Je songe à me confier à Robert. Il est absent de l'école depuis plusieurs jours. Et manquent aussi Simon et Benjamin.

Je cours rue d'Italie, je rôde autour de l'immeuble où Robert habitait avec sa mère.

Je crois avoir maîtrisé ma peur et je frappe à la porte de la loge de la concierge.

Je balbutie quelques mots.

— Je ne sais rien et je ne veux rien savoir, dit la concierge en claquant la porte.

Je fuis, je me réfugie auprès de mon père, dans son atelier. Je pleure, je tremble en lui parlant de Robert, de Simon, de Benjamin.

Peut-être tes amis ont-ils réussi à se réfugier dans les villages de l'arrière-pays, me dit-il.

Mais sa voix est lasse. Il est voûté. Il roule lentement une cigarette.

— Peut-être, reprend-il.

Puis il ajoute :

— Il faut que ça finisse vite, sinon ils nous tueront tous.

29.

Les morts, je les ai vus, j'ai voulu les voir.

Dès que les sirènes annonçaient une alerte, je ne pensais qu'à m'arracher à la surveillance de ma mère.

Elle, affolée, serrant sa gorge de la main gauche, me tirant avec la droite si résolument que je ne pouvais pas la suivre, se précipitait dans la salle des coffres de la Banca qui avait été aménagée en abri. On y avait installé des matelas, des canapés, des fauteuils et des tables.

Les employés et la cohorte des chefs de service, des fondés de pouvoir, et même les directeurs, accueillaient ma mère avec déférence. Ils lui parlaient en italien et elle changeait de visage, se redressait, lâchant ma main, répondant à ses admirateurs, dans son bel italien souple et chaud.

Je l'admirais aussi, oublieux un instant de l'alerte, mais elle s'assombrissait, feignant de ne pas voir mon père qui entrait dans la salle, portant un fauteuil sur son dos.

Il était l'homme de peine, avec sa blouse bleue ce jour-là. Mais elle pouvait être grise, maculée de taches de graisse.

Les courtisans de ma mère portaient veston, cravate

et parfois col cassé blanc et même pour quelques-uns d'entre eux, nœud papillon.

J'observais ma mère qui se déplaçait de manière à ne jamais se trouver face à mon père.

Je pouvais donc le suivre. Il ne se souciait pas de moi. Il descendait l'escalier qui menait au sous-sol et, arrivé dans son atelier, il lançait : « On peut y aller, ils sont tous à la salle des coffres. »

Tasso, Borello, Boldrini sortaient de la pénombre, portant des paquets de tracts, de journaux.

Mon père m'apercevait, me chassait d'un geste vif. Je devais surveiller ma mère, disait-il : « Qu'elle reste où elle est. »

Je m'éloignais mais je quittais la Banca.

Dehors, l'air vibrait.

Le grondement sourd des bombardiers qui survolaient la ville était accompagné par de violentes explosions qui provenaient des quartiers est, sans doute de la gare Saint-Roch que des attaques précédentes avaient déjà visée.

Je m'élançais comme si j'avais été affamé, assoiffé, et que ce bombardement, la mort et les destructions qu'il avait provoquées étaient ma pitance.

Je voulais voir, ne rien laisser perdre.

À table, ma faim était si grande que je léchais mon assiette. Et mon désir de voir était plus insatiable encore.

J'ai couru dans les rues désertes, poursuivi par les coups de sifflet des gardiens qui se tenaient devant les entrées des abris.

Et brusquement le silence, puis, après quelques minutes, la sirène donnait le signal de la fin de l'alerte, déchirant de son hululement le ciel qu'envahissaient à l'est des volutes de fumée.

Les morts que je voulais voir, je les ai vus.

C'était rue de la République. J'étais né dans la maison située au numéro 42.

Les secouristes et les pompiers sortaient les corps des gravats et les posaient côte à côte sur la chaussée couverte d'une épaisse couche de poussière grise.

Les corps étaient nus, leur chair à vif comme des écorchés.

Ils étaient difformes, outres trop remplies, prêtes à se déchirer.

Je suis resté un long moment immobile, ne les quittant pas du regard.

Ils n'avaient plus d'yeux, mais deux trous noirs béants.

On m'a bousculé. Qu'est-ce que tu fais là ? Tu habites où ?

Je n'ai pu retenir un cri. Mon grand-père paternel occupait le premier étage de cette maison et je venais seulement de m'en souvenir.

J'ai couru vers le porche, escaladé les gravats, les morceaux d'ardoise, ce qui restait des marches de l'escalier.

Au premier étage, les cloisons étaient éventrées, et cet homme qui était debout, serrant contre lui une boîte en bois qu'il avait construite et sculptée et dont il m'avait dit plusieurs fois qu'il me la léguerait, c'était Louis, mon grand-père.

Il fixait le sol et j'ai vu les corps à demi ensevelis d'une femme et d'un enfant.

Je me suis souvenu des propos méprisants de ma

mère qui accusait son beau-père de loger chez lui une femme qui avait fait la vie, et un bâtard.

Elle avait déclaré qu'elle ne l'inviterait jamais.

Mon père s'était incliné.

Mon grand-père m'a vu.

Il a d'abord paru ne pas me reconnaître, puis il m'a dit, me montrant sa boîte – il l'appelait son « petit coffre » :

— C'est tout ce qui me reste.

Il s'est agenouillé, bras croisés sur son « coffre », comme s'il portait un enfant.

Les secouristes sont enfin arrivés.

J'ai pris la main de mon grand-père.

— Tu viens à la maison.

Il a refusé d'un mouvement de tête et retiré sa main.

J'ai traîné la plus grande partie de l'après-midi parmi les gravats, les ruines et les morts.

Quand je suis rentré, ma mère s'est précipitée vers moi, criant que je voulais la faire mourir.

— Les morts, je les ai vus, ai-je répondu.

J'ai parlé de mon grand-père, puis sans attendre la réponse de ma mère je suis monté sur le toit et j'ai commencé à écrire dans mon carnet.

Le crépuscule avait la couleur rouge sang des cadavres écorchés.

30.

Le crépuscule avait fait place à la nuit mais je ne voulais pas m'endormir.

Je restais assis dans mon lit, somnolent mais sur le qui-vive. J'attendais le hurlement des sirènes, les rafales de mitrailleuse, le bruit de crécelle de cet « avion fantôme » qui lâchait des bombes de faible puissance sur les immeubles proches de l'avenue de la Victoire et de la place Masséna. On ignorait son identité.

Souvent, des fusées éclairantes zébraient le ciel comme le fait la foudre lors des orages d'été.

Je souhaitais qu'ils se déchaînent et dans la chaleur moite et immobile de ces nuits de juillet et août 1944 je tremblais d'exaltation et d'impatience.

— Ça ne durera plus longtemps, avait dit mon père.

Toutes les nuits, il disparaissait et j'imaginais qu'il préparait la *Libération*, l'*Insurrection* – ces mots que j'avais appris, écrits en lettres capitales et soulignés dans mon carnet.

Au moindre bruit – et la nuit était pleine de coups de feu isolés, d'explosions dans le lointain, de cris de soldats allemands qui s'interpellaient – ma mère poussait la porte de ma chambre.

Échevelée, elle se lamentait, s'indignait.

— Il faut descendre à la salle des coffres, tu entends l'avion ? Où est ton père, ce salaud nous laisse crever ici.

Sa violence et sa vulgarité me gênaient. Je ne voulais pas découvrir ainsi l'un de ses visages.

Je ne lui répondais pas, je la bousculais, je l'abandonnais, dévalant l'escalier.

Mon père ne fermait pas à clé la grande porte de la Banca. Je l'entrouvrais. L'avenue de la Victoire était déserte. Je m'éloignais en courant, m'arrêtant aux carrefours, saisi par la peur quand j'apercevais une patrouille d'agents de police, souvent accompagnés de soldats allemands.

L'aube était aussi sanglante que le crépuscule.

Les bombes de la nuit n'avaient pas seulement criblé d'éclats la façade mais lacéré les corps.

Ils gisaient dans des flaques de sang.

À quelques pas de là, le jardin Albert-Ier était entouré de fils de fer barbelé auxquels on avait accroché des panneaux « *Achtung Minen* ».

Un matin, alors que je traversais la place Masséna, j'ai vu un homme franchir les barbelés, comme s'il n'avait pas remarqué les écriteaux, les têtes de mort peintes en noir.

Je l'ai suivi des yeux, alors qu'il marchait lentement vers ces carrés plantés de légumes, qui n'étaient qu'à une centaine de mètres des barbelés.

Tout à coup, alors que l'explosion d'une mine, comme une vague puissante, envahissait la place, j'ai vu le corps projeté en l'air, désarticulé, retomber lourdement.

Je me suis approché des barbelés.
J'étais seul. Je ne pouvais me détourner de ce corps qui n'était plus qu'un ressaut noirâtre taché du rouge des tomates qu'il avait écrasées.
C'était cela la mort.
J'ai cru que je la connaissais.

Puis une après-midi, alors que je tentais de me rendre au Beau Rivage, la seule plage que les Allemands avaient autorisée à demeurer ouverte, j'ai vu des hommes et des femmes s'enfuir, se retournant souvent comme s'ils craignaient d'être poursuivis. Parfois, ils s'arrêtaient pour reprendre leur souffle et l'un d'eux racontait en haletant que les Allemands avaient pendu des résistants à chaque platane de l'avenue de la Victoire.

Mon père.
Je l'ai imaginé.

J'ai couru à en perdre haleine et j'ai vu deux corps pendus aux réverbères qui se faisaient face de part et d'autre de l'avenue de la Victoire.
Pas d'Allemands, pas de policiers, seulement quelques personnes qui se tenaient à distance.
Moi, je voulais voir.

Je suis allé jusqu'à ces corps que sous les vêtements informes, trop amples, maculés, je devinais martyrisés, amaigris.
Les visages étaient exsangues, et la corde cisaillait le cou. Les mains étaient liées dans le dos.
Pas d'autres pendus aux arbres de l'avenue.
Des policiers sont arrivés, puis des Niçois, tête levée, silencieux, fixant ces cadavres.

Un policier s'est approché de moi.

« Rentre chez toi, ce n'est pas de ton âge. »

La guerre et donc la mort étaient de mon âge.

Et on avait pendu ces deux partisans à cent mètres de chez moi.

Je suis rentré.

Dans le hall, j'ai aperçu mon père entouré d'employés. On le soutenait, on lui donnait l'accolade. On le forçait à s'asseoir.

Un employé est venu vers moi.

— Va voir ton père, calme-le.

Mon père pleurait comme un enfant qui de son avant-bras cache son visage.

Il répétait :

« On les a laissés faire ça. »

On le raisonnait. Il y aurait eu un massacre. Ils auraient brûlé le quartier. C'étaient des SS.

— On les a laissés faire ça, a répété mon père.

On m'a poussé vers lui. J'ai pris sa main. Il a continué de pleurer.

Je l'ai entraîné. Nous avons commencé à monter l'escalier. Il s'est arrêté.

— Souviens-toi de tout, a-t-il dit.

31.

Ma mère a ouvert la porte et caché son visage dans ses mains, mais je voyais ses lèvres et, à leur mouvement, je devinais les mots qu'elle murmurait :

« *Dio mio* », « mon Dieu », « pauvres de nous ».

Mon père était immobile. Il ne pleurait plus mais ses yeux étaient rouges et sa main dans la mienne tremblait.

Ma mère tout à coup s'est élancée, et je ne l'avais jamais vue sautant les marches. Elle ouvrait les bras, et mon père se laissait aller contre elle. Il sanglotait.

Moi, j'étais contre eux, les enlaçant comme si j'avais voulu qu'ils restent à tout jamais ainsi.

Et nous sommes montés, agrippés l'un à l'autre.

J'entendais ma mère qui disait :

« Qu'est-ce que tu pouvais faire ? On a laissé crucifier le Christ… »

C'était le 7 juillet 1944 et j'écris cette page un 7 juillet, soixante-sept années plus tard, jour pour jour.

Je n'ai jamais oublié Séraphin Torrin et Ange Grassi, les deux pendus dont les corps sont restés accrochés aux réverbères qui se font encore face, de part et d'autre de l'avenue de la Victoire.

Ils avaient été dénoncés et arrêtés à Gattières, un village de l'arrière-pays, perché au-dessus de la rive ouest du Var.

Peut-être étaient-ils italiens, mais ils faisaient partie des Francs-Tireurs et Partisans français, l'organisation dirigée par les communistes.

Ils avaient été battus, torturés, puis, le corps en lambeaux, ils avaient été jugés par le Tribunal militaire allemand qui siégeait à l'hôtel *Ruhl*, l'un des palaces de la promenade des Anglais. Condamnés à mort par pendaison, leurs corps devaient être exposés au centre de Nice.

Deux camions de la Wehrmacht s'étaient arrêtés sous les réverbères auxquels les Allemands avaient noué des cordes.

Puis on avait fait monter les deux condamnés sur le toit des camions.

Monsieur Nérod m'a raconté que mon père s'était mis à crier, à courir en tous sens dans le hall de la Banca, interpellant les employés.

Personne ne l'avait rejoint.

Il s'était précipité seul vers la grande porte devant laquelle se tenaient, armes pointées, deux soldats.

Une cinquantaine d'autres étaient disposés le long de l'avenue, visant les fenêtres des immeubles.

On avait ceinturé mon père, l'empêchant de sortir.

On lui avait tenu le discours de la prudence et du bon sens.

Voulait-il offrir à ces barbares le prétexte d'un massacre qu'on ne pourrait empêcher ?

— Ton père a commencé à pleurer et on avait honte d'avoir raison, avait conclu Monsieur Nérod.

Les Allemands se sont retirés, et la police a décroché, trois heures plus tard, les deux corps de Séraphin Torrin et Ange Grassi.

Je suis monté sur le toit et j'ai écrit dans mon carnet ce que j'avais vu.

32.

Je savais que c'était la fin de *ma* guerre et personne, ni mon père ni ma mère, n'aurait pu m'empêcher de la vivre comme je l'entendais.

Ma mère se lamentait.

« Mais qu'est-ce que j'ai fait au bon Dieu, qu'est-ce que j'ai fait… Je préfère mourir… »

Je l'embrassais et je sautais les marches de l'escalier quatre à quatre. Souvent, je tombais, mais j'ignorais alors ce qu'était la douleur.

Mon père se contentait d'un hochement de tête, parfois d'un clin d'œil.

— Ne fais pas « ça » à ta mère, m'a-t-il dit un matin où il m'avait rejoint sur le toit.

Nous étions assis épaule contre épaule, adossés à « ma » cheminée.

J'admirais la dextérité avec laquelle, en dépit de son pouce tranché, il roulait une cigarette, veillant à ne pas laisser perdre un brin de tabac.

— Ne lui fais pas ça.

« Ça », c'était être tué ou blessé.

Je haussais les épaules.

Je venais d'achever la lecture des *Misérables* et j'étais Gavroche qui chantait :

Je suis tombé par terre
C'est la faute à Voltaire
Le nez dans le ruisseau
C'est la faute à Rousseau.

J'ignorais qui étaient Voltaire et Rousseau, mais je me sentais indestructible, même si, lorsque je croisais les miliciens de Darnand, la peur me tordait le ventre.

Pourtant, je les suivais. Ils étaient à peine plus âgés que moi. Ils paradaient en uniforme noir, coiffés d'un béret de chasseur alpin.

Je les observais. Je m'approchais des sentinelles qui montaient la garde devant le siège de la Milice situé à quelques rues de l'avenue de la Victoire.

Je voulais éprouver ce qu'ils ressentaient. L'un d'eux venait vers moi.

— Tu veux t'engager ?

Mais j'étais trop jeune.

Il faisait jouer la culasse de son mousqueton ou bien enfonçait le chargeur de sa mitraillette.

J'osais lui dire d'une voix admirative :

— Vous êtes comme des SS français.

— Waffen SS ! corrigeait-il.

Je m'éloignais.

Un jour, l'un d'eux a crié : « Halte ou je tire ! »

Je me suis retourné, la peur comme un coup de masse écrasant ma poitrine. Il me visait avec son mousqueton et il a éclaté de rire.

La guerre était aussi un jeu.

Mais on y mourait.

Jean Gancia avait été arrêté, fusillé ou déporté. Mme Rosette avait disparu. J'avais revu, dans les sous-sols, Borello et Boldrini, mais Tasso avait sans doute été assassiné par les miliciens.

— Ceux-là, douze balles dans la peau, avait lancé mon père.

Mais je m'étais glissé dans la peau d'un milicien, et j'avais imaginé ce qui l'avait poussé à endosser cet uniforme, à prêter serment au chef Darnand, et bientôt à crier peut-être « Vive la France ! » face au peloton d'exécution.

Je devenais aussi ce soldat allemand qui s'était avancé dans le hall de la Banca, vieil homme las, mais casqué et armé. Il voulait échanger une boule de pain contre un paquet de tabac. Mon père avait accepté le marché.

Et ce jour-là, mordant dans ce pain noir, gluant de l'ennemi, je n'avais pas eu faim !

On bombardait le port et j'y courais, découvrant pour la deuxième fois, mon grand-père Louis, au milieu des gravats du logement où il venait de s'installer.

— Elle ne veut pas de moi, m'avait-il dit, montrant les cloisons effondrées.

Elle, cette mort qui ne m'étonnait plus, que je ne craignais pas, que je défiais, m'échappant des abris pendant les alertes, et le 28 août, le jour des combats de la Libération, courant d'une barricade à l'autre, sautant dans une voiture de l'armée allemande dont les FFI – Forces Françaises de l'Intérieur – s'étaient emparées.

J'ai remonté ainsi, parmi les combattants, l'avenue de la Victoire et, devant le siège de la Milice, j'ai aperçu mon père, un revolver passé dans la ceinture.

Nos regards se sont croisés.

Nous nous sommes salués de la main, et je n'ai pas compris ce qu'il criait, me demandant peut-être de rentrer afin de rassurer ma mère.

Mais la voiture redémarrait et je n'étais qu'un fils égoïste qui voulait participer jusqu'au bout à son grand jeu.

Et j'ai vu abattre sur la promenade des Anglais un homme au visage tuméfié.

Et j'ai vu des femmes au crâne rasé. On avait tracé à la peinture noire sur leurs joues et sur leurs seins dénudés une croix gammée.

Pauvres femmes, giflées, bourrées de coups de poing et de pied, qu'une meute hurlante traitait de putains, de salopes.

Elles étaient couvertes de crachats.

Pauvres femmes humiliées à jamais.

J'ai eu envie de pleurer et de crier.

J'ai eu honte.

J'ai sauté de la voiture et j'ai couru chez moi.

Ma mère m'a ouvert les bras, remerciant Dieu, puis elle m'a giflé en me maudissant.

TROISIÈME PARTIE

33.

Dans les jours qui ont suivi les combats de la Libération, j'ai marché au premier rang des cortèges victorieux qui parcouraient la ville.

Là, on envahissait et on pillait le siège de la Milice. Puis on s'enfuyait parce que la rumeur courait que la Wehrmacht qui tenait encore le nord et l'est du département contre-attaquait et quelqu'un, près de moi, criait que les salopards de miliciens avaient miné l'immeuble, qu'il fallait leur faire la peau. Il lançait des noms, des adresses. Des groupes s'élançaient en hurlant : « À mort les miliciens ! »

J'entrais dans l'hôtel *Majestic* où la Gestapo torturait et exécutait les résistants. Pendant que de jeunes hommes portant des brassards tricolores se querellaient pour savoir qui occuperait tel ou tel bureau, je m'emparais d'un casque et d'une baïonnette avec son étui d'acier noir et, serrant mon butin, je partais en courant, et déposais mes trophées devant ma mère qui criait qu'elle ne voulait pas voir « ça » chez elle.

— Enlève-moi ça, enlève-les !

Et tout à coup, alors qu'elle me semblait emportée par la colère, pleine d'une furieuse et inépuisable énergie, elle s'affaissait sur une chaise, dans notre cuisine, l'eau continuant de couler, de remplir l'évier où elle avait commencé de laver les légumes pour la soupe.

Ma mère, la tête tombant sur sa poitrine, voûtée, les avant-bras appuyés sur ses cuisses, paraissait si lasse, si désemparée, si absente, que je l'enlaçais, entourant ses épaules.

— Fous, les hommes sont fous, murmurait-elle, ne sois pas comme eux.

Elle me suppliait, hoquetait. Elle sanglotait.

Elle avait eu si peur pour moi, expliquait-elle. Elle haussait les épaules. « Ton père… » Lui savait ce qu'il faisait, et puis il avait vécu « c'est un égoïste… mais toi ! »

— Tu as vu ce qu'ils ont fait à ces femmes ? m'a-t-elle brusquement demandé d'une voix anxieuse.

Je me suis écarté d'elle. J'ai dit en fermant le robinet : « Ça déborde. » Elle s'est redressée, elle a du dos de la main essuyé ses larmes.

— Laisse-moi, maintenant.

D'un mouvement de tête, elle a montré le casque et la baïonnette.

— Emporte ça, débarrasse-t'en.

Je n'ai pas bougé. Je n'avais pas osé parler à ma mère de ces femmes – ces « pauvres femmes », avais-je écrit dans mon carnet – au visage et au corps maculés, couverts de crachats et de sang séché, et dont les yeux n'étaient plus que des protubérances noirâtres et fendues.

J'avais simplement dit : « Il y a des femmes… »

Elle m'avait menacé de me gifler à nouveau, criant qu'elle ne voulait rien savoir.

Et maintenant, c'était elle qui les évoquait.

J'avais voulu interroger mon père.

Je l'avais entendu dire après la pendaison de Séraphin Torrin et Ange Grassi : « On a laissé faire ça ! »

Et il avait fallu le ceinturer pour l'empêcher de sortir de la Banca.

Il m'avait dit : « Souviens-toi de tout. »

— J'ai vu ces femmes, avais-je commencé.

Il m'avait longuement fixé. Je l'avais senti hésitant, puis il s'était contenté de me dire, à mi-voix, comme s'il se parlait à lui-même :

— Pas beau à voir. Oublie ça.

Je n'ai pas voulu lui rappeler ses propos.

J'ai soutenu son regard, fait non de la tête. Je n'oublierai rien. Ni les corps torturés et pendus de Torrin et Grassi, ni ceux de ces femmes livrées à la haine, traitées comme on ne le fait pas avec des animaux, qu'on tue, qu'on massacre mais qu'on ne méprise pas.

Je me suis souvenu de l'abbé Jean, qui dirigeait le patronage Don Bosco, où ma mère m'avait inscrit un été.

C'était une vaste demeure au milieu des platanes, à l'est de la ville, où j'ai côtoyé ces fils d'ouvriers, d'immigrés – ce que j'étais, mais je vivais dans un quartier cossu, central, ce qui me séparait de mes compagnons d'origine.

À la fin de l'été, l'abbé Jean m'avait proposé d'entrer au séminaire. J'avais à l'entendre une « vocation ».

Il avait rendu visite à ma mère et celle-ci m'avait aussitôt retiré du patronage.

« Je veux que tu sois un homme », avait-elle dit.

Qu'est-ce qu'il croyait cet abbé, qu'elle allait se laisser voler son fils ?

L'abbé Jean m'a convié à faire une dernière promenade dans l'allée aux platanes. Peut-être ma mère avait-elle raison, avait-il dit. Mais si j'avais une vocation, comme il le croyait, elle s'imposerait à moi, malgré tous les obstacles.

« Quoi que tu fasses, avait-il conclu, n'humilie jamais un être humain, c'est toi que tu avilis. »

J'ai découvert, en ces lendemains de Libération, que j'étais du parti des humiliés, celui de Torrin et Grassi et celui des femmes tondues marquées de la croix noire de l'infamie.

34.

Humilié ?

Ce mot, ce sentiment dans lequel je me drape aujourd'hui, je n'en ai trouvé aucune trace dans les carnets où, durant mes années d'adolescence, je confiais ce que j'éprouvais, je racontais ce que je vivais.

Humilié ? Bagarreur solitaire plutôt.

J'affrontais, devant les entrées des grands hôtels de la promenade des Anglais, des bandes venues des quartiers de l'Est qui comme moi guettaient les GI que l'armée américaine envoyait au repos sur la Côte d'Azur, car la guerre continuait loin, à l'est, sur le Rhin.

J'avais appris quelques mots d'anglais, d'abord « *Give me please* », puis « *Do you sell cigarettes ?* ».

Nous entourions les GI, nous les harcelions. Ils sortaient de leurs magasins réservés – les PX – des sacs bourrés de ce dont nous rêvions, biscuits, chocolat, chewing-gums, cigarettes. Il fallait d'abord conquérir sa place, à coups de poing, à coups de « boule », puis négocier avec les soldats.

Certains d'entre eux, d'un clin d'œil, nous proposaient des échanges équivoques.

Humilié ? Parce que ce « type » tendait sa main vers

mon sexe ? Je crachais avec dégoût dans sa direction, et il m'injuriait : « *Bastard !* » et d'autres jurons dont j'imaginais la violence.

Et il y avait les gars du *Babazouk*, ceux contre lesquels je m'étais toujours battu avant la guerre, au jardin Albert-Ier, et qui me bousculaient.

Humilié ? Je les repoussais, je voulais gagner, vaincre. Volonté de fer, m'avait répété mon père. Je m'obstinais et, peu à peu, ils renonçaient à me chasser, et je pouvais commencer mon petit commerce. Un casque allemand, avec l'écusson des SS contre dix cartouches de cigarettes ! Une baïonnette et son étui en acier noir contre un blouson et une chemise.

Ces vêtements, je les mettais sur la table de notre cuisine, et ma mère stupéfaite, inquiète, se contentait de mes mensonges et s'émerveillait. Et j'offrais à mon père un paquet de Lucky Strike.

J'étais fier. Je partais au collège technique du Parc-Impérial dont j'étais l'élève, les poches de mon blouson remplies de paquets de chewing-gums et de cigarettes que je revendais, à l'unité, avant d'entrer dans le collège, car je savais que le directeur fouillait les élèves, au hasard, nous scrutant lorsque nous passions devant lui.

Humilié ? Je soutenais son regard. Je levais les bras, haut, comme un soldat qui se rend. « *Hands up !* » Le directeur me laissait passer, fouillant un élève derrière moi, et poussant un cri, parce qu'il découvrait des carrés de poudre, ou même un revolver !

C'était comme la preuve que la guerre se prolongeait.

Certains élèves venaient le cartable plein de cartouches et, sur la voie ferrée toute proche, nous allumions des feux et y jetions les munitions, nous couchant à plat ventre sur les remblais, cependant que les balles sifflaient.

Ma mère s'affolait. Elle avait reçu une lettre du directeur du collège, avertissant les parents des dangers que couraient les élèves, « des armes à feu, des couteaux, des baïonnettes, des explosifs sont introduits au collège… ».

— Ta baïonnette, avait répété ma mère d'une voix de plus en plus aiguë.

Je haussais les épaules, je mentais une fois encore mais il me fallait la rassurer. Elle marchait toujours au bord de cet abîme qu'est la panique. Et elle ne savait pas ce qu'était la guerre, la traversant, la peur nouant sa gorge et son ventre, inquiète jusqu'à l'égarement, craignant le malheur qui pourrait fondre sur moi, et dont elle devinait qu'elle n'y survivrait pas.

Moi, je ne jouais qu'à me battre depuis l'enfance. J'avais vu les corps pendus de Torrin et Grassi, et les femmes, les pauvres femmes, livrées à la fureur de ces animaux sauvages que peuvent être les hommes.

Un jour, ma mère, peut-être conseillée par le capitaine Boissard qui continuait de pérorer au jardin Albert-Ier – mais il avait retiré sa francisque de la boutonnière de sa veste – m'a inscrit aux Éclaireurs de France.

Et me voilà parti camper dans le Vercors, près de ces grottes où les Allemands avaient massacré les blessés et les médecins où, sur les parois, on distinguait encore des traînées brunâtres de sang.

Notre chef de troupe, Marion, avait le corps brisé. Pilote de la France Libre, son avion avait été abattu, et il avait survécu miraculeusement. Il nous commandait comme si nous étions des combattants. « Garde à vous, salut aux couleurs. »

Nous claquions des talons. Nous lancions des grenades dans les lacs de montagne et nous allumions de grands feux pour griller les poissons morts.

Le dernier soir, alors que nous entourions le mât que nous avions dressé au centre de notre campement, Marion a demandé un volontaire. Il fallait répondre sans connaître la mission qui serait confiée à cet éclaireur.

J'ai eu l'impression que mon corps était parcouru sous la peau par une flamme intense, descendant de la nuque, brûlant le bas-ventre, les jambes, et remontant jusqu'à ma gorge.

J'ai fait un pas en avant, j'ai dit : « Volontaire, chef. »

Le jeu de la guerre se poursuivait.

Il s'agissait simplement de monter la garde devant la tente de Marion.

Ce que j'ai fait, grelottant sous une pluie fine qui devenait avec l'aube un brouillard dense et glacé.

Humilié ? Fier.

Je suis rentré chez moi comme un héros revient de guerre.

C'était la fin de l'été. J'ai frappé et entendu ma mère qui criait : « Le voilà ! »

Mais c'est mon père qui a ouvert.

Dans le *salotto*, il y avait trois hommes debout, aux visages et aux corps de paysans, ronds, trapus. Ils portaient l'uniforme des GI, et un instant j'ai craint qu'ils ne viennent m'appréhender, et déjà je préparais ma défense.

L'homme a levé la main et il a dit quelques mots dans une langue qui mêlait le français, l'italien, l'anglais, le niçois.

Je me suis souvenu de cet officier italien, un cousin de ma mère, Giorgio Gasparini, qui nous avait rendu visite en 1942. « *Carissima Mafalda* », avait-il dit en embrassant ma mère.

Et maintenant Charles Oberti.

— Ses parents ont continué le voyage jusqu'à San Francisco, expliquait mon père.

Il ouvrait les bras, riait et je l'avais rarement vu si expansif.

— Et nous voilà, l'Internationale des Italiens.

Il m'avait poussé vers le GI afin que nous nous embrassions.

Même ma mère souriait.

Charles Oberti appartenait à l'armée de la Libération. Giorgio Gasparini avait été officier de l'armée d'occupation.

Quel était le sens de la guerre, alors que les hommes, quels que soient leurs uniformes, étaient liés les uns aux autres ?

Je ne me suis pas interrogé longuement.

Je savais qu'il y avait des patries, des armées, des camps opposés, des ennemis et des alliés.

J'ai rencontré dans le hall de la Banca Lucien Paoli, mais j'ai eu du mal à le reconnaître. L'arrogant et famélique laveur de carreaux, à la voix autoritaire et méprisante, qui parlait au nom du *Parti* communiste, portait costume et cravate et avait troqué son échelle et son seau contre une sacoche d'officier de cuir fauve. Il avait été promu, avait murmuré mon père, au grade de commandant durant la résistance puis le *Parti* l'avait placé à la tête du *Patriote de Nice et du Sud-Est*, le quotidien qui avait succédé au *Petit Niçois*.

Paoli expliquait à mon père qu'il voulait rencontrer les directeurs de la Banca, le Parti exigeait qu'ils versent des contributions régulières aux souscriptions que lançaient les organisations communistes.

— Qu'ils se souviennent, nous sommes le *Parti des Fusillés*, avait murmuré Paoli. Toi – il avait touché mon père du bout de son index – tu représentes à la Banca notre Parti. Parle fort et clair. Ils font tous dans leur froc. Une France nouvelle va naître, et ils le savent. Dans leur tête, ils ont capitulé.

Mon père avait murmuré :

— Je suis trop vieux.

Paoli avait grimacé.

— Tu te dégonfles toujours.

Mon père avait fait un pas en avant, les poings serrés.

— Ça va, ça va, excuse-moi, avait dit Paoli. Tu laisses passer ta chance, tu n'aides pas le Parti. Et je le regrette, n'en faisons pas une histoire.

Il s'était tourné vers moi. Qu'est-ce que j'attendais pour adhérer au Parti des Fusillés ? Il avait ricané : « Tu n'es pas trop vieux, toi ! Prends ta carte aux Jeunesses communistes. »

Je me suis éloigné.

Humilié ? Non, révolté.

35.

J'avais regardé Lucien Paoli traverser le hall de la Banca d'un pas altier. Il balançait sa sacoche d'officier, comme pour attirer l'attention sur le symbole de son grade, de sa fonction, de ce qu'il représentait, ce *Parti des Fusillés*, soixante-quinze mille héros, affirmait *Le Patriote de Nice et du Sud-Est*.

Au moment de sortir du hall, Paoli s'était retourné, m'avait vu et avait brandi le poing, à la hauteur de son visage.

Ce n'était pas un geste de salut, de complicité, de camaraderie, mais un commandement, un rappel à l'ordre, auquel je n'avais pas répondu.

J'avais retrouvé mon père dans son atelier.

Il avait commencé à démonter une machine à écrire, noire, haute et massive, une sorte de tank, *Tigre* ou *T34*, ou l'un de ces *Sherman* que j'avais vus alignés sur la promenade des Anglais quand la *Première division française libre* (1re DFL), dans les dernières semaines de la guerre, avait fait halte à Nice, avant de repartir à l'assaut du massif de l'Authion où, retranchées dans les forteresses construites le long de la frontière franco-italienne, des unités allemandes refusaient de capituler.

Des centaines de soldats étaient tombés dans ces ultimes affrontements. Et quelques-uns d'entre eux se battaient depuis cinq ans avec Leclerc et avaient survécu aux combats de Koufra et de Bir Hakeim. Ils venaient mourir là, au bout du chemin, sur les pentes minées de ces massifs qui se dressaient face à la mer.

J'avais pensé, assis à côté de mon père, à tous ses camarades que j'avais vus, ici, dans cet atelier, Tasso, Pin, Togniacini, que la guerre avait dévorés et à ceux qu'elle avait laissés pantelants, qui avaient été déportés et dont les corps s'étaient affaissés. Après avoir dit quelques mots, ils s'interrompaient, essoufflés, crevés, vidés.

Et Lucien Paoli, lors des meetings, leur donnait l'accolade puis, s'emparant du micro, célébrait le Parti des Fusillés.

— Le Parti des Fusillés, avait grommelé mon père, et c'était comme s'il m'avait entendu penser.

Il avait posé son tournevis, et il roulait une cigarette – mais j'avais noté que ses doigts étaient moins assurés, qu'ils tremblaient un peu.

— En 39-40, avait-il repris, j'en sais quelque chose, ce parti était prêt à fusiller ceux qui dénonçaient le pacte germano-soviétique. Mais Paoli…

Mon père avait haussé les épaules, allumé avec son gros briquet en cuivre sa cigarette.

— Reste en dehors, m'avait-il dit, Paoli, il a fait d'un idéal un métier. Reste libre, fiston ! Tasso, Pin, Togniacini, c'était pas leur métier. Gancia, il était chauffeur de taxi ! Et Rosette, qui a préféré mourir sous les coups plutôt que de parler, à l'hôtel *Majestic*, tu l'as connue, c'était pas son métier non plus. Alors quand Paoli te demande de prendre ta carte au Parti des Fusillés, demande-lui où il était, qu'est-ce qu'il faisait en quarante !

C'était la première fois que mon père me parlait ainsi, devinant les mots, les questions qui se heurtaient dans ma tête.

— La révolte, c'est comme un feu sacré, disait-il. C'est le flambeau de l'espèce humaine, c'est Prométhée. Tu te souviens de cette revue, *L'Idée libre* ?

Quand il avait craint une perquisition, il en avait brûlé les exemplaires, et sur la couverture la femme qui brisait ses chaînes et s'offrait au soleil, on l'avait jetée au bûcher.

— S'il n'y a pas de révolte, les hommes sont des morceaux de viande, on disait en 1914 de la « chair à canon ». Et le Parti des Fusillés, quand Paoli en parle, c'est un étal de boucherie. Reste en dehors.

Plus tard, j'ai appris qu'au lendemain de sa guerre, dans les années 1920, mon père avait acheté un mas du côté de Draguignan, et qu'il avait rêvé d'y rassembler sa famille, sa mère, son père, des cousins, et de vivre « sans Dieu ni maître », des produits de la ferme.

Il avait nommé cette grande bâtisse, ces vignes, ces oliviers, ces figuiers l'« En dehors ».

Puis l'espoir était devenu cauchemar. Mafalda, jeune épousée, avait refusé de vivre « en dehors », avec beau-père et belle-mère. Et mon père était rentré dans le rang. Homme à tout faire de la Banca Commerciale italienne, il avait reçu en échange un appartement dans le centre de Nice, avenue de la Victoire.

Et moi, qui ne savais quoi faire de cette révolte qui habitait mon corps et mon esprit, je vivais déraciné dans ce quartier où nous étions des immigrés.

Ce jour-là, dans son atelier, j'ai interrogé mon père sur cet « En dehors » qui avait été, je le devinais, le rêve brisé que chaque homme peut-être porte en lui et qu'il lègue pour le pire et le meilleur à ses enfants.

Mais mon père ne m'avait répondu que par un haussement d'épaules.

— C'est d'avant toi, tout ça, avait-il dit en se penchant sur cette machine à écrire dont il commençait à visser le clavier.

Puis il faisait fonctionner le tabulateur, glissait une feuille de papier dans le tambour qu'il tournait et elle surgissait, blanche, vierge.

Mon père commençait à nettoyer la machine, astiquant chaque touche, caressant le bâti métallique jusqu'à ce qu'il brille.

— Comme neuve, disait-il en se reculant.

Il ne la quittait pas des yeux, m'expliquant qu'elle était destinée à la casse, qu'elle avait donc été rayée de l'inventaire du matériel. Il m'avait cligné de l'œil : « C'est toi qui décides. »

Puis il l'avait soulevée, l'avait tournée et poussée vers moi.

— Elle est pour toi. Tu peux gagner de grandes batailles avec ça, et rester en dehors.

J'ai posé mes paumes sur la machine à écrire.

J'ai voulu remercier mon père, l'embrasser. Il a levé la main, m'interdisant tout épanchement puis, hochant la tête, il a dit :

— On la monte ce soir, cette nuit plutôt, quand ils dorment tous. Nous, on n'a rien, mais notre richesse, notre seule force, c'est de rester réveillés.

36.

« Pas de lumière », a murmuré mon père avant de s'engager dans l'escalier.

Il avait enveloppé la machine dans l'une de ses blouses bleues et, au moment où il allait sortir des sous-sols, j'ai tendu les mains. Il a hésité, m'a dévisagé, puis il a posé la machine sur mes avant-bras.

— C'est ta machine, a-t-il chuchoté. Tu sais ce qu'on risque.

Elle était lourde, difficile à porter. Je ne savais pas comment la saisir. Elle cisaillait mes doigts, tirait sur mes épaules, mais c'était MA machine, mon arme.

J'ai commencé à monter lentement, veillant à ne pas trébucher, refusant de m'arrêter, d'obéir à mon père qui répétait : « Reprends ton souffle. »

Elle était mon souffle.

Avant même que mon père introduise sa clé dans la serrure de notre porte palière, ma mère l'avait ouverte, inondant l'escalier de lumière.

— Éteins, éteins, a grommelé mon père, et d'un mouvement de tête il a montré la machine.

Ma mère s'est exécutée aussitôt. J'ai posé la machine sur le sol et j'ai retiré la blouse bleue.

Ma mère hésitait. J'ai craint sa colère. J'ai couru

jusqu'à ma chambre et je suis revenu avec une feuille de papier, que j'ai introduite dans la machine. Ma machine. Et, agenouillé devant elle, j'ai frappé, touche après touche, doigt après doigt, mes premiers mots italiens :

« *Mafalda divina commedia.* »

Puis j'ai enlacé ma mère.

— Tu t'installes en haut, sous les toits, a dit mon père. Personne ne t'entendra.

Ma mère s'est penchée, a effleuré les touches de la machine, puis elle a montré la feuille.

— Donne-la-moi, je la garde, a-t-elle dit.

Ainsi a commencé ma deuxième vie.

37.

Le jour, je subissais. C'était ma première vie.

J'étais un élève du collège technique du Parc-Impérial. Je portais l'une des blouses bleues de mon père, tachée de la graisse des machines-outils, les tours, les étaux-limeurs, les fraiseuses, maculée par la sanguine des pièces d'acier que nous limions. Je préparais le brevet d'enseignement industriel et le certificat d'aptitude professionnelle de mécanicien ajusteur.

J'enrageais. C'était mon destin.

J'avais les mains couvertes de cambouis et je rêvais d'en barbouiller les « lycéens » des classes de philosophie ou de mathématiques élémentaires qui se pavanaient, faisant des ronds de jambe aux jeunes filles de leurs classes mixtes. Pour moi – pour nous ! – point de filles !

Mes camarades venus du quartier est de la ville, et du *Babazouk*, étaient ceux avec qui je m'étais battu dès l'enfance. Et j'avais affaire avec les profs d'atelier qui nous traitaient en apprentis, langage rude d'ouvrier, où l'insulte, le mépris, la moquerie tenaient lieu de pédagogie.

Et notre emploi du temps comptait vingt-cinq heures d'atelier par semaine !

Je refusais ce destin. Je jalousais Paulo, Robert, l'un élève de philosophie, l'autre de mathématiques, l'un qui disait « je serai ambassadeur », et l'autre qui rêvait à Polytechnique.

Et moi, moi ?

Je les apercevais, allant et venant dans le parc qui était notre cour de récréation, avec ces deux jumelles rousses, russes, qui ne nous accordaient pas un regard à nous – à moi ! –, les blouses bleues et les mains noires !

C'était ça ma première vie !

J'enfonçais mes colères et mes indignations, mes désirs, mes jalousies, mes déceptions dans ma gorge où ils macéraient jusqu'à ce que le jour s'efface.

La nuit et ma deuxième vie commençaient enfin.

Je montais dans les combles. Je soulevais le vasistas et, tête levée, j'observais quelques instants ce ciel où, griffonnant sur mes carnets, je m'étais si souvent perdu, incapable de savoir quelle route je devais suivre.

Ma machine à écrire était posée sur une caisse. Je m'asseyais à même le sol, jambes écartées, serrant la caisse entre mes cuisses. Mon père m'avait installé une prise électrique et une lampe de bureau. Dans le cône de la lumière que diffusait l'abat-jour d'opaline verte, je ne voyais plus que le clavier, mes doigts et ces phrases qui, alignées, régulières, me semblaient dictées par une voix qui naissait dans ma poitrine et emplissait ma bouche d'une salive âcre.

Ces mots, collés l'un à l'autre, allaient devenir des essais, des livres. Je le savais, je le voulais, c'était ça mon vrai destin.

Ma « première vie » n'était qu'une apparence. Un jour, je n'aurais plus à donner le change, à apprendre à faire fonctionner une fraiseuse, à ajuster une queue d'aronde, à subir les sarcasmes d'un professeur d'atelier qui m'accusait de n'être qu'un « bon à rien », un « flemmard », un « prétentieux » qui avec ses grands airs n'était même pas capable de limer en tenant son outil à quarante-cinq degrés.

Je serais libre.

Je rouvrais au hasard ce livre autobiographique de Jack London, lu déjà plusieurs fois et posé sur la caisse près de la machine à écrire.

J'étais Martin Eden qui, venu de la tourbe sociale, était parvenu à s'imposer comme écrivain puis s'était suicidé, rongé par l'alcool, les désillusions. Il avait ramé loin du rivage, dans la baie d'Oakland, avait plongé et s'était écarté de sa barque, nageant jusqu'à l'épuisement, entrant dans la mort sous ce ciel que traversait la Voie lactée.

J'étais prêt à payer ce prix.

J'ai écrit ma première nouvelle, grandiloquente et ridicule. Un homme désespéré choisissait de se suicider, plongeait du plus haut des rochers du cap de Nice et, malgré sa volonté de vivre qui avait repris le dessus, ne réussissait pas à regagner la surface.

J'avais éprouvé cette frayeur de la noyade lors de mon premier plongeon.

J'ai avec complaisance d'abord lu, relu ce texte inaugural puis, brusquement, il m'a donné la nausée. J'ai eu honte ! Étais-je si médiocre ? Une phrase de Jack London pesait plus que ma dizaine de feuillets.

Je me suis hissé sur le toit, adossé à la cheminée.

La ville était silencieuse sous un ciel impassible.

38.

Je redescendais.

Je quittais les combles, le ciel, les mots, après avoir recouvert ma machine d'une pièce de tissu bleu provenant de l'une des vieilles blouses de mon père.

Mais souvent je revenais sur mes pas, franchissant en deux bonds la dizaine de marches qui séparaient le cinquième étage des combles. J'arrachais le tissu, ce bâillon troué et élimé. J'introduisais fébrilement une feuille vierge et je tentais de recommencer à écrire.

Mais, en moi, la voix bafouillait, inaudible. Je doutais. Il fallait, je le savais, que j'abandonne ma deuxième, ma vraie vie, afin de retrouver les sonneries qui rythmaient l'emploi du temps du collège.

Dans la cour, j'échangeais quelques mots avec Paulo et Robert. C'étaient de bons camarades, qui me persécutaient sans le vouloir. Ils évoquaient leur prof de philo – veste en tweed, foulard noué négligemment autour du cou, cravate de laine unie, chemise à petits carreaux – et les filles qui s'agglutinaient autour de l'estrade à la fin du cours. Ils me prêtaient les notes qu'ils avaient prises, et je leur demandais aussi leurs cours d'anglais.

Je ne voulais pas abandonner les combats de cette première vie.

Il fallait vaincre sur tous les fronts.

Je devais apprendre seul ce que les autres savaient et qu'on n'enseignait pas au collège technique.

Je ne m'enfuyais pas quand je voyais s'approcher les deux rousses, ces souveraines, Irina et Léna, dont le regard me traversait sans me voir.

Elles riaient, inaccessibles et désinvoltes, partageant leur gaieté avec Robert et Paulo, et j'étais comme un pieu au milieu d'eux.

Je les provoquais, je montrais mes mains noires de cambouis, et je les essuyais longuement aux pans de ma blouse. J'exaltais ces grévistes qui, avenue de la Victoire, avaient défilé, drapeaux rouges en tête, et brisé les vitrines de quelques magasins.

Je fredonnais *La Jeune Garde*, puis je tournais le dos aux jumelles et rejoignais à pas lents mes camarades du collège technique qui, assis sur le gravier, devant les ateliers, se passaient, caché dans leurs doigts repliés, un mégot de cigarette.

Je restais debout, sans répondre aux questions et aux sarcasmes dont ils me harcelaient et dont la vulgarité me choquait.

Je ne voulais pas faire partie de leur monde, mais je n'appartenais pas à l'autre, celui de Léna et d'Irina, celui des classes mixtes où l'on apprenait l'anglais et où le professeur de philosophie était un familier des courts de tennis nombreux dans le quartier du Parc-Impérial.

Ce sport me fascinait. À la sortie du collège, je longeais les grillages qui ceinturaient ces rectangles de terre ocre. Je m'arrêtais, j'appuyais mon front au fil de fer, jusqu'à ressentir une souffrance, comme si j'avais recherché la traduction physique de ce que j'éprouvais.

Souffrance, parce que ce jeu me semblait à jamais interdit, réservé à ceux de l'autre monde, ainsi ces directeurs de la Banca, que j'avais souvent croisés dans le hall, le dimanche matin, tout vêtus de blanc. Et j'accompagnais ma grand-mère qui partait à la messe, dans sa robe gris et noir. Ainsi le professeur de philosophie qui posait sa raquette sur son bureau dans sa salle de cours. Et Irina et Léna qui habitaient boulevard du Tzarewitch avaient joué contre lui et l'avaient battu.

Peut-être était-ce elles que je recherchais.

Un jour, alors que je suivais une partie, l'un des joueurs s'est approché du grillage et m'a demandé si je voulais contre une rémunération raisonnable ramasser les balles.

Quel diable en moi m'a fait accepter aussitôt ?

Je suis entré dans un rectangle interdit, et j'ai commencé à courir derrière les balles, à les rapporter aux joueurs, et j'éprouvais un amer plaisir à les surprendre par ma vivacité. J'étais un bon chien ! Mais je me sentais prêt, moi qui paraissais si bien dressé, à bondir, à me jeter à la gorge de mes maîtres.

On m'a payé. Bien. On m'a serré la main. On m'a proposé de revenir, d'échanger ce travail de ramasseur de balles contre quelques leçons gratuites. J'apprendrais vite. Moniteur, professeur de tennis, c'était un bon job pour un étudiant. Je baissais la tête comme un adolescent bien élevé, sensible à l'attention qu'on lui porte.

Puis je les ai vues, Irina et Léna, assises de l'autre côté du court.

Leur regard s'attardait sur moi, elles souriaient et parfois se penchaient l'une vers l'autre, et j'imaginais qu'elles échangeaient quelques mots de mépris à mon endroit.

J'ai froissé dans ma main le billet que je venais de recevoir.

Puis j'ai quitté le court et j'ai couru jusqu'à chez moi, jetant mon cartable – que mon père avait fabriqué à partir d'une sacoche d'huissier de la Banque de France – sur le lit matrimonial de ma grand-mère qui était devenu le mien.

À Italina, j'aurais pu me confier.

Ma mère est entrée dans la chambre et je n'ai pas supporté son anxiété.

— Tu montes déjà ? m'a-t-elle plusieurs fois demandé.

À la fin, j'ai crié :

— Où veux-tu que j'aille ?

39.

Enfin, j'étais en haut !

J'enlevai le morceau de tissu bleu qui couvrait ma machine. Je posai mes mains sur l'acier froid de mon arme. J'en changeai le ruban comme si je remplissais le chargeur vide d'une mitrailleuse.

« Feu à volonté, camarade ! »

Le martèlement de la pluie d'automne sur le vasistas accompagnait celui des touches que je frappais de plus en plus rapidement.

J'étais assailli de toutes parts.

Le ministère de l'Éducation nationale venait de créer un baccalauréat mathématique et technique, ouvert à certains élèves qui, comme moi, venaient d'être reçus au certificat d'aptitude de mécanicien ajusteur et au brevet d'enseignement industriel.

« Tu dois, il faut… », avait dit ma mère.

Mon père s'était tu, haussant les épaules, faisant la moue, murmurant : « C'est à lui de… »

Il s'était interrompu, avait repris : « J'étais apprenti à onze ans. Il faut d'abord penser à gagner sa vie… »

Puis, en s'éloignant, il avait lancé : « Décidez vous deux. »

« C'est tout décidé », avait répondu ma mère.

Elle avait accablé mon père qui s'était contenté toute sa vie du peu qu'il avait. La « mentalité d'esclave » qu'il critiquait chez les autres, c'était la sienne.

« Moi, avait-elle ajouté, j'ai de l'ambition pour mon fils. Bachelier, ce sera la première marche, après tu monteras facilement. »

J'étais écartelé, la poitrine et la bouche pleines des mots de combat, de colère, de revanche, d'ambition, de révolte.

Mon père m'avait fourni l'arme qui me permettait d'engager la bataille mais maintenant il se dérobait.

« Il faut gagner sa vie », avait-il dit.

Peut-être avait-il rêvé pour moi d'un destin tranquille d'employé. Il m'aurait présenté à l'un des directeurs de la Banca :

« Monsieur, voici mon fils, il sait taper à la machine, il sollicite un emploi… »

Et ma mère qui récitait la *Divina Commedia* voulait que je sois un bachelier technique, « première marche » vers quoi ?

J'avais envie de hurler. Comment leur avouer que je voulais une autre vie que celle qu'ils ambitionnaient pour moi ? Je souffrais de découvrir que les deux seuls êtres qui m'aimaient ne pouvaient me comprendre et donc m'aider.

Si je m'étais avancé vers eux en leur disant : « Je veux – je vais – écrire, ce sera ma vie, je raconterai la vôtre, la nôtre ; je serai Jack London et Jules Vallès », mon père aurait murmuré : « Et tu vas vivre de quoi ? » Et ma mère aurait ajouté en me serrant contre elle : « Sois bachelier d'abord, après tu écriras. » Ils auraient dit de la même voix : « Sois raisonnable. »

Je refusais de l'être parce que je découvrais que ceux qui, raisonnables, acceptaient leur sort, étaient floués.

J'ai vu le corps raidi de mon grand-père Louis, prisonnier de son costume noir de cadavre, et l'on avait tant serré le nœud de sa cravate qu'il paraissait avoir été étranglé.

Debout devant son cercueil, je n'ai pu détacher mes yeux de ses mains mutilées, épaisses, de casseur de pierres, de terrassier, de charretier, de manœuvre, de travailleur « raisonnable ».

Mais il était mort au travail, à quatre-vingt-deux ans.

J'ai lu le constat de son accident. J'ai pleuré en le recopiant, touche après touche, mot après mot. « Né à Ceva – Italie – le 5 décembre 1867, il était de nationalité française, manœuvre à la Brasserie niçoise depuis le 16 novembre 1929. »

Un témoin de l'« accident du travail » avait déclaré : « Je me trouvais dans la cour de la brasserie. Mon compagnon était occupé à vider une caisse dans un tombereau. Comme le tombereau était mal placé, mon compagnon est tombé entre le quai et le tombereau.

« Le tombereau, en outre, lui est tombé dessus. Il s'est blessé à la jambe gauche, aux bras et à la tête. »

Vie raisonnable que celle de mon grand-père, manœuvre, mort des suites d'un accident du travail survenu dans sa quatre-vingt-deuxième année.

Comment n'aurais-je pas écrit des mots de révolte et rejoint les cortèges qui, en ces années 1947-1948, parcouraient les rues de Nice, envahissaient toute la chaussée de l'avenue de la Victoire ?

La ville était plongée dans l'obscurité. Les grévistes s'étaient retranchés dans la centrale électrique qui alimentait le réseau.

Je me suis mêlé à la foule des badauds apeurés qui, sous les arcades, à quelques dizaines de mètres des lampadaires où les Allemands avaient pendu Séraphin Torrin et Ange Grassi, regardaient passer les cortèges.

Autour de moi, on s'indignait à voix basse, on affirmait que ces salopards avaient saboté les transformateurs, qu'ils avaient résisté aux assauts des gendarmes, mais que les tirailleurs sénégalais les avaient chassés de la grande poste et de la gare.

J'allais d'un groupe à l'autre, j'écoutais. On ne disait plus les « communistes » mais les « cocos », on les accusait de préparer la guerre civile, d'obéir à Staline, dont les tanks qui ne se trouvaient qu'à une étape du Tour de France – de Gaulle l'avait dit – étaient prêts à déferler.

Je reconnaissais les mots, les chants, l'atmosphère dans laquelle j'avais été plongé dès l'enfance. Je frissonnais en écoutant ces voix rageuses entonner *L'Internationale*. L'Histoire battait à nouveau. Guerre civile, guerre froide, les camps se dessinaient. Il fallait choisir.

Au premier rang du cortège, le plus résolu, j'ai aperçu, entouré d'un service d'ordre composé de dockers, Lucien Paoli.

Je n'ai pas vu mon père. Trop prudent ? trop raisonnable ? trop vieux ?

J'ai laissé le cortège s'écouler puis je me suis glissé parmi les derniers rangs.

40.

J'ai participé, après ce premier cortège, à tant de défilés qu'ils se confondent dans mon souvenir.

Autour de moi, on criait, suivant les saisons : « Unité d'action », « Paix au Viêtnam », et le plus souvent : « Le fascisme ne passera pas. » On se reconnaissait : « Salut, camarade ! »

J'étais le fils de Jè, qu'on ne voyait plus guère. « Ton père, ça va ? » On ne doutait pas de ses convictions, on ajoutait : « T'as pris la relève. »

On applaudissait rituellement les discours de Lucien Paoli, et on acclamait Virgile Barel, l'instituteur, l'ancien combattant de 14-18, élu député du Front populaire. Son fils Max, un polytechnicien, avait été torturé à mort par la Gestapo. On aimait, on respectait « Virgile » qui connaissait la plupart des militants. Une phrase pour chacun, une poignée de main, une accolade.

Je me dérobais, mal à l'aise, comme si ces mots, cette familiarité sonnaient faux.

Je rentrais chez moi, insatisfait, je me reprochais de faire bande à part, et quand un camarade me sollicitait j'acceptais de vendre *France Nouvelle*, *L'Humanité*, et les autres publications communistes sur les marchés. Je distribuais des tracts. Je proposais aux passants de signer l'*Appel de Stockholm* qui exigeait l'interdiction de l'arme atomique puisque – ça, le Mouvement de la Paix, une création communiste, ne l'avouait pas – l'URSS ne la possédait pas.

Je barbouillais les murs de grandes lettres noires : « Vive la France ! Vive l'URSS ! » ou bien : « *US go home !* »

Et lorsque je passais, avec quelques camarades, près de marins américains – la VIIe flotte mouillait à Villefranche-sur-Mer –, je lançais ces mêmes mots « *US go home !* », et je recevais une bordée d'injures.

Il n'était pourtant pas loin le temps où j'embrassais, dans notre *salotto*, le GI Charles Oberti, cousin de mon père.

« Qu'est-ce qu'on serait devenus sans les Américains ? » disait ma mère.

Je rétorquais que c'était l'Armée rouge qui avait brisé les reins de l'Allemagne nazie. Elle secouait la tête, marmonnait que Staline, c'était comme Hitler, que tous les gens sensés le savaient. « Et tu le sais aussi, j'en suis sûre. »

Elle s'affairait, me servait à dîner sans attendre le retour de mon père qui devait faire la fermeture de la Banca après le départ des directeurs, et « ceux-là, ils ne se gênaient pas », ils pouvaient s'attarder jusqu'à 21 heures et même au-delà.

« Mangez sans moi », avait lâché mon père.

Je sentais ma mère heureuse. Elle me nourrissait comme si – elle l'avait fait si longtemps – elle continuait de me donner le sein. Je la laissais soliloquer, refusant d'un geste la deuxième tranche de colin qu'elle me proposait.

Je me levais.

— Assez maman.

— Tu ne vas pas déjà te coucher ?

Il n'était pas 20 heures. Je l'embrassais distraitement. Il fallait que je dorme puisque j'avais décidé de me réveiller vers minuit.

Ma mère le savait et, lorsque je sortais de la chambre, elle était là, aux aguets, me tendant un bol de café. Je le buvais en la rabrouant, fils ingrat qui l'écartait de son chemin et qui parfois, ému aux larmes, la serrait contre lui, répétant « maman, maman », la suppliant de retourner se coucher.

Puis je montais.

J'avais besoin de la nuit, du silence, de la solitude.

Je consacrais une ou deux heures à la préparation du baccalauréat mathématique et technique, puis – enfin – je tirais ma machine vers moi et je commençais à écrire.

Jack London et Jules Vallès – ces auteurs dont je me repaissais – avec le décalque de leur vie avaient créé leurs doubles, Martin Eden, l'écrivain aventurier, et Jacques Vingtras, *L'Enfant*, *Le Bachelier*, *L'Insurgé*. Ils étaient mes modèles. J'avais entrepris un « grand roman », une grande « autobiographie romanesque » – c'est ainsi que je le qualifiais – dont j'avais dix, vingt fois modifié le titre jusqu'à ce que je retienne : *Jeunesse amère*.

Et je croyais que cette pauvre petite chose où je déversais tout ce que j'avais éprouvé dans ma courte et banale vie devait m'apporter gloire et indépendance.

L'aube me surprenait. J'avais dévoré, englouti la nuit. Il était temps d'endosser l'uniforme de ma première vie.

Je dévalais jusqu'à chez moi. Mon père, debout devant l'évier de la cuisine, grognait quelques mots auxquels je ne répondais pas. Il me parlait de mon « capital santé », que je devais penser à préserver. « Durer », « survivre », pour voir le monde changer, ce devait être mon objectif. « Ne perds pas la proie pour l'ombre ! » Lui, il avait trop vu de jeunes hommes de vingt ans, ses camarades, noyés, les yeux brûlés par le mazout, il avait eu trop d'amis tués à Verdun, sur la Somme, et l'oncle Lino, gazé, pour jongler avec les mots de guerre civile, de guerre froide. Il fallait avoir le courage de risquer sa peau, mais il fallait d'abord préserver la vie, la paix, répétait-il.

Un matin, solennellement, il s'était approché de moi et, posant comme autrefois la main sur ma nuque, il avait dit : « Ne fais jamais rien, ne dis, n'écris jamais un mot qui exalte la guerre, la mort. »

Il m'a tiré vers lui et il m'a embrassé.

J'ai pris une tomate, trois figues, un morceau de pain et j'ai quitté la cuisine, puis je me suis élancé, courant à perdre haleine le long de la Baie des Anges.

41.

Au bout de ma course, il y eut un jour, en fin de matinée, l'attente des résultats du baccalauréat.

Les jeux étaient faits : j'allais être reçu, les examinateurs de l'oral me l'avaient laissé entendre. Et cependant, j'errais, seul, morose, sur la vaste esplanade qui servait de cour de récréation au Parc-Impérial, mon collège devenu lycée.

Je m'étais éloigné de Paulo et de Robert, d'Irina et de Léna, d'autres élèves des sections modernes et classiques. Ils échangeaient leurs projets avec une emphase, une assurance, une faconde qui m'accablaient. Fac de droit, Institut d'études politiques de Paris, licence de lettres, d'histoire, grandes écoles en tout genre. Ils étalaient leurs atouts, raflant leurs gains sans avoir eu à risquer la mise. Leurs parents avaient joué et gagné pour eux.

Moi, moi, je me reprochais d'être injuste, envieux, médiocre avec ce ressentiment qui me donnait la nausée.

J'étais, moi aussi, un privilégié. Mes camarades du centre d'apprentissage gagnaient déjà leur vie et je les avais croisés, ici ou là, fiers de leur métier, heureux de vivre, de serrer contre eux une fille qu'ils embrassaient dans le cou. Et moi, moi… je m'en voulais d'être écartelé, solitaire, incapable de choisir une vie, droite, toujours divisé entre ce que j'appelais mes deux vies.

J'avais après les résultats de l'écrit au baccalauréat passé quelques concours administratifs. Ce dernier mot me désespérait, il était l'ultime potion de ma *Jeunesse amère*. Je serais, si j'étais reçu à l'un ou l'autre de ces concours, fonctionnaire. Mon père et ma mère le souhaitaient. Moi, je l'acceptais et je ne le voulais pas. Contrôleur des Postes, Télégraphes et Téléphones, adjoint technique de la Météorologie nationale, ou des Ponts et Chaussées, inspecteur technique de la Radio-télévision française, était-ce mon destin ? Et pourquoi pas ?

J'avais aussi posé ma candidature au concours d'entrée dans une École normale d'instituteurs. Je m'étais rendu à Aix-en-Provence et j'avais côtoyé, entre les épreuves écrites, les autres candidats, échangé quelques mots avec ceux qu'on nommait des « élèves maîtres ».

J'avais envié leur sagesse, leurs projets, partagé ce que je devinais de leurs idées, la foi avec laquelle ils évoquaient leur vocation.

Et moi, moi, je m'étais enfui avant la fin du concours, effrayé par ce destin déjà écrit. Le directeur de l'école m'avait téléphoné. Il avait lu mes dissertations. Il m'expliquait d'une voix bienveillante qu'il était prêt à organiser pour moi une session spéciale, étant donné les notes que j'avais déjà obtenues.

Instituteur était un tremplin, le premier pas vers une carrière universitaire.

Je me confondais en excuses, mais je refusais la main qu'il me tendait. Peut-être voulais-je boire jusqu'à la lie ma potion pour m'empêcher d'accepter l'avenir paisible et honorable qui m'était offert.

Je me croyais voué à un autre destin.

Tout en préparant le baccalauréat, j'avais passé une partie de mes nuits à achever d'écrire une dizaine de feuillets que j'avais pompeusement intitulés : *De Gaulle égale-t-il Bonaparte ? Étude historique et politique*.

J'avais à la bibliothèque municipale lu et relu avec frénésie, dans le désordre, des pages de Michelet, des articles de Sartre, publiés dans sa revue *Les Temps modernes*, des extraits de l'*Histoire socialiste de la Révolution française* de Jaurès. J'avais découvert Malraux, *La Condition humaine* et *L'Espoir*, des romans, Aragon et Roger Vailland. Je savais par cœur des pages de Paul Nizan.

L'examinateur d'Histoire, à l'oral du baccalauréat, avant de m'interroger sur une question précise – et peut-être parce que j'étais son dernier candidat – m'avait demandé de lui parler de mes lectures, « si vous en avez ».

Il avait dû m'arrêter au bout d'une dizaine de minutes, hochant la tête : « Si vous n'étiez pas dans une section technique, je vous aurais dit : faites de l'Histoire, une licence et la suite, mais – au fond, vous avez peut-être eu raison – l'Histoire, vous ne l'enseignerez pas, vous la ferez. »

Mon esprit s'était enflammé. J'avais devant moi ma route, j'allais unir ma première et ma deuxième vie, professeur d'histoire et écrivain.

J'avais essayé d'expliquer ce projet à mon père. Je m'étais interrompu après quelques minutes. Il faisait la moue, il maugréait. Professeur ? Écrivain ? Jaurès, Malraux ?

Je l'écoutais et chacune de ses réticences me blessait.

Lui qui avait cru aux lendemains qui chantent, lui qui avait posé sur ma table *L'Idée libre* et donné cette machine à écrire – à rêver – me disait : « Tout n'est pas possible, on ne saute pas une génération, ton fils peut-être, toi, assure tes arrières, un concours administratif, avec le CAP et le baccalauréat technique, c'est à ta portée, tout de suite. Ne vise pas trop haut. Tire d'abord ton épingle du jeu. »

À cet instant, Dieu me pardonne, je l'ai méprisé.

Les fils, un jour, condamnent leurs pères et se détournent d'eux, c'est la loi de l'espèce.

Puis les fils comprennent. Ils sont rongés par le remords, mais les pères s'en sont allés.

Heureux si, dans un cimetière, il reste une dalle gravée à leur nom devant laquelle les fils repentants peuvent se recueillir.

42.

Cet été-là, loin de me repentir, j'ai accusé mon père de toutes mes lâchetés.

Je ne l'ai pas seulement méprisé, je l'ai haï. Et c'était la mesure, la démesure de mes insatisfactions.

Je n'étais pas Martin Eden, ou Jacques Vingtras, ni aventurier et chercheur d'or, ni écrivain rebelle et insurgé.

Rien de tout cela, mais un fils obéissant.

J'avais jeté sur la table de la cuisine l'avis de ma nomination en qualité de fonctionnaire stagiaire de la Radio-télévision française.

Mon père s'était retourné, et je l'avais défié, dents serrées, poings fermés.

— Tu as ce que tu voulais, avais-je lancé.

Il avait longuement essuyé ses mains et son visage à l'un des torchons qui pendaient à gauche de l'évier.

Lorsque une semaine auparavant je lui avais annoncé mon succès au baccalauréat technique et ma volonté de m'inscrire à l'Institut littéraire de Nice – qui dépendait de la faculté des lettres d'Aix-en-Provence – il n'avait pas eu un mot pour me féliciter : « Et ça va te servir à quoi ? » avait-il murmuré.

J'avais eu envie de hurler et ce matin-là dans la cuisine, ma rage – ma haine, oui – m'étouffait encore.

Mon père avait pris l'avis, commencé à le lire, puis il s'était précipité vers moi, brandissant cette feuille : « Tu te rends compte, tu as réussi, c'est fait. »

Je savais ce qu'il allait dire, et qu'il m'avait tant de fois seriné, la sécurité de l'emploi, les promotions, le statut – « quand je pense à ton grand-père, manœuvre toute sa vie, et écrasé par un tombereau, à quatre-vingt-deux ans » – et peut-être mon père avait-il larmoyé.

Je l'ai empêché de parler, j'ai dit :

— C'est toi qui as réussi, mais moi, ce que je veux, tout le monde s'en fout.

Et j'ai claqué la porte de la cuisine.

J'ai bousculé ma mère qui sortait de sa chambre, je l'ai prise par les épaules, je l'ai secouée :

« J'ai été reçu, je vais gagner ma vie, il est satisfait. »

Elle s'est dégagée et, d'une voix étouffée, comme un aveu qui lui coûtait, elle a murmuré qu'il fallait que je comprenne mon père, qu'il voulait que je sois à l'abri, qu'il avait souffert de se sentir menacé.

Je n'ai pas voulu en entendre davantage, mais en descendant l'escalier, j'ai eu honte.

Qui m'empêchait de me révolter, *vraiment*, de m'embarquer sur un cargo, de partir aux antipodes, de choisir d'être *vraiment* un aventurier et un insurgé ? d'écrire avec la sueur et le sang, avec les blessures d'une vie où j'aurais pris tous les risques, relevé tous les défis ? Mon père, ma mère, des entraves ?

Allons donc ! Je n'étais qu'un prudent aux airs de matamore, un envieux sans audace, même pas capable de trouver une fille à enlacer ! Tout juste bon à rêver de rencontrer Mathilde de La Mole, mais sans avoir l'audace d'être Julien Sorel !

Et brusquement, dans la moiteur estivale, dans cette étuve qu'étaient devenus les combles, je n'ai pas supporté l'enfermement que je m'étais imposé depuis plus d'une année.

Je voulais continuer de lire et d'écrire, préparer l'examen qui me permettrait de commencer une licence d'histoire, mais mon corps se rebellait.

Assez de mots !

Mon bas-ventre était un cratère, mon sang une lave incandescente. J'étais couvert de sueur.

Je me hissais sur le toit.

Les fenêtres des immeubles étaient des miroirs qui m'aveuglaient. Je hurlais tant ma vie me paraissait absurde. Que pouvais-je attendre d'une affectation dans un centre émetteur de la Radio-télévision française ? Combien d'années me faudrait-il pour que j'échappe à ce piège ? Et je n'avais même pas encore aimé une femme ! Baiser, baiser, baiser ! Je répétais ce mot jusqu'à m'en emplir la bouche de salive. Et j'avais la prétention d'écrire !

Mais on écrit avec son sexe ! Je le serrais dans ma main.

J'attirais vers moi ma machine à écrire. Je l'entourais de mes bras, le front sur le clavier. Puis je frappais quelques phrases, un projet de roman que j'intitulerai *L'Acte rouge*. Un homme abandonné, désespéré, se mutilerait, tranchant son sexe.

Connerie.

Je ne pouvais pas poursuivre. J'arrachais la feuille que je venais d'introduire dans la machine, je la froissais, je la jetais.

Je sortais. Les rues, les plages étaient pleines de femmes, de couples. Et j'étais seul.

Je pensais à Léna, à Irina. Je connaissais leur adresse. J'y courais. Je passais et repassais devant le n° 7 du boulevard du Tzarewitch, n'osant pas m'arrêter, espérant que le hasard nous ferait nous rencontrer.

M'auraient-elles seulement reconnu, moi le ramasseur de balles ?

Un jour, alors que je m'engageais une fois de plus dans ce boulevard du Tzarewitch, j'ai croisé Paulo et Robert qui venaient de chez elles. « On a parlé de toi, elles voulaient savoir ce que tu allais faire... »

J'ai feint l'indifférence, accepté de me rendre à la plage avec eux.

C'était l'été, le temps des étrangères, des Parisiennes, disait Paulo. Elles n'attendent que ça !

« Ça ! » Ce fut cet été-là mon obsession. Je me souviens de Nicole, une jeune femme au corps plantureux, que, allongés sur les galets de la plage du Beau-Rivage, nous entourions.

Je me tenais à l'écart, intimidé, jaloux de l'audace de Paulo et de Robert, et cependant, persuadé que c'était moi que cette femme avait choisi. Son regard s'attardait. Elle me questionnait, mais je bafouillais de brèves réponses, baissant les yeux.

J'ai perçu sa déception, son irritation, l'intérêt qu'elle portait soudain à Paulo, m'ignorant au moment où nous la quittions.

Nuit fébrile. J'ai écrit une vingtaine de feuillets, que j'ai intitulés : *Le Muet amoureux, histoire d'une rencontre.*

Sur la plage, le lendemain, à peine Nicole était-elle arrivée que j'ai commencé à lire cette nouvelle, ce récit.

Elle n'a plus cessé de me regarder, de me frôler, d'enduire mon corps d'huile solaire.

À la fin de l'après-midi, elle m'a pris la main. « Vous me raccompagnez », m'a-t-elle dit.

Elle logeait à quelques pas de la plage de l'hôtel Beau-Rivage.

J'étais ignare, elle était experte.

Je ne l'ai quittée qu'à l'aube, fourbu et exalté, joyeux comme je ne l'avais jamais été. Je riais. J'avais le sentiment d'avoir commencé enfin à vivre vraiment. Les mots m'avaient donné plus que je n'avais jamais imaginé.

Je me suis arrêté au milieu du Jardin Albert-Ier, là où s'était déroulée une partie de mon enfance et j'ai lancé, à la cantonade : « Bravo, Gallimard. »

Ce nom de l'éditeur dont j'avais lu tant de livres, qui était pour moi comme l'Alaska, le Klondike l'avaient été pour les chercheurs d'or de Jack London, avait jailli et j'en riais : « Gallimard ! Gallimard ! »

Je venais de baptiser mon sexe.

Je me suis installé dans l'un des fauteuils que ma mère choisissait lors de ces longues après-midi qu'elle passait à bavarder, oubliant qu'elle n'était pas une « rentière » mais l'épouse, bonne ménagère, de l'homme à tout faire de la Banca Commerciale italienne.

J'ai regardé la Baie des Anges renaître de la brume que le soleil de l'aube chassait.

Et tout à coup j'ai bondi. Ma mère avait dû m'attendre toute la nuit, mourir d'angoisse !

J'ai couru. Mon père était devant la porte de la Banca, assis sur l'une des bornes qui représentait un lion tenant une chaîne entre ses crocs.

Il a penché la tête. « Tu aurais pu… » puis il a haussé les épaules, et a pris sa cigarette calée sur l'oreille.

— Salaud ! a crié ma mère. Qu'est-ce que tu as fait ? Tu étais avec une putain ?

Elle m'a repoussé, a continué de hurler.

— Ne me touche pas ! Lave-toi, tu n'es plus mon fils. Une putain ! Tu sais de quoi mon père est mort ? Tu le sais ?

J'ai mis ma main sur sa bouche, elle s'est débattue, puis elle s'est effondrée contre moi, le corps secoué par des sanglots.

43.

J'ai laissé ma mère pleurer.

Rien n'aurait pu m'empêcher de rejoindre Nicole à l'hôtel Beau-Rivage, puis quelques semaines ou quelques mois après son départ, Jacqueline, Claudie, qui m'accueillaient dans leur chambre, lorsque leurs parents s'absentaient.

Que pouvaient les sanglots et les malédictions de ma mère quand je découvrais le corps des femmes, la force, l'élan qu'ils me donnaient.

Tout, cet été-là, me semblait possible. J'avais recommencé à écrire, et les mots que je frappais, que la voix qui m'habitait à nouveau me dictait, me paraissaient plus charnus. Ce roman, quand il serait achevé, je l'enverrais chez Gallimard.

Et je riais. *Gallimard, Gallimard ! Bravo Gallimard.* J'intitulais ce roman *Le Beau Rivage*, mais je n'y dévoilais pas le sens intime, caché, de ce nom d'éditeur.

Parfois, la tête posée sur les cuisses de Nicole, de Jacqueline ou de Claudie, je le murmurais, et le rire m'emportait, inextinguible. Allons, debout Gallimard !

Comment avais-je pu vivre si longtemps sans connaître cette joie du corps ? C'est elle qui me donnait la certitude que j'allais, dans ce Klondike qu'était devenue ma vie, trouver le filon, creuser ma mine d'or.

J'avais été admis à m'inscrire à l'Institut d'études littéraires, et le professeur qui m'avait reçu s'était étonné, m'avait félicité. « Vous êtes notre premier bachelier technique, mais… » Il m'avertissait. La maîtrise du latin me serait indispensable pour le certificat d'histoire ancienne. Soit ! J'apprendrai le latin.

Je commençais avec l'aide de Claudie qui était élève en classe préparatoire. Je l'avais rencontrée lors d'une réunion organisée par le Parti communiste afin de favoriser la constitution d'une « cellule » d'étudiants.

Je l'étais sans l'être, mais peu importait ! L'énergie qui jaillissait de mon corps me poussait en avant.

J'avais été affecté par la Radio-télévision à l'émetteur des Plateaux-Fleuris situé au-dessus d'Antibes. Je n'étais qu'un stagiaire qui, dans quelques mois, devait suivre un cours de formation à Paris.

— Tu vois, disait mon père venu visiter l'émetteur un dimanche, tu as la sécurité, tu vas progresser si tu le veux, et si tu préfères te laisser vivre… regarde… regarde…

Des figuiers et des lauriers-roses entouraient le centre où quatre techniciens et un chef de centre s'étaient – comme disait mon père – « organisé une petite vie ».

Je l'écoutais sans hargne. Je cueillais pour lui des figues, et il repartait, rassuré, heureux.

Moi, assis devant les écrans de contrôle de l'émetteur, j'apprenais les déclinaisons latines, je lisais Plutarque et Tacite. Et quand les émissions se terminaient, je descendais en courant jusqu'à la gare d'Antibes, pour prendre le dernier train à destination de Nice.

Courir au milieu de la nuit, sous les averses d'été, chaudes, parfumées, qui me fouettaient le corps, me donnait des moments de joie intenses.

Puis, arrivé à Nice, je traversais la ville, toujours en courant et je frappais aux volets de la chambre de Jacqueline et, quelques semaines plus tard, Jacqueline ayant quitté Nice, je me glissais dans l'appartement de Claudie.

J'étais trempé de sueur ou de pluie.

Vive la vie !

44.

Ces mois-là, à l'orée de ma vie adulte, j'ignorais la fatigue. Elle me terrassait parfois mais il me suffisait de trois ou quatre heures de sommeil pour qu'elle s'efface. Et le corps de Claudie achevait de me réveiller.

Elle était ma sœur-amante, fille elle aussi d'immigrés italiens, originaires d'un village proche de Mondovi, la région d'où s'étaient enfuis, chassés par la faim et la misère, les parents de mon père.

Elle était obstinée et travailleuse, et collectionnait depuis l'école primaire les tableaux d'honneur et les prix d'excellence. Elle préparait le concours d'entrée à l'École normale supérieure et voulait écrire. Nous nous retrouvions à la bibliothèque municipale, et nous rêvions notre avenir en bande dessinée. Nous étions les doubles infantiles et caricaturaux de Simone de Beauvoir, de Sartre, de Simone Weil et de Malraux.

Souvent, pour échapper à la surveillance de ses parents, nous prenions un autocar qui longeait la vallée du Var. Nous descendions dans l'un des villages perchés qui surplombent le fleuve, Saint-Jeannet, Gattières, Revest, quelques autres.

J'étais riche de mes modestes premiers salaires de fonctionnaire stagiaire, et nous déjeunions, dans le Café de la Place, d'une salade de tomates ou d'une omelette aux oignons. Nos genoux se frôlaient, nos jambes s'enlaçaient. Nous nous hâtions de quitter le village, empruntant l'un des sentiers qui serpentaient dans la campagne. Je la prenais par la taille, puis sous les oliviers, couchés sur la terre caillouteuse, nous nous aimions, le ciel pour baldaquin, avec ardeur et dans l'inconfort.

Claudie ne m'avait pas raconté sa vie intime mais j'avais constaté et voulu oublier qu'elle n'était pas vierge.

Et que m'importait ?

Mais il y avait ma mère.

Nous l'avions rencontrée avenue de la Victoire. Elle avait tout à coup surgi devant nous, avec le regard d'un maquignon, m'ignorant, jaugeant Claudie, se contentant de me dire : « Amusez-vous bien. » Et elle s'était éloignée comme une divinité qui vient de rendre son verdict.

J'ai eu tort de rentrer chez moi, ce soir-là, sachant pourtant que j'allais devoir l'affronter. Elle m'avait aussitôt interpellé.

« Alors, c'est elle ? »

Elle avait poursuivi d'une voix doucereuse :

« Jolie si on veut, enfin, à son âge qui ne l'est pas ? C'est ton affaire, mais est-ce que tu es capable de la voir ? Moi, il me suffit d'un coup d'œil pour savoir qu'elle a connu d'autres hommes… Aujourd'hui, tu n'y penses pas, un jour, tu le lui reprocheras. Ça te gâchera la vie, tu douteras d'elle. Alors réfléchis, ne t'engage pas. Elle, elle est pressée, un garçon comme toi, ça ne se trouve pas facilement. Toi, tu as le temps, les filles, ça ne manque jamais… »

J'avais dû enfoncer mes ongles dans mes paumes, pour paraître calme, indifférent, moqueur, désinvolte, alors que je sentais le poison de la bêtise et des préjugés se répandre en moi.

Les mères peuvent être des tueuses.

J'aurais dû répondre à ma mère, contre-attaquer, défendre mes choix, l'empêcher ainsi de poursuivre son travail de sape. Mais il aurait fallu pour cela que je fasse part à Claudie des propos de ma mère et que nous revendiquions ensemble notre liberté.

Je ne l'ai pas fait, par pudeur, par respect, et sans doute aussi par lâcheté.

Et ma mère s'est enfoncée dans mon silence, élargissant la brèche jour après jour.

Elle faisait mine de parler à mon père quand nous dînions tous les trois dans la cuisine.

« Tu te souviens d'Yvonne, demandait-elle, tu sais bien, la fille de Lorraine. Sa mère me l'a avoué, Yvonne s'est fait mettre enceinte par Marc, le fils Junot, l'architecte. Elle a fait croire à Marc ce qu'elle a voulu. La famille, honnête, comme il faut, a laissé faire. Et il y aura un beau mariage en blanc. Les hommes sont bêtes. »

De l'entendre, de la voir m'observer, cependant que mon père, le visage penché sur son assiette, se taisait, me révoltait, me salissait. Elle était sordide, mesquine.

Je me souvenais de ma grand-mère Italina qui la trouvait « *cattiva* » – méchante – une « *strega* », cette sorcière, qu'il fallait éloigner de soi, en lui faisant les cornes !

Je souriais. Je me levais de table, lentement, essayant ainsi de lui faire croire que je n'avais prêté aucune attention à ses ragots.

Elle n'était qu'une petite-bourgeoise.

45.

Ma pauvre mère !

Quand, quelques mois plus tard, je l'ai vue en larmes, désemparée, debout, au premier rang, dans cette salle des mariages de la mairie où nous venions, Claudie et moi, de nous engager à nous prêter secours et assistance, à devenir ce couple « petit-bourgeois » que nous avions tant de fois critiqué, mais que les circonstances – Claudie enceinte, bien sûr, mais faisant une fausse couche quinze jours avant les noces ! – nous avaient imposé, j'ai compris à quel point j'avais été injuste avec ma mère.

Ma pauvre mère !

Je retrouvais l'expression que tant de fois mon père avait employée pour évoquer le souvenir de la sienne.

Ma pauvre mère à moi qui, avec les mots et les pensées dont elle disposait, avait voulu me mettre en garde, me protéger, préserver mon avenir. Elle m'avait si souvent dit :

« Tu vas faire quelque chose de grand, je serai fière de toi, ma vie, c'est toi, si tu n'étais pas là, qu'est-ce qui me resterait ? Tu es tout pour moi. »

Elle m'avait vu m'éloigner, lui échapper, engager mon destin, alors que je n'étais pas majeur. Elle avait cru qu'elle pourrait un jour, rayonnante, ne plus se sentir humiliée, et clamer : « Mon fils, mon fils, regardez-le, admirez-le ! »

Ne lui avais-je pas promis qu'elle ne serait plus contrainte de monter l'escalier, que je lui ouvrirais les portes de l'ascenseur ?

Mais je saccageais son avenir, ses rêves. Mon destin ne vaudrait même pas le sien. J'allais ressembler, en plus médiocre encore, à ce Marc Junot que cette garce d'Yvonne, la fille de Lorraine, avait contraint au mariage !

Ma pauvre mère à laquelle je découvrais tant de circonstances atténuantes, alors que je l'avais condamnée, sans appel : tueuse, empoisonneuse, mesquine et méprisable, petite-bourgeoise.

Je ne l'avais pas comprise. Cette année-là était pour moi celle des certitudes.

Je célébrais *mon* Gallimard et *notre* Staline, comme si la vigueur et l'euphorie que me donnaient le jaillissement et la satisfaction du désir me conduisaient à l'aveuglement, à l'intransigeance, et donc à la bêtise et au fanatisme !

Je défilais : « *US go home !* »

Je bondissais sur une table du restaurant universitaire situé dans les locaux de l'Association générale des étudiants de Nice – tenue par la corporation des étudiants en droit, des « fascistes », disions-nous. Je tentais d'appeler à voter je ne sais quelle résolution et ma voix était couverte aussitôt par les cris hostiles « À Moscou ! À Moscou ! », et je devais quitter les lieux.

Cet échec me confortait.

Le temps n'était pas au doute, aux questions, mais à la guerre froide, camp contre camp, et j'étais fier de faire partie de la minorité, cette « avant-garde ».

J'affirmais que la dictature du prolétariat était la forme la plus achevée de la démocratie ! Des camps de concentration en Union soviétique ? Des procès truqués pour liquider des opposants ? Des aveux extorqués, des condamnés pour espionnage au profit des États-Unis qui, la veille encore, étaient les héros de la guerre d'Espagne ou de la Résistance en France, vieux communistes célébrés, décorés, qui s'étaient tus malgré les tortures et qui confessaient leurs crimes ?

Rien ne venait ébranler mes certitudes.

C'était mon camp ! Vive le Grand Staline, et l'on célébrait son anniversaire et celui de Maurice Thorez, le fils du Peuple.

Il avait déserté en 1939, approuvé le pacte germano-soviétique, rejoint Moscou, dénoncé la guerre impérialiste.

Je n'étais pas d'humeur à m'interroger.

J'apprenais le latin, j'écrivais, j'assurais mon service à l'émetteur des Plateaux-Fleuris, je courais, je « militais », je baisais.

Vive Staline et bravo Gallimard !

Je ne cherche pas d'excuses.

C'était le temps des certitudes. Et tout à coup, il s'est fissuré.

Claudie enceinte, Claudie et sa fausse couche, et notre mariage, mon affectation à Paris afin d'y suivre un stage de formation organisé par la Radio-télévision française pour ses techniciens stagiaires.

Et surtout ma pauvre mère dont le visage, le jour des noces, exprimait désarroi, panique, désespoir.

Je suis allé vers elle, et je l'ai serrée contre moi, je lui ai murmuré les mots qu'elle voulait entendre. Et autour de nous, on s'exclamait, on riait, quelqu'un lançait : « Il se trompe de mariée ! »

J'étais ridicule, mais je m'en moquais, comme si j'avais tout à coup cessé d'être dupe, de me droguer.

La veille de notre mariage, j'avais participé avenue de la Victoire à la manifestation organisée par le Parti communiste contre la nomination en Europe d'un Américain, le général Ridgway, accusé d'avoir utilisé en Corée, contre les communistes, des armes bactériologiques.

Lucien Paoli nous avait réunis au siège de la Fédération du Parti. Il fallait, avait-il martelé, interdire à « Ridgway la peste » de poser le pied sur le sol français.

« Camarades, ça ne suffit plus de crier gentiment "*US go home*", il faut foutre les Ricains à la mer. »

Dans un coin de la salle, j'ai vu des morceaux de bois gros comme des gourdins et au bout desquels on avait cloué une petite pancarte : « Ridgway la peste, *go home* ».

— On va se battre, on va cogner, camarades. Nous sommes l'avant-garde de notre peuple, avait conclu Lucien Paoli.

Sur l'avenue de la Victoire, nous étions quelques centaines à faire face aux gardes mobiles, casqués et armés.

Où était le peuple ?

J'ai pris la main de Claudie, je l'ai entraînée. Le mur des certitudes d'un seul coup venait de s'effondrer.

À quoi rimait cet appel à une manifestation violente ?

À quoi rimait ce mariage que l'on célébrerait demain ?

Nous nous sommes réfugiés sous une porte cochère. J'ai vu la ligne noire des gardes mobiles s'avancer, tenant leur mousqueton par le canon, prêts à frapper à coups de crosse.

Quelqu'un a crié : « Le peuple avec nous ! »

J'ai lâché la main de Claudie et je suis parti. Elle m'a suivi.

QUATRIÈME PARTIE

46.

J'ai eu envie de hurler et de m'enfuir.

Mais le train se vidait et le flot des voyageurs déferlait sur le quai et m'obligeait à avancer.

Je me suis retourné. À quelques pas, j'ai aperçu Claudie, déjà noyée parmi tous ces visages.

Je ne l'avais pas attendue, sautant le premier du wagon.

Sauve qui peut !

Je ne voulais pas de cette vie qui s'annonçait, de ce piétinement, de cette soumission raisonnable à l'ordre des choses.

« Tire ton épingle du jeu », m'avait répété mon père.

Sa prudence, sa lâcheté – ou sa sagesse – me donnaient la nausée.

J'avais fermé les yeux, bouché mes oreilles ! rêvé d'être chercheur d'or, écrivain avec Jack London, combattant d'Espagne aux côtés de Malraux et Hemingway.

« *Il destino* » m'avait pris par la main. Et j'avais écrit mes premières phrases entre le ciel et la mer. Et cependant, j'étais là, la bouche pleine d'un cri de refus, la gorge serrée par la rage, la peur, l'angoisse.

Ici, sur ce quai de gare, commençait la vraie vie et s'achevait le temps des illusions.

Adieu Rastignac, Julien Sorel, Martin Eden.

J'étais un technicien stagiaire de la Radio-télévision française qui allait suivre durant six mois un cours de formation.

J'étais marié. J'avais vingt ans et ma femme dix-neuf. Nous n'étions que deux provinciaux, semblables à des dizaines de milliers d'autres qui débarquaient dans la capitale.

Même pas des immigrés comme l'avaient été nos parents qui avaient eu le courage de rompre avec leurs racines. Nous, nous n'avions pas connu la faim, nous n'avions pas franchi à pied les cols des Alpes, notre aventure, c'était d'être devenus un presque fonctionnaire et une étudiante.

Et en gens *raisonnables*, nous avions décidé que tant que Claudie poursuivrait ses études, nous vivrions de mon salaire, puis, quand elle serait professeur, mon tour viendrait de courir, en vieil étudiant, après les diplômes.

Cet arrangement était ce qui restait de mes ambitions !

Sartre, Simone de Beauvoir ? Nous n'osions même plus évoquer ce couple qui nous avait fascinés.

Nous avions sagement répondu *oui* à l'adjoint au maire, échangé nos alliances devant l'autel et le prêtre de l'église du Vœu.

Belle audace !

Nous serions dans quelques années deux « profs ». Et peut-être prudemment, écririons-nous un essai, une thèse, voire un roman ?

C'était banal, comme une utopie réduite à une ascension sociale.

J'avais déjà, sur ce quai de gare, la nostalgie de ma vie d'avant, le regret du temps où *Gallimard* n'était pas, pour moi, seulement un nom d'éditeur.

47.

Arrivé au bout du quai, j'ai posé la grosse valise noire de ma grand-mère dont mon père avait renforcé les flancs avec des sangles rouges.

— Tu le vois ? a demandé Claudie.

Mon père nous avait assurés que son neveu Charles nous attendait sur le quai, qu'il nous reconnaîtrait à ces deux sangles rouges qui ceinturaient la valise.

Je n'ai pas répondu à Claudie dont la voix anxieuse s'accrochait à moi, me griffait comme les ongles de quelqu'un qui se noie. J'ai serré dans ma main gauche la poignée de la mallette qui contenait la machine à écrire portative que j'avais achetée quelques heures avant notre départ de Nice.

C'est ma mère qui avait perçu mon désarroi lorsque j'avais en vain essayé de placer dans la valise « ma » grosse machine, refusant d'écouter mon père qui murmurait :

« Tu vois bien que tu ne peux pas. Elle est trop lourde. Charles t'en trouvera une… »

Ma mère l'avait bousculé, avait ouvert l'armoire de sa chambre, soulevé la pile de draps, pris une enveloppe, et me l'avait tendue. J'avais fermé les poings. Elle avait un à un déplié mes doigts.

— Achète une machine, je veux te voir partir avec.

Tout à coup, elle m'avait enlacé, et sa voix, si autoritaire et résolue, s'était brisée, devenant ce murmure larmoyant :

« Fais-le pour moi, j'ai besoin d'être sûre que tu ne renonceras pas. »

Mon père marmonnait que ce n'était pas « rationnel ».

Depuis quelque temps il affectionnait ce mot et son jumeau, « raisonnable » ; et il passait de l'un à l'autre, comme on se pourlèche, sentencieusement.

Je les haïssais, ces mots prétentieux qui masquaient le renoncement.

Et pourtant je lui ai donné raison, essayant de rendre à ma mère l'enveloppe que finalement j'avais saisie.

— Ne l'écoute pas, a-t-elle répété, accroche-toi. Ce sera notre machine.

J'avais pris l'enveloppe, dévalé l'escalier, acheté cette machine portative et, devant ma mère, j'avais fait pivoter le couvercle de la mallette, glissé la première page, et écrit en capitales :

« À MA MÈRE QUI ME DONNE
UNE DEUXIÈME FOIS LA VIE »

Cette phrase s'était imposée à moi, mes doigts trouvant sans hésiter les touches, et une fois écrite j'en ai mesuré la grandiloquence. Mais qu'est-ce qui ne l'était pas entre nous ?

Ma mère pleurait. Mon père penché sur la machine, avait refermé la mallette et s'était éloigné.

— Lui, avait murmuré ma mère, en le désignant d'un mouvement de tête, lui, malgré ses discours, sa volonté, et moi, malgré tous mes cris, on s'est laissé écraser.

Le quai s'était vidé et nous étions là avec cette grosse valise noire cerclée de sangles rouges à attendre Charles.

« Il me doit tout, avait dit mon père. C'est ma famille qui l'a nourri, élevé. Je l'ai fait embaucher comme garçon de courses au Crédit du Sud. Je l'ai aidé, autant que j'ai pu, et tu vois où il en est. »

Sous-directeur du Crédit du Sud à l'agence de Paris, boulevard Haussmann, il avait tiré son épingle du jeu. Et mon père – qu'il m'arrivait de qualifier de larbin – se rengorgeait.

« Il vous hébergera, il vous… il vous… »

Je ressassais son discours, je regardais l'horloge – cela faisait trois quarts d'heure que nous attendions…

Je déplaçais la valise, afin qu'on voie mieux les sangles rouges, et je pensais que c'était là le bagage d'immigrée de ma grand-mère, celui qu'elle remplissait de victuailles quand nous rentrions, il y a si longtemps, avant la guerre, en 1937 ou en 1938, des vacances passées dans le *casel* de ses frères.

Et la panique me paralysait. Je répondais par des haussements d'épaules aux questions dont Claudie me harcelait. Elle s'étonnait du retard de Charles. Il me révoltait.

Je maudissais mon père, hâbleur, et tous les reproches que j'avais eu à lui faire, durant ces vingt premières années de ma vie, m'emplissaient la bouche d'une bile saumâtre. Et je l'insultais à mi-voix.

Ainsi peuvent être les fils.

On a posé une main sur mon épaule gauche, je me suis retourné vivement comme si j'avais craint qu'on ne veuille voler ma mallette, ma machine.

L'homme était grand, le visage osseux.

Il portait un feutre à larges bords, une gabardine beige. Il me dévisageait, penchait la tête pour saluer Claudie.

— Le fils de Jè et sa femme, ces deux fous qui viennent à Paris !

Il parlait vite. Programme de la journée… Les bagages à son bureau, où on devait le retrouver à 18 heures. Il fallait que nous commencions à chercher à nous loger.

Il s'était arrêté, nous faisait face.

« Jè, est-ce qu'il sait qu'on ne trouve rien ? La crise du logement, il connaît ? Chez moi… »

Il avait secoué la tête, il nous hébergerait une semaine.

Après… Il nous mettait dehors, sa femme recevait ses parents. Qu'est-ce qu'il a imaginé, Jè ? Je lui ai expliqué, mais Jè, c'est un rêveur.

Silence dans le taxi.

Bagages déposés dans l'un des bureaux du Crédit du Sud.

— À ce soir, 18 heures, je ne vous attendrai pas. On a un train à prendre.

Ciel bas, grisaille, la foule. Claudie qui me tenait le bras, qui se serrait contre moi.

— Qu'est-ce qu'on fait là ? a-t-elle demandé.

J'ai dégagé mon bras.

Qu'est-ce que je foutais là ? Sauve qui peut !

J'ai seulement dit qu'il fallait être de retour au Crédit du Sud bien avant 18 heures.

— Dans une semaine, où on va ?

Je n'ai pas répondu à Claudie.

L'apprentissage de la vraie vie commençait.

C'était bien le temps des illusions perdues.

48.

Un rat, lentement, traversait le couloir de ce septième étage, celui des chambres de bonne.

La « nôtre » était au bout de ce tunnel qu'éclairaient par intermittence deux ampoules. Les relents de cuisine, les odeurs de sueur, d'urine et de merde se mêlaient et me donnaient la nausée.

Nous allions vivre là mais ce n'était pas une tragédie…

Un prêtre au visage émacié, aux yeux brûlants de foi, clamait chaque jour que « des enfants mouraient parce que leurs parents étaient sans logis ».

Et Charles, quand nous l'avions retrouvé comme convenu à la fin de l'après-midi, avait évoqué l'action de cet abbé Pierre, « un vrai révolutionnaire, qui change vraiment la vie des pauvres ».

Puis il m'avait saisi aux épaules, répétant que nous étions des privilégiés, nous devions toujours nous en souvenir.

Il nous avait conduits à ce septième étage, nous expliquant que l'immeuble appartenait au Crédit du Sud, alors quand il avait appris qu'une chambre était vide, il avait « sauté dessus », pesé de toute son autorité.

« Ça sert d'avoir du galon, ton père, il n'a jamais compris ça. »

Je l'avais écouté, tête baissée.

Je n'avais pas oublié la brutalité avec laquelle il nous avait parlé le matin, ne s'excusant même pas de son retard, soucieux seulement de nous avertir qu'il n'était pas question qu'il nous hébergeât plus d'une semaine.

Rassuré, il avait changé de ton et de rôle.

Il était généreux, bienveillant, compréhensif. Il n'était pas un ingrat. Que n'aurait-il pas fait pour le fils et la belle-fille de Jè ? Il nous rendait service et se débarrassait de nous !

Était-ce cela *la vraie vie* ?

Se mentir, se déguiser, se grimer, imaginer que ce jeu mesquin, cet arrangement entre soi et soi faisaient une noble et une juste vie ?

Je l'ai regardé. Il avait les gestes d'un bateleur, la façon d'un bonimenteur.

Nous pourrions prendre l'ascenseur – il me clignait de l'œil –, nous n'y avions pas droit – « pour les gens du septième, c'est l'escalier de service » –, mais *il s'arrangerait.*

Naturellement, il fallait agir discrètement. Mais nous étions des gens raisonnables. Il l'avait lui-même toujours été, et c'est comme ça qu'à la fin on tire le bon numéro.

Il m'avait tendu la clé, en s'inclinant, cérémonieusement. C'était à moi d'ouvrir.

J'ai poussé la porte. Il avait déjà fait monter nos bagages et j'ai vu, posée sur la grosse valise noire aux sangles rouges, la mallette de la machine à écrire portative. Et tout à coup, ce que je vivais aujourd'hui, le malaise et même le dégoût que j'éprouvais en écoutant Charles m'ont paru ne pas avoir d'importance.

Ce qui comptait c'étaient les mots que j'allais trouver pour exprimer ce que je ressentais.

Je n'arpenterai jamais les pistes du Klondike, aux côtés de Jack London, je ne serai ni chercheur d'or ni pilote de l'escadrille d'André Malraux. Mais ma vie serait une grande aventure. Tout dépendait de moi. Il fallait seulement le vouloir.

Je n'avais plus écouté Charles.

J'ouvrais les deux petites fenêtres qui faisaient entrer le ciel dans cette pièce dont la superficie – trois pas sur cinq – ne devait guère dépasser la dizaine de mètres carrés. Mais dans la pénombre j'ai aperçu la coupole de l'Opéra qu'éclairaient des projecteurs. L'immeuble était situé à l'angle du boulevard Haussmann et de la rue Taitbout, et notre chambre était comme une vigie placée à la proue.

Je ne serai pas le prisonnier de cette « cellule ». Je voyais l'horizon.

Claudie, après avoir entrouvert les deux placards, murmurait qu'il n'y avait pas d'eau.

— Et comment font les autres, ma petite ?

La voix de Charles, tout à coup, s'était durcie. Elle frappait, impitoyable.

Si ça ne nous intéressait pas, qu'on trouve mieux, mais il ne fallait plus compter sur lui. Est-ce qu'on voulait savoir comment il vivait, lui, à vingt ans ?

J'ai dit, du ton le plus humble dont j'étais capable :

— On *s'arrangera*, c'est parfait, inespéré.

C'étaient des mots à lui qu'il avait utilisés plusieurs fois.

Il a souri, tapoté la joue de Claudie, concédé que ce n'était pas le *Ritz*.

Puis, dans un ample mouvement, il a sorti son portefeuille, compté cinq billets et les a placés sur la mallette de la machine. Pour les nuits d'hôtel, les quelques meubles à acheter, a-t-il commencé avec emphase.

J'ai levé la main, repoussé les billets, remercié.

— Tu es bien le fils de Jè, a-t-il maugréé avec une moue de mépris, replaçant les billets sur la mallette.

Et brusquement, la colère m'a emporté.

Tout n'était pas à vendre ! Il ne se paierait pas notre reconnaissance. J'ai dû dire – mais l'émotion a brûlé ma mémoire – que s'il ne reprenait pas ses billets, je les déchirerais, je les balancerais par la fenêtre.

Il a aussitôt avancé la main, empoigné les billets.

— Comme ton père ! Sa fierté, ça l'a mené où ? Il a besoin de moi pour loger son fils ! Il donnait des leçons à tout le monde, il voulait faire la révolution, il en avait plein la bouche ! Elle est belle, sa révolution !

Il est resté un instant sur le seuil de la porte, je l'ai remercié, « parfait, inespéré », ai-je répété.

Il a levé la main comme pour me menacer, puis il s'est éloigné dans le couloir.

J'avais gâché sa mise en scène.

Claudie avait commencé à ouvrir les valises. Elle m'a tendu une bouteille vide.

Je me suis engagé dans le couloir, cherchant le bouton de la minuterie, apercevant le robinet qui gouttait dans un petit évier métallique.

Tout à coup, j'ai entrevu ce rat qui m'a paru énorme.

J'ai martelé le sol à grands coups de talon pour qu'il s'enfuie, mais il s'est arrêté et j'ai vu ses yeux rouges.

Quelqu'un a ouvert la porte de l'une des chambres.

— Les rats, c'est des animaux comme les autres, a dit une voix de femme. On s'y habitue, comme pour la vie.

49.

Je ne me suis pas habitué aux rats, aux odeurs, au vase que l'une des locataires plaçait chaque nuit devant sa chambre où elle logeait avec un nouveau-né. Et les pleurs et les cris de l'enfant déchiraient les heures nocturnes.

Quelqu'un hurlait des jurons et des malédictions.

Claudie se pelotonnait contre moi et nous nous aimions dans le canapé-lit qui, déplié, empêchait que l'on passât d'un côté de la pièce à l'autre.

Claudie se rendormait.

Je franchissais le canapé, je me glissais dans le couloir, je donnais un coup de pied dans la porte des W-C communs avant d'y entrer afin que les rats qui s'y trouvaient se faufilent dans la courette sur laquelle donnait une bouche d'aération.

J'essayais de ne pas entendre les voix et les soupirs, les ronflements du couple dont la pièce était mitoyenne des W-C. Puis je rentrais, je marchais sur le canapé-lit et je m'installais à la petite table en bois blanc.

Ma machine à écrire était là, ouverte, mais je ne pouvais pas l'utiliser sans réveiller Claudie, alors je remplissais des carnets que j'éclairais d'une petite lampe dont le cône de lumière effleurait à peine le bout de mes doigts.

Mais que pouvais-je écrire ainsi, sinon des moignons de phrases, des ébauches, des gribouillis et surtout des lamentations complaisantes !

J'éteignais la lampe, j'ouvrais l'une des fenêtres, je guettais l'aube, j'avais envie de hurler, afin de ne plus entendre cette toux proche, ces raclements de gorge qui perçaient la cloison.

Je m'habillais dans l'obscurité, je descendais par l'escalier de service, car le bruit de l'ascenseur eût réveillé le concierge. Les rats dans le local des poubelles, situé au pied de l'escalier, menaient leur sarabande ponctuée de cris aigus.

Je m'enfuyais.

J'éprouvais à marcher le long du boulevard encore désert la sensation d'avoir brisé des chaînes qui m'entravaient. Je respirais, je courais quelques centaines de mètres, pour délier mes muscles.

J'allais ainsi – une ou deux fois par semaine – jusqu'aux bains douches, rue du Rocher, non loin de la gare Saint-Lazare. J'y entrais le premier, alors que le gardien n'avait pas encore fini d'ouvrir les grilles.

Il m'avait d'abord jeté un regard soupçonneux, et d'une voix rocailleuse m'avait demandé d'attendre ; puis il avait changé d'attitude lorsqu'il m'avait vu lire, devant l'entrée, *L'Humanité*.

Il avait commencé à me raconter sa vie par bribes.

Il était catalan, avait combattu dans les rangs républicains sur l'Èbre et la Guadalajara, puis il avait participé à la Résistance en France, connu la déportation à Buchenwald. On l'avait décoré de la Légion d'honneur

– il fermait le poing – « à titre militaire » et on lui avait accordé la nationalité française et cet emploi réservé.

« La France, elle me doit bien ça, non ? Les républicains espagnols sont entrés les premiers dans Paris, en août 1944 avec le général Leclerc, mais on nous a oubliés, trahis, Franco continue à tuer, c'est lui le grand vainqueur, le survivant, tu n'es pas d'accord, camarade ? »

Ses gestes, quand il allumait une cigarette, me rappelaient ceux de mon père, de Gancia, de Pin, de Tasso, de Boldrini, des vivants et des morts.

Il s'appelait Manuel.

J'aimais l'enthousiasme, la passion et la colère avec lesquels il évoquait son passé.

Sa peau mate, son visage creusé de rides profondes éveillaient en moi tant de souvenirs, d'émotions et de nostalgie, que je n'osais lui dire que les mots que je lisais dans *L'Humanité* me semblaient aussi truqués que ceux qu'avait utilisés Charles.

Je ne croyais pas aux aveux des communistes accusés de trahison et pendus à Prague.

Je ne croyais pas au prétendu « complot des blouses blanches », ces médecins juifs qui, à Moscou, étaient jugés responsables de la mort du « Grand Staline, maréchal de l'Union soviétique, fondateur aux côtés de Lénine du parti bolchevique ».

Car Staline était mort, et Manuel en avait les larmes aux yeux me montrant la première page de l'édition spéciale de *L'Humanité* encadrée de noir et tout entière occupée par une photo du « Grand, du génial guide de tous les peuples ».

Et Manuel me donnait l'exemplaire du journal qu'il avait acheté à mon intention.

« Garde-le, camarade, tu le montreras à ton fils, c'est l'Histoire, et Hegel disait que l'Histoire est la reine des batailles d'idées. »

Comment aurais-je pu le détromper, lui qui était monté à l'assaut des divisions de Mussolini en espadrilles et en salopette et les avait contraintes de reculer ? Lui, l'ouvrier qui citait Hegel, les yeux mi-clos, la tête levée, murmurait – et c'était comme si sa voix venait de très loin – qu'à Buchenwald un professeur de philosophie avait, jusqu'à sa mort, fait un cours sur Hegel et Marx.

— Je ne comprenais qu'un mot ici et là, il n'avait plus la force de parler, mais on était autour de lui, c'était notre manière de le garder en vie, de ne pas devenir des bêtes. Les SS, c'est ce qu'ils voulaient, qu'on soit comme eux des animaux à visage d'homme.

Il allumait sa cigarette avec un gros briquet de cuivre, identique à celui qu'utilisait mon père.

— Homme, on l'est restés. Ça, c'est notre victoire, camarade.

Je l'approuvais. Il était de ma « famille ».

Et cependant, je m'en éloignais.

J'avais assisté au *Vél' d'Hiv' de deuil*, cette messe politique en souvenir du « camarade Staline ». Des voiles noirs étaient tendus au-dessus des gradins et des pistes du vélodrome. La voix des orateurs tremblait, comme celle des mauvais comédiens qui usent de tous les artifices pour émouvoir l'auditoire.

Je regardais autour de moi.

Ils y parvenaient, les visages étaient graves, on « communiait », tête baissée. Et moi, moi – et je me reprochais d'être, moi, l'égocentrique – au milieu de ces camarades j'étais à l'écart, seul.

Mais quand j'avais, un matin, retrouvé Manuel, qu'il avait ouvert ses bras, me murmurant qu'il m'avait aperçu au *Vél' d'Hiv' de deuil*, je l'avais serré contre moi.

Et les semaines suivantes, je ne lui ai pas parlé des ouvriers de Berlin, sur lesquels tiraient les tanks soviétiques, des médecins juifs qu'on libérait à Moscou, car il n'y avait eu de complot des blouses blanches que dans la tête de Beria, le ministre de l'Intérieur soviétique qu'on venait d'exécuter !

Mais je ne me sentais pas le droit, et je n'avais pas le courage, de dire ce que je pensais à Manuel.

Je m'*arrangeais*. Je ne valais pas mieux que Charles.

Je rentrais. J'empruntais l'ascenseur puis je montais les quelques marches qui conduisaient au septième étage.

Le nouveau-né pleurait et le vase était encore placé devant la porte de la chambre.

Claudie n'avait pas replié le canapé-lit.

Je le franchissais. Je m'installais à la petite table en bois blanc.

— Je suis en retard, murmurait Claudie. Je pars.

Elle avait commencé à suivre ses cours de littérature française à la Sorbonne.

Et moi, les jours précédents, j'avais rôdé plus d'une heure autour des bâtiments de l'université, rue des Écoles, rue Saint-Jacques, rue de la Sorbonne, n'osant pas entrer dans la cour, m'arrêtant sous le porche, achetant à la concierge le programme du certificat d'histoire moderne et contemporaine, chargeant Claudie de m'inscrire à l'examen.

Elle s'étonnait de ma timidité. Peut-être de l'orgueil aussi, ajoutait-elle. Est-ce qu'au fond je ne voulais pas, de toutes les manières possibles, être différent ?

Je haussais les épaules. Qu'est-ce qu'elle pouvait comprendre de moi ?

Le hasard seul avait fait de nous un couple !

Dans la pièce voisine, quelqu'un venait d'allumer la radio. Je donnais un coup de poing sur la table. J'allais ressortir, me rendre au centre de formation technique de la radio et, au lieu d'être attentif, je lirais au fond de la salle un cours polycopié d'histoire.

Je claquais la porte.

Je ne m'habituais pas à cette vie, à ces voisins, aux « collègues » techniciens que j'allais retrouver, et même à Claudie.

Je « m'*arrangeais* » d'eux, comme ils « s'*arrangeaient* » de moi.

Et peut-être était-ce cela le principe de toute vie sociale.

50.

Je « m'*arrangeais* » donc.

« Finalement, m'avait dit Claudie, tu fais comme tout le monde, mais avec des manières. »

Elle avait souri, bienveillante et ironique, et m'avait effleuré la joue de ses lèvres.

Elle avait réussi à ses examens, j'avais échoué aux miens.

Je n'avais suivi aucun cours.

J'étais entré à la Sorbonne pour la première fois le jour des épreuves d'histoire moderne et contemporaine. J'avais découvert au moment de la distribution des sujets qu'une question nouvelle avait été introduite dans les programmes.

J'éprouve encore, et soixante ans ont passé, le sentiment d'accablement, d'injustice, la certitude – ridicule – que j'étais poursuivi par une malédiction.

J'avais interrogé le professeur qui nous surveillait.

— Mais d'où sortez-vous ? m'avait-il simplement dit, en haussant les épaules.

J'avais tenté de lui expliquer que j'avais acheté à la conciergerie de la Sorbonne le fascicule contenant tous les programmes. Il m'avait répondu d'une voix lasse que ces programmes imprimés n'avaient pas force de loi. Le professeur décidait et avertissait les étudiants des modifications intervenues.

— Vous ne connaissez personne ?

C'était le début de ma vie, et j'avais en tête ces phrases boursouflées qui me servaient d'excuses : « Je viens du fond de la nuit. »

Je n'en ris pas aujourd'hui, comme si, pour excuser mes errements, j'avais encore besoin de cette démesure, de ces excuses pompeuses.

J'avais cependant écrit plusieurs pages, mais je savais que je n'obtiendrais pas la note moyenne et, à la sortie de la salle, j'avais interpellé les deux étudiants qui distribuaient des tracts, invitant à adhérer au Parti communiste.

J'y étais prêt, avais-je dit.

Je m'*arrangeais* donc puisque depuis des mois déjà – et souterrainement en moi depuis des années – je doutais de ces mots, de ces proclamations qui avaient accompagné mon adolescence – et même mon enfance.

Et je n'avais pas rompu avec mes souvenirs, mon père et ses camarades, mais avec mes illusions.

J'avais lu fébrilement les révélations des Russes ou des communistes étrangers qui avaient réussi à s'enfuir d'Union soviétique.

L'un dénonçait *le grand mensonge*, l'autre racontait comment Staline avait fait massacrer les opposants, ordonné la déportation de peuples entiers.

J'ai choisi la liberté, ce livre écrit par Victor Kravchenko, un transfuge réfugié aux États-Unis, je l'avais acheté chez un bouquiniste rue des Écoles et je l'avais lu, cependant que les ingénieurs des Télécommunications faisaient leurs cours aux techniciens stagiaires de la radio.

J'avais consulté les comptes rendus hebdomadaires du procès qui avait opposé Kravchenko aux *Lettres françaises* et qu'il avait gagné. Or *Les Lettres françaises*, dirigées par Aragon, étaient ma bible et j'avais même adressé à Aragon un long poème à la gloire des quatre millions de grévistes qui avaient paralysé la France durant le mois d'août 1953. La compagne d'Aragon, Elsa Triolet, m'avait répondu, et des extraits de mon « chant » avaient été publiés dans l'hebdomadaire « intellectuel » des communistes.

J'avais continué à le lire, mais du bout des yeux, car j'avais découvert les livres de l'ancien déporté David Rousset ; je savais donc ce qu'était le système concentrationnaire mis en place par Lénine et Staline, et j'avais avec l'avidité d'un assoiffé qui plonge tout son visage dans l'eau d'une source lu et relu les livres d'Arthur Koestler, ancien communiste devenu lui aussi un témoin à charge dénonçant la dictature de Staline.

Et cependant, j'avais conclu cet *arrangement* parce que je n'étais pas capable d'oublier d'où je venais, l'injustice, l'inégalité, l'humiliation dont je me pensais victime, et parce que j'avais compris qu'il me fallait dans cette aventure qu'était ma vie – comme toutes les vies – ne pas demeurer seul.

Mais je pensais en solitaire, et cela me contraignait dans les réunions communistes qui se tenaient rue Jussieu, et plus tard rue La Fayette, au silence.

J'ai su d'ailleurs que je ne pourrais pas longtemps côtoyer ces communistes, bien-pensants et nantis.

Pas d'étudiants pauvres autour de moi. David, Alain, Paul, Georges, Denis, François étaient des « abbés de cour » qui avaient le sentiment d'avoir à se faire pardonner leurs origines, la fortune de leur famille, et parfois l'attitude de leurs pères pendant les années d'occupation.

Ils étaient savants, généreux et fanatiques.

Ils n'imaginaient même pas ce que c'était que de se demander combien de rats se trouvaient dans les W-C d'un septième étage, et comment on pouvait vivre sans eau, chez soi, sans salle de bains. Ils ne s'étaient pas lavés, enfants, dans l'évier de leur cuisine.

Ils étaient d'un autre monde. Celui des directeurs de banque, dont mon père était l'homme à tout faire ! Mais je n'enviais que la liberté et le temps dont ils disposaient, leur élégance et leur désinvolture, les livres dont dès leur naissance ils avaient été environnés. Ils avaient butiné au gré de leur curiosité mille fleurs.

Moi, je ne recherchais que ce qui était indispensable à mon but. Apprendre, apprendre, tout et rien que le programme. Je ne faisais exception que pour ces livres qui démaquillaient le communisme, et en montraient les tumeurs.

Mais je n'oubliais ni mon père, ni Gancia, ni Manuel, ni tous leurs camarades. Ceux-là étaient ou avaient été communistes par nécessité. Ils avaient la foi du charbonnier, le dévouement d'un curé de campagne.

J'étais devenu athée, mais je ne pouvais les condamner.

Mais je dois beaucoup aux « abbés de cour ». J'aimais leur intelligence, leur virtuosité rhétorique, leurs passions intellectuelles, leur dévouement.

Ils « allaient au peuple », animaient *L'Université nouvelle*, y donnaient des cours d'économie, de littérature, d'histoire.

Ils se réclamaient de l'héritage de ces intellectuels communistes qui avaient été les héros de la Résistance, Politzer, Decour, Salomon, tant d'autres. Et Aragon restait pour moi le chantre de la France. Et la patrie me tenait à cœur, comme la foi de cet instituteur – Monsieur Weber – qui nous avait enseigné qu'il faut savoir « mourir pour elle ».

C'était ma divergence la plus profonde avec ces « intellectuels » du PCF. Ils n'oubliaient pas la France, mais la regardaient du haut de leur internationalisme, de leur anticolonialisme.

Et plus tard, quand ils eurent quitté leur soutane, ils devinrent les apôtres de l'Europe.

Mais pour l'heure, dans les années 1950, ils enseignaient avec conviction, talent et générosité leur foi dans le marxisme.

J'admirais deux jeunes historiens – François Furet et Denis Richet – qui rassemblaient rue La Fayette, au siège de la Fédération du Parti, les étudiants communistes qui préparaient l'agrégation.

On m'y avait admis et j'étais – comme beaucoup – fasciné par François Furet, sa voix, sa jubilation, lorsqu'il démontait les mécanismes de la Révolution française.

Je m'interrogeais, en l'écoutant, sur la place qu'il accordait à la liberté de choix des hommes, à leurs passions.

Je ne pouvais accepter que l'homme soit enfermé dans le carcan des classes sociales, je le voulais « libre » de ses choix.

C'est ma vie qui était en cause, moi qui refaisais le « destin » que me dictaient mes origines.

Je ne me contentais pas de ramasser des balles de tennis. Je désirais, jusqu'à l'obsession, participer au jeu, combattre et vaincre sur le court. Et même Furet me paraissait ne pas accorder assez de place à cette libre volonté des hommes.

J’avais osé, à la fin de l’un de ses cours, alors que nous l’entourions – nous n’étions qu’une dizaine – l’interroger sur le « rôle de l’individu dans l’histoire ».

C’était un thème classique de la philosophie marxiste et François Furet avait souri, secouant la tête, répondant qu’il refusait de se laisser prendre à cette question piège.

Il fallait, disait-il, répondre au cas par cas, en historien et non en philosophe.

Il avait cité Marc Bloch – un historien que les Allemands avaient fusillé en juin 1944 –, un maître des études médiévales qui avait écrit : « L’historien est comme l’ogre de la fable, il aime la chair vive. »

Puis Furet avait ajouté :

« L’individu, l’individu, bien sûr, mais gare à ne pas basculer dans le roman… »

51.

Je n'ai pas écouté la mise en garde de François Furet. Il était trop tard pour que je l'entende.

J'avais vécu mon enfance dans le mélodrame, ma grand-mère, mon père, ma mère, mêlant cris, malédictions, larmes, invoquant *il destino*, la Révolution ou la *Divine Comédie*.

Et tout pour moi, *ma* vie, *la* vie, la guerre, l'Histoire, était roman, entrecroisements d'aventures individuelles.

Le matin, en ces années du tournant du XXe siècle, quand je ne gribouillais pas dans mes carnets, attendant avec impatience que Claudie se réveillât, et que je puisse enfin ouvrir ma machine et continuer d'écrire le roman que j'avais entrepris, je lisais des extraits de discours et d'écrits de Clemenceau, achetés comme la plupart de mes livres chez l'un des bouquinistes de la rue des Écoles.

Je ne partageais pas l'incroyance de Clemenceau, mais ses autres mots eussent pu être les miens.

Je les murmurais pour me les approprier, me donner l'illusion de les avoir fait naître, surgir de ma poitrine.

Je les recopiais, je les soulignais. Je les encadrais.

« De ton propre effort, fais toi-même la rémunération de ta vie », écrivait Clemenceau.

« Il faut agir, l'action est le principe, l'action est le moyen, l'action est le but, disait-il encore. L'action obstinée de tout homme au profit de tous, l'action désintéressée, supérieure aux puériles glorioles, aux rémunérations des rêves d'éternité, comme aux désespérances des batailles perdues ou de l'inéluctable mort, l'action en évolution d'idéal, unique force et totale vertu. »

« Je suis pour le développement intégral de l'individu. »

Ces réflexions, ces principes m'exaltaient, me poussaient à agir.

Est-ce en eux que j'ai puisé la force d'être fidèle à mes rêves, de refuser d'écouter les conseils de prudence, de sagesse, que me prodiguaient mon père et Claudie, mais aussi ma mère, quand je leur ai annoncé que je m'apprêtais à démissionner de la Radio-télévision française et que je troquais cet emploi sûr contre un poste de maître auxiliaire de sciences et mathématiques dans un centre d'apprentissage de la rue du Nord à Argenteuil ?

Le rectorat avait cru que la licence – que je venais d'obtenir – ne pouvait être que « ès sciences » puisque j'étais titulaire d'un baccalauréat mathématique et technique. Je n'avais pas détrompé le fonctionnaire qui m'avait reçu, puisqu'il y avait pléthore de candidats littéraires et qu'on manquait de scientifiques. Va pour les maths et les sciences !

Habile, Claudie me conseillait d'attendre. Mon père, à son habitude, me demandait d'être « *rationnel* » et « *raisonnable* ». « Tu m'as reproché de t'avoir inscrit dans un centre d'apprentissage, m'avait-il dit, et tu y retournes. »

J'avais mesuré les difficultés que j'allais rencontrer.

Et jusqu'au bienveillant administrateur civil de la RTF qui s'inquiétait de mon avenir. Je lui avais avoué que mon but était de réussir à l'agrégation d'histoire et… d'« écrire ».

Il avait levé les bras au ciel. « Et pourquoi pas l'Académie française ? » s'était-il exclamé.

Ma mère s'affolait, me recommandait de suivre l'avis de Claudie. « C'est ta femme, écoute-la. »

Je ne lui ai pas répondu que je ne pouvais pas imaginer de passer toute ma vie aux côtés de Claudie parce que je n'osais pas le penser moi-même et donc le dire clairement, mais cette décision rôdait dans ma tête, prête à bondir.

Me revenaient en mémoire les vers de Dante que cent fois ma mère avait récités.

Nel mezzo del cammin di nostra vita
Mi ritrovai per una selva oscura.

Je n'étais pas parvenu « à la moitié du chemin de ma vie et je ne me retrouvais pas dans une forêt obscure », mais je percevais que ces années du mitan du XXe siècle annonçaient le temps des grandes ruptures et ma vie allait s'y accorder.

En mai 1954, j'avais rompu avec les étudiants communistes, et je l'avais sereinement proclamé dans le local de la section du Parti, rue Jussieu. *L'Humanité* avait salué le 8 mai la victoire du général Giap, stratège des communistes vietnamiens. Les Vietnamiens avaient encerclé, écrasé, submergé les troupes françaises, parachutées dans la cuvette de Diên Biên Phu.

Giap n'était pas, ne serait jamais l'un de mes héros, même si je contestais la politique de la France en Indochine.

Mais j'étais du côté des troupes françaises, et j'avais rappelé comment le Parti communiste avait, de 1939 à 1941, refusé de s'engager dans la résistance au nazisme.

« Des communistes soumis à Staline ont rompu avec leur parti à ce moment-là, je romps aujourd'hui parce que la France est ma patrie. »

Et j'avais même justifié que, place de la Sorbonne, des étudiants d'extrême droite aient le 8 mai malmené les vendeurs de *L'Humanité*.

On m'avait interrompu, menacé et poussé dehors, dans un concert d'injures.

Rien n'aurait pu me faire changer d'avis, ni l'invocation de l'Internationalisme ni la découverte de la misère, de l'inégalité qui me sautaient au visage chaque fois que j'arrivais à Argenteuil et que j'entrais dans le centre d'apprentissage de la rue du Nord.

Le neveu de mon père, Charles, avait eu raison de nous rappeler que nous étions, dans notre « septième étage du boulevard Haussmann, des privilégiés ». Et je mesurais que je l'avais été depuis ma naissance.

Je m'étais cru « au plus profond de la nuit ». Illusion, complaisance !

La vraie, la noire misère était en face de moi, dans ces salles de classe installées dans des bâtiments préfabriqués. Elle déformait les visages hâves des élèves. Elle s'affichait sur leurs vêtements disparates, rapiécés.

C'étaient des adolescents malingres, provocateurs, agressifs ou somnolents, les yeux mi-clos. Et j'avais beau tenter de leur transmettre ces rudiments que j'étais censé leur enseigner, ils ne répondaient à aucune de mes questions. Ils refusaient d'exécuter les exercices, indifférents aux sanctions dont au début de mon enseignement je les avais menacés.

J'étais révolté quand certains de mes collègues manifestaient leur mépris pour cette « tourbe », et l'un d'eux sentencieusement évoquait « le *Lumpenproletariat* ». « Ils font des enfants pour toucher les allocations familiales. »

Que faire ?

C'était le titre d'un petit livre de Lénine.

Que faire ?

La révolution ! Elle avait eu lieu ! Elle avait été victorieuse. Tout le pouvoir aux Soviets ! Et – en février 1956 – dans un rapport « secret » du nouveau dirigeant soviétique, Nikita Khrouchtchev dénonçait les crimes et les turpitudes de Staline, le système concentrationnaire, le Grand mensonge, ces livres que j'avais lus, il y avait déjà quelques années. Et l'armée soviétique était rouge du sang des Hongrois qui, en cette fin d'année 1956, s'étaient révoltés contre l'occupation russe.

Et les insurgés avaient lynché, pendu par les pieds aux branches des arbres de Budapest les communistes !

Que faire ?

Face à la misère, aux injustices, aux mensonges, aux trahisons ?

Je relisais les phrases de Clemenceau : « Ce qui est, est, et de ce qui est je suis. Je suis quelque part un atome de quelque chose qui passe. J'ai sur d'autres moments du cosmos l'avantage de sentir… Le Moi civilisé de tous les temps et de tous les jours sera celui qui saura se maîtriser, s'ordonner pour consacrer toujours plus de lui-même à l'œuvre qui le dépasse, sans rien attendre des hommes ni des dieux. »

Et j'aimais que de Gaulle ait écrit : « Clemenceau fut à lui seul, et pour ainsi dire en chacun de ses jours, un drame, c'est là sa marque. »

Je m'interrogeais : et si chaque homme portait un drame, cette tunique de douleurs qui lui collait à la peau ; que la plupart cherchaient à dissimuler et qui tout à coup apparaissait, emprisonnant l'âme et le corps ?

Mon père m'avait téléphoné. Il n'avait jamais été aveuglé, drogué par le communisme. C'était un « libertaire », un individualiste, mais la barbarie de la répression russe en Hongrie l'accablait.

— Tu te souviens de Nairaud ? (J'avais encore dans la bouche le goût des figues qu'il nous apportait.) Sur l'URSS il avait vu juste.

Mais il fallait que le sang coulât à flots, pour que les yeux s'ouvrent ou plutôt acceptent de voir !

Nombreux étaient les étudiants que j'avais connus en Sorbonne qui quittaient le Parti, qu'avaient abandonné François Furet, et bien d'autres.

Sartre écrivait : « C'est l'horreur qui domine la faillite retentissante du communisme en tant que marchandise importée d'URSS. »

Mon père m'apprenait que Jean Gancia, le compagnon de Rosette qui avec son taxi nous transportait jusqu'au Trayas ou au cap Ferrat, pour une partie de pêche, le résistant qu'on avait cru fusillé, le déporté, le survivant, s'était pendu.

— Le rapport Khrouchtchev, et puis la Hongrie, il n'a pas pu, pour lui ça a été un drame.

52.

Quel drame serait le mien ?

Je traversais la cour de la Sorbonne, où désormais j'entrais d'un pas altier, sûr de moi, et tout à coup, comme une douleur fulgurante, cette question me paralysait.

Je regardais autour de moi, ma belle assurance cédait la place à l'angoisse.

J'étais là où je ne devais pas être, les portes auxquelles je m'étais si longtemps heurté s'ouvraient trop facilement.

J'accumulais des certificats de licence. J'avais même défié Claudie, obtenu avec mention un certificat de littérature française, moi, le « bachelier technique », et je m'étais moqué d'elle, de son visage boudeur, puis de ses larmes ! Son dépit était ma revanche médiocre, j'étais fier, et brusquement je m'interrogeais.

Je me souvenais des récits de ma grand-mère qui, à la fin de sa vie, racontait sans cesse l'incendie qui avait ravagé les bâtiments de la grande ferme de ses parents et les récoltes, détruit les moissonneuses-batteuses, tout ce qui faisait la richesse et l'orgueil des Gasparini.

Ma grand-mère se signait, murmurait que, quand ça allait trop bien, Dieu – et le diable ! – s'irritaient, rappelaient aux humains qu'ils ne sont que des grains à moudre, et le malheur les frappe comme le fait l'orage qui fracasse le ciel d'été.

Quel drame serait le mien ?

Et si mes succès n'étaient que les appâts d'un piège ?

Si j'allais devoir payer cette confiance, cette griserie qui depuis quelques mois m'habitaient ?

Car, maintenant, dans les salles de cours, je m'asseyais au premier rang. Je n'étais plus un ramasseur de balles. Je participais au jeu, fier de côtoyer ces professeurs qu'interviewait *L'Express*, l'hebdomadaire que Françoise Giroud et Jean-Jacques Servan-Schreiber venaient de créer.

Je le lisais avec la même application que j'avais mise à ne pas manquer un seul numéro des *Lettres françaises*. Je participais à un concours organisé par l'hebdomadaire. Il consistait à rendre compte, comme un chroniqueur, d'un événement. J'avais été primé à trois reprises. Mon nom et mon texte avaient été publiés en bonne place dans la colonne voisine de l'éditorial de Françoise Giroud, dont le talent et le sourire m'éblouissaient. Et j'avais gagné chaque fois un volume de la collection de la Pléiade, créée par Gallimard.

Tout était donc possible !

J'avais noué une relation avec une étudiante – Julie de Keren – dont je m'étais convaincu qu'elle ressemblait à Françoise Giroud.

Mes audaces se limitaient à faire, à pas lents, le tour du jardin du Luxembourg, puis nous nous asseyions à la terrasse de l'un des cafés de la place de la Sorbonne ou de la place Edmond-Rostand. Je me persuadais en écoutant Julie que mon mariage me confinait dans un passé dont j'avais toujours voulu m'émanciper.

Je n'avais rien à reprocher à Claudie, sinon que nous étions du même village, qu'elle avait l'obstination d'une paysanne, qui n'aspirait qu'à une vie apaisée, construite sans déchirement ni démesure. Le feu de la rébellion ne la dévorait pas, même si elle avait été elle aussi une étudiante communiste et avait quelque temps fait mine de partager mes illusions. Mais elle ne rêvait pas à être une nouvelle Simone de Beauvoir ! Elle serait, l'agrégation franchie, la thèse soutenue, un excellent professeur de littérature ou de linguistique.

Et cette vie-là, il me semblait que je l'avais déjà parcourue. Je voulais l'ailleurs !

« Être Chateaubriand ou rien », avait écrit Victor Hugo dans son journal d'adolescent. J'avais soif de cet alcool qu'est le défi.

Et Julie de Keren me l'offrait.

Cependant j'étais sur mes gardes et je ne lui dévoilais rien de mes origines.

J'esquivais ses questions. Pouvais-je lui parler de mon grand-père tailleur de pierre et charretier ? Elle appartenait à une famille de petite noblesse bretonne qui comptait dans ses rangs un gouverneur de la forteresse de Belle-Île-en-Mer. Les miens en ce temps-là raclaient la terre avec leurs ongles pour arracher les « racines » dont ils allaient se nourrir.

J'étais donc condamné au mensonge. Je faisais glisser dans ma poche mon alliance, je prétendais que mon père était employé de banque, expert-comptable. Puis je lui parlais des recherches que j'avais entreprises, pour mon diplôme d'études supérieures, sur la presse parisienne des années 1789-1792.

De cela, je pouvais lui parler des heures avec fougue.

Je l'observais, fasciné comme un barbare qui sort de la « forêt obscure » et s'efforce de montrer ses talents.

Et j'imaginais que Julie, séduite, m'ouvrirait les portes de « son » monde, dans lequel je ne pourrais jamais pénétrer sans sa complicité.

Alors, je me faisais chouan.

Et brusquement, la honte, le doute, le remords m'envahissaient.

Je n'étais qu'un misérable Judas qui trahissait ceux dont il portait le nom, et dont il avait fait le serment de raconter et de prolonger l'histoire !

Je les abandonnais, je serais donc maudit !

Je quittais Julie comme un rustre, je m'enfuyais.

Mon drame, était-ce d'être ainsi déchiré, condamné à vivre en *dissidence* avec une part de moi-même ?

Était-ce le prix à payer pour changer de « monde », de « classe » ?

Ce dernier mot, que j'avais tant employé, puis oublié, me revenait. Je devinais que, transfuge, le malaise, la solitude seraient mes carcans.

Je devais renoncer à aller au-delà de ce que j'avais obtenu. Ce n'était pas lâcheté mais sagesse !

Il me semblait entendre la voix de mon père. Il fallait que je sois *raisonnable*.

Et j'avais ce mot en horreur.

Ma tête bourdonnait. Je marchais, je courais, de la place de la Sorbonne au boulevard Haussmann.

J'avais hâte de me réfugier dans cette pièce d'une dizaine de mètres carrés que le canapé-lit déplié coupait en deux.

53.

Claudie dormait, recroquevillée, ses poings fermés écrasant ses lèvres comme si elle avait voulu s'empêcher de crier.

J'ai aperçu mes carnets ouverts sur la petite table en bois blanc où j'écrivais.

« Ton bureau », disait Claudie.

Au souvenir de ce mot si peu approprié, j'ai mesuré tous les efforts qu'elle avait faits pour m'aider, souvent maladroitement, à vivre. Et que lui avais-je offert en retour dans ce troc qu'est toute relation humaine ?

Mon insatisfaction, ma hargne, mes obsessions, mon angoisse et, depuis quelques mois, ma vanité, mes succès universitaires, cette manière de lui faire comprendre que je n'avais pas besoin d'elle, que notre contrat était caduc.

Elle n'aurait pas à financer mes études, comme je l'avais fait pour les siennes. Je l'avais rejointe, dépassée, ne lui laissant rien à m'offrir, sinon ces petits mots, « ton bureau ».

Peut-être avait-elle lu mes carnets, où j'avais maintes fois évoqué mes rencontres et promenades avec Julie : « Luxembourg, avec J. J'ai besoin d'un horizon ouvert. Je n'aime pas les rivières, j'aime la mer. »

Je n'avais pas cherché à dissimuler mes carnets, peut-être parce que je désirais que Claudie les lise, qu'elle comprenne que je me préparais – et je l'en avertissais de cette manière – à la quitter… sans l'avoir encore décidé, mais avançant dans cette direction.

« *Sei duro* » – tu es dur –, m'avait dit dans son dialecte rugueux ma grand-mère. « Si tu frappes les autres, ils te frappent, et à la fin tu es seul. »

Mon père m'avait accusé d'être comme ces bûcherons piémontais qui s'ouvrent à grands coups de cognée un chemin dans la forêt obscure.

« Mais ce ne sont pas des arbres que tu abats, ce sont des humains. »

J'avais haussé les épaules, et maintenant, assis sur le bord du canapé-lit, je regardais Claudie qui se réveillait, se levait, m'indiquait d'un geste qu'elle voulait fermer le canapé.

Nous l'avons ensemble repoussé contre la cloison et je suis allé m'asseoir à ma table.

54.

C'était le mercredi 26 décembre 1956.

Il pleuvait et je marchais lentement le long des vitrines des grands magasins illuminés.

Je me souvenais des quelques mots que nous avions échangés avec Claudie au début du mois de mai.

Elle était assise sur le canapé, et moi devant la petite table en bois blanc.

Nous ne nous regardions pas.

Je feuilletais mes carnets, je les fermais, je les rouvrais, j'imaginais que Claudie allait me questionner.

Qui était J. ?

Et je me préparais à lui dire la vérité, et mon souhait.

Je tentais de me convaincre qu'il fallait que j'évoque notre séparation, passagère, parce qu'il fallait, avant de nous enfermer pour toute la vie dans notre couple, que nous vivions ce qui nous restait de jeunesse, libres, et non rivés l'un à l'autre.

Oui, je m'apprêtais à dire cela.

Claudie m'avait tendu un numéro de *L'Express* dans lequel Françoise Giroud dressait le bilan de la campagne qu'elle avait lancée pour demander l'abolition de la loi de 1920, qui interdisait l'avortement jugé comme un crime. Et l'on avait pendant l'Occupation décapité une femme qualifiée de « faiseuse d'anges », une avorteuse.

Claudie avait dit d'une voix ferme qu'on comptait chaque année huit cent mille avortements clandestins en France, et que vingt mille femmes mouraient de l'avoir pratiqué.

Je m'étais tourné vers Claudie. Elle avait incliné la tête, devançant ma question.

Elle était enceinte, en effet.

Je me souviens d'avoir écarté les bras, cependant qu'elle m'interrogeait sur ce que je souhaitais.

— Tu as sans doute des projets personnels, avait-elle dit.

J'ai baissé les bras.

C'était à elle de choisir, et j'ai même ajouté qu'à sa place je n'hésiterais pas.

J'ai peut-être dit là – mes souvenirs s'effacent – qu'une femme ne devait pas renoncer à ce qu'elle était seule à pouvoir faire : porter un enfant, donner la vie.

« Bel et bon discours », a répondu Claudie.

J'entends encore sa voix. « Tu n'es pas à ma place. »

Je l'ai interrompue quand elle a prononcé le nom de Simone de Beauvoir.

J'ai haussé le ton, peut-être avec la bouche pleine de regrets et d'amertume.

Elle n'était pas Simone de Beauvoir, il fallait cesser ces enfantillages qui avaient occupé nos rêves, il y avait des années qui valaient un siècle.

— Je veux connaître ton choix, a-t-elle repris.

J'ai dit :

— On ne refuse pas un enfant.

— Qui est ce « on » ?

J'ai dû hésiter. Elle m'acculait.

Je me suis souvenu d'une phrase de Jaurès, que je venais de lire lors de mes recherches sur la Révolution. Après avoir brossé le portrait impitoyable de Robespierre, Jaurès écrivait : « Mais puisque l'Histoire est choix, c'est à côté de Robespierre que j'irai m'asseoir aux Jacobins. »

— Garde cet enfant, ai-je enfin répondu.

Elle s'est levée.

— C'est mon choix, mais je voulais que tu prennes parti, toi, pas « on ».

Ce mercredi 26 décembre 1956, en fin de journée, alors que la pluie tombait, ma fille, Mathilde, est née.

J'avais quitté la clinique et, allant et venant le long des vitrines, en ce lendemain de Noël, m'arrêtant souvent, bousculé par des enfants dont les cris se mêlaient à la musique que diffusaient les haut-parleurs, je murmurais ce prénom de Mathilde que j'avais suggéré à Claudie et qu'elle avait accepté. Mathilde, Mathilde de La Mole, l'héroïne de Stendhal, comme si l'écrivain était le parrain de ma fille.

« *Ma fille* », ces deux mots m'enivraient.

Je me persuadais que, une fois de plus, ma minuscule histoire personnelle s'incrustait dans une année de bouleversements, du rapport secret de Khrouchtchev à la répression barbare de la révolution hongroise et à cette guerre qu'on n'osait pas nommer, mais qui tuait en Algérie.

J'ai pensé à ceux que cette année qui s'achevait avait broyés, Gancia qui s'était suicidé, Manuel, disparu, et personne aux bains douches ne savait ce qu'il était devenu.

Et tant d'autres, qui survivaient, brisés, leurs illusions perdues. La Grande Histoire ne pardonnait pas.

Et la petite histoire, celle de chaque individu, n'était pas moins cruelle.

J'ai, avec angoisse, songé à la vie si frêle de Mathilde, à ses membres si menus.

J'avais vu une infirmière la saisir par les chevilles, la garder un moment suspendue, la tête en bas, et l'asperger, la laver vigoureusement.

Mathilde avait crié, voix si aiguë qu'elle me déchirait.

J'avais fermé les yeux, tant cette vie m'avait paru vulnérable.

Et me remémorant cette scène, j'ai prié et imploré la pitié.

CINQUIÈME PARTIE

55.

Je ne me lassais pas de regarder Mathilde.

Je me penchais sur son berceau, j'effleurais son front de mes lèvres, je caressais ses boucles noires, je prenais sa main et, le jour où elle s'est agrippée à mon index tendu, j'ai été ému aux larmes.

J'avais vingt-cinq ans et c'était la première fois que je côtoyais et observais un nouveau-né.

J'essayais de la soulever, mais j'étais maladroit, craignant de la serrer trop fort, de ne pas soutenir sa tête.

— Ne l'étouffe pas, disait ma mère.

Elle m'écartait, s'emparait de Mathilde, la berçait, lui chantant des chansons, qu'il me semblait ne jamais avoir entendues et que pourtant je fredonnais, me souvenant tout à coup de ma grand-mère dont j'entendais la voix, voyais le visage, proche du mien.

Mamma mia, mamma mia dammi cento lire
Che in America voglio andar...

Je suivais ma mère qui faisait le tour de l'appartement, la tête de Mathilde reposant sur son épaule.

C'était un autre souvenir si lointain et cependant précis.

J'éprouvais la sensation d'être immergé dans un passé aussi fragile que ces fresques enfouies dans une caverne d'avant l'histoire, et qui s'effacent dès lors qu'entre l'air d'aujourd'hui.

Et j'étais perdu.

Ce nouvel appartement qu'occupaient mes parents dans le nord de Nice ne m'était pas familier et je regrettais mes combles, mon toit, ma cheminée, les hautes branches des platanes de l'avenue de la Victoire, ce centre-ville où j'avais grandi.

Mais mon père partant à la retraite avait dû abandonner son logement de fonction.

L'immeuble où ils habitaient désormais était situé au milieu d'un parc. Il comportait un balcon d'où l'on apercevait la Baie des Anges.

Ma mère elle-même après des crises de larmes s'était habituée à ce nouveau domicile. « Je meurs ici », avait-elle dit.

Elle pouvait prendre l'ascenseur et, fidèle à ses habitudes, elle « descendait » plusieurs fois par semaine au jardin Albert-Ier retrouver ses amies d'autrefois.

Et puis, elle avait Mathilde.

Claudie avait été nommée au lycée d'Annecy et moi j'effectuais à Paris mon service militaire.

Ma mère ainsi régnait sur « *la fille de mon fils* », comme elle disait.

Parfois, j'éprouvais un sentiment de culpabilité à l'égard de Claudie qui ne voyait sa fille qu'aux vacances. Mais cela paraissait lui suffire et le plaisir – le bonheur devrais-je écrire – que je ressentais à voir ma mère se comporter comme si Mathilde avait été son enfant chassait tous mes remords.

J'imaginais qu'ainsi mes parents transmettraient à Mathilde ce qu'ils m'avaient légué. Nos mémoires s'entrelaçaient.

Je lui parlerai d'Italina, ma grand-mère, de Louis, mon grand-père tailleur de pierre ; rien du passé ne serait perdu.

Et si Claudie ne se souciait pas de nourrir sa fille de sa propre mémoire familiale, qu'y pouvais-je ?

C'était *ma* fille que je confiais à *ma* mère, parce que, au fond, j'étais convaincu que seule ma mère pouvait lui donner les souvenirs, la sensibilité qui m'importaient.

Un jour, Claudie m'avait dit d'une voix égale :

— Tu veux que ta fille devienne le miroir où tu te reconnaisses.

Elle avait eu une moue de mépris ; des rides d'amertume cernant sa bouche.

— Elle t'échappera, c'est la loi de la vie, je t'aurai averti, et je ne m'inquiète pas pour toi. Mais Mathilde…

Elle s'était interrompue, me regardant longuement avant d'ajouter :

— Elle brisera le miroir.

A-t-elle prononcé ces derniers mots ou bien les ai-je imaginés après, et me hantent-ils seulement aujourd'hui, des décennies plus tard ?

Mais dans cette période-là de ma vie, dans la dizaine d'années qui suit la naissance de Mathilde, ce *garrote vil* – comme disent les Espagnols qui ont longtemps exécuté leurs condamnés en les étranglant à l'aide d'un garrot que le bourreau serrait plus ou moins lentement jusqu'à briser la nuque du malheureux – ce garrot fait d'incertitude, de doutes, de peur, je l'avais desserré.

J'étais professeur. Après le certificat d'aptitude professionnelle de mécanicien ajusteur, j'avais obtenu le certificat d'aptitude de professeur de l'enseignement secondaire. Et je m'étais convaincu depuis longtemps que je devais affronter l'agrégation d'histoire.

Mais l'élan, l'assurance nécessaire, c'était Mathilde qui me les donnait.

Je découvrais que l'enfant était le soleil de la vie, qu'il apportait énergie et espérance, que chacun de ses gestes était comme une poussée qu'il donnait à ceux qui l'aimaient.

L'élan qui me soulevait venait de Mathilde, j'en étais sûr. Je n'agissais pas pour elle, mais c'est elle qui m'incitait à agir, parce qu'elle était la preuve que l'avenir existait. Par elle s'opérait la transfusion miraculeuse de l'énergie de toute l'espèce humaine à chacun de ses membres.

Je la regardais qui essayait de marcher, je l'entendais prononcer ses premières syllabes.

Elle était le mystère de la vie, la preuve de la résurrection.

J'étais son père et son fils.

Elle me donnait foi en moi, et me rendait à la foi que m'avait transmise ma grand-mère.

Le reste – la réussite – n'était plus qu'affaire d'organisation.

Ces années-là, je n'ai prêté qu'une attention distraite aux événements qui secouaient la nation ou même la planète.

J'étais à la tâche de l'aube à la nuit, assidu à la Bibliothèque nationale. C'est en spectateur que j'assistais aux grandes manifestations de la gauche, en mai et septembre 1958, hostile au retour de De Gaulle au pouvoir. On y scandait : « Le fascisme ne passera pas. »

De Gaulle fasciste ?

Comment aurais-je pu croire à cette fable ?

Je retournais vite à la préparation de l'agrégation. Je l'avais intitulée « *Agolamort* » – l'agrégation ou la mort –, héritage de mes recherches et travaux sur la Révolution française.

J'étais ma patrie, l'agrégation était ma République. Et la mort était là pour donner une teinte héroïque à ce qui n'était après tout que la préparation classique d'un concours !

Mais comme un stakhanoviste, ce héros du travail au temps de Staline, dans l'un de mes carnets je dressais, jour après jour, semaine après semaine, le graphique du nombre d'heures passées à cette préparation !

Pas de distraction.

Claudie était à Annecy et préparait, tout en enseignant, l'agrégation de lettres modernes. Je vivais donc seul à Paris, et j'avais oublié Julie de Keren.

Pas de temps à consacrer à *Gallimard* !

Quelquefois, dans le silence bruissant de la Bibliothèque nationale, je m'endormais parce que je passais toutes mes nuits à la station météorologique d'Orly où les autorités militaires m'avaient affecté avec quelques autres soldats pour suppléer éventuellement les « civils ». Je réussissais à dormir trois ou quatre heures, traçant rapidement les cartes météo que j'avais à exécuter.

Et le matin, à 9 heures, j'attendais devant le portail de la Bibliothèque nationale. À l'heure du déjeuner, je me nourrissais d'une baguette de pain, d'un paquet de figues sèches ou de dattes, en buvant du thé. Puis j'allais retrouver ma place et luttais contre le sommeil.

Un jour, j'ai été terrassé par la fatigue et j'ai craint de ne jamais parvenir à étudier tout le programme du concours.

Adieu *Agolamort* !

J'ai pris ma plume et j'ai écrit à Françoise Giroud, sollicitant une place de stagiaire, de pigiste, de n'importe quoi à *L'Express*.

Surprise : j'ai reçu une longue réponse. Françoise Giroud me faisait part des regrets qu'elle avait de ne pas avoir fait d'études supérieures.

« Allez jusqu'au bout, m'écrivait-elle. Il y a trop de journalistes, mais les rédacteurs en chef recherchent toujours "le" spécialiste. Devenez l'un de ces experts, et vous verrez s'ouvrir toutes les portes et donc celles de *L'Express*. »

J'ai plié la lettre, l'ai glissée dans mon portefeuille, et j'ai repris ma lecture de l'*Histoire économique et sociale de l'Empire romain* – en italien, car il n'existait pas de traduction française de cette œuvre de l'école historique russe, et je lisais plus rapidement l'italien que l'anglais.

Retour à *Agolamort* !

Cependant je prenais une autre assurance contre l'échec. Bleustein-Blanchet, propriétaire de Publicis, venait de créer la Fondation de la vocation, offrant une bourse d'une année aux étudiants dont la vocation était affirmée. Je plaidais mon cas : me disant persuadé de ne pas réussir au premier essai à l'agrégation, il me fallait donc une bourse pour l'année suivante. J'exposai mes mérites, mon CAP de mécanicien ajusteur, etc. Je fus sélectionné. Je devais rencontrer Raymond Aron, membre du jury, pour un entretien décisif.

Mais entre-temps, j'avais été reçu – Claudie aussi –, nommé à Nice, et lorsque je me rendis au domicile de Raymond Aron pour y exposer mon cas, sa fille Dominique me reçut et, fort affable, m'expliqua que son fiancé venait d'être reçu à l'agrégation d'histoire. Comment décrire ma joie, ma fierté, mon orgueil, lorsque j'ai dit « moi aussi ».

J'ai téléphoné à mes parents, mais à peine m'ont-ils écouté.

Mathilde avait joué toute la journée dans le parc et appris, disait mon père, à pédaler.

« Si tu l'avais vue ! » s'exclamait-il.

J'entendais la voix de Mathilde.

Il m'a semblé qu'elle criait « papa » et qu'elle riait comme une enfant heureuse.

56.

Le bonheur de ma fille et la joie de mes parents m'exaltaient.

J'étais de retour dans ma ville, si différent de ce que j'avais été que j'aurais pu m'y sentir étranger, mal à l'aise, comme serré dans un costume d'autrefois, aux manches trop courtes, alors qu'on a forci et grandi.

Mon passé me gênait.

J'avais été un élève du « technique » et j'arpentais la cour du lycée « classique », du grand lycée Masséna !

Moi, avec mon CAP de mécanicien ajusteur, mes humiliations, mes timidités, j'étais agrégé de l'université, professeur d'histoire et de géographie et, à côtoyer mes collègues, il me semblait que j'étais un imposteur.

Je n'étais pas un ancien khâgneux – comme l'était Claudie –, j'avais appris à tenir ma lime, bien à l'horizontale et formant avec la pièce d'acier placée dans l'étau un angle de quarante-cinq degrés !

C'était là « mon grec et mon latin ». Et j'avais honte de mes carences.

Mais Mathilde, par sa présence, unissait toutes les séquences de ma vie. Grâce à elle, je retrouvais les lieux, les gestes de mon enfance.

Je la soulevais – Dieu qu'elle était légère ! –, je la mettais debout sur mes épaules, comme l'avait fait mon père avec moi.

J'allais la chercher au jardin Albert-Ier, où elle se rendait avec ma mère – si fière de la « fille de son fils » –, j'ouvrais les portières de ma voiture, je les installais sur le siège arrière, et souvent, avant d'aller déposer ma mère chez elle, je roulais lentement le long de la promenade des Anglais puis du quai des États-Unis, jusqu'au cap de Nice, où je m'arrêtais. Et je racontais à Mathilde comment j'avais plongé pour la première fois du haut de ce rocher.

Et, quelques années plus tard, j'ai sauté avec elle, la serrant contre moi, et nous avons surgi de la profondeur opaque.

Mathilde exultait cependant que ma mère cachait son visage dans ses mains, terrorisée, et que mon père applaudissait.

C'étaient mes retrouvailles heureuses avec mon passé.

Je titubais d'émotion, de joie, d'orgueil, comme un coureur qui, après avoir franchi la ligne d'arrivée, poursuit son élan.

Je devais cela à Mathilde.

D'être devenu père avait ressuscité en moi le fils qui peu à peu osait se souvenir de son enfance, telle qu'elle avait été, chaotique, mais entourée d'amour.

Serais-je capable de donner à Mathilde ce que j'avais reçu ?

57.

Et tout à coup, un jour, alors que je venais de quitter le lycée ayant terminé mon dernier cours de la semaine, j'ai su que cette nouvelle vie qui commençait, que ce bonheur que m'apportait Mathilde ne me suffirait pas.

Et je me suis affolé, l'estomac déchiré, la gorge nouée. La crainte – la certitude – de ne pas pouvoir donner à Mathilde ce dont elle avait besoin m'a foudroyé.

Mais mon moi, égoïste, avide, était là, et j'empoignais déjà la cognée. J'allais frapper à droite, à gauche, afin de fuir cette sensation de vide qui m'envahissait.

Pour la première fois depuis des mois, j'ai pensé à Martin Eden, au moment où, la reconnaissance de son talent littéraire obtenue, il avait dans la baie d'Oakland plongé, repoussé sa barque et commencé à nager pour s'en éloigner puis se noyer dans l'immensité des profondeurs.

J'avais remporté la victoire, conquis l'agrégation, baïonnette au canon, au cri de *Agolamort*. Elle était mon Valmy et mon Austerlitz.

Et tout à coup, le vide.

Quinze heures de cours par semaine. Rien d'héroïque !

Un vaste appartement dans un immeuble que ses propriétaires avaient baptisé le Grand Palais !

La ville, la Baie des Anges à mes pieds.

Un bureau pour moi, un autre pour Claudie, une chambre avec trois fenêtres pour Mathilde.

Mais ma fille disait préférer la petite pièce qu'elle occupait dans l'appartement de mes parents. Et, lâchement, je cédais. Claudie acceptait.

« C'est rationnel », disait mon père.

Alors le vide, encore plus vide.

Je courais le long de la Baie des Anges.

Je nageais droit vers le large, quel que soit le temps, mais lorsque je sentais la fatigue et le froid s'emparer de moi, je retournais, ménageant mes forces, vers le rivage.

Vide immense que ma vie avec Claudie.

Elle avait commencé sa thèse. L'inspecteur général qui avait écouté l'un de ses cours l'avait félicitée.

Mais nous vivions côte à côte sans nous voir, et parfois, alors que le bonheur et la réussite semblaient se conjuguer autour de moi, j'avais envie de crier, de hurler de désespoir.

À qui se confier ?

J'avais noué des relations amicales avec certains de mes collègues, mais chacun de nous restait enfermé dans sa peau et, durant les quelques minutes de la récréation, nous n'échangions dans la cour du lycée que des mots lisses et vides.

Ils parlaient ski, tennis, bateau, voyages, spectacles et concerts, et je me taisais.

Que pouvais-je leur dire ?

Que je passais une partie de mes nuits à écrire – ces années-là j'ai publié mon premier livre, *L'Italie de Mussolini* –, que cette vie, organisée, cette accumulation de « plaisirs » me désespéraient ! Écrivais-je comme Martin Eden pour me noyer ? Ou bien étais-je en attente d'un événement, pauvre jeune fou qui n'avait pas encore compris qu'il ne faut pas défier les dieux, qu'il faut les remercier de vous avoir oublié dans un coin du cosmos, et qu'il faut jouir de ce moment de grâce, d'ennui, de paix. Car le malheur et la mort sont toujours en embuscade.

Je me taisais donc tandis qu'ils se félicitaient de la qualité de la neige, dans les stations de ski proches de Nice, de la température de la mer en plein mois de janvier. Car certains se baignaient dans les criques du cap de Nice toute l'année.

Et moi, enfermé, je tapais sur ma grosse machine à écrire, celle de mon adolescence, subtilisée par mon père à la Banca. Je commençais ma thèse et j'oubliais que Mathilde était devenue une petite fille, que mon père et ma mère se voûtaient, et qu'entre Claudie et moi s'élevait désormais le mur épais des silences accumulés.

Mais il fallait paraître heureux.

Je craignais le regard perspicace de ma mère.

« *Mafalda, la strega* », la sorcière, avait marmonné tant de fois ma grand-mère Italina.

Ma mère était fière, bien sûr, de son fils professeur, mais elle murmurait, en hochant la tête :

— Vous êtes un drôle de couple, de drôles de parents.

Et naturellement, elle accusait Claudie, « une mère comme ça… ».

Je l'empêchais de poursuivre. J'embrassais Mathilde, je lui proposais de rentrer avec moi, au Grand Palais.

Mathilde s'accrochait à mon cou, elle faisait non de la tête, tout en se serrant contre moi.

Mon père murmurait que nous avions nos livres et nos thèses à écrire, nos cours à préparer.

— Son repas est prêt, disait ma mère.

— Tu sais qu'elle me bat aux dames ? s'exclamait mon père.

Il avait déjà préparé le damier pour prendre sa revanche.

Il ajoutait que Mathilde vivrait avec nous quand elle entrerait au lycée, mais jusque-là c'était « plus rationnel » qu'elle demeure avec eux.

Je capitulais sans même avoir essayé de résister.

Au fond, « ça m'*arrangeait* » : c'était une vie commode et vide, où je pouvais ne penser qu'à moi.

J'ai ainsi laissé dissoudre, sans en prendre conscience, dix années de ma vie, dix années de la vie de ceux que j'aimais et que la mort guettait.

Pauvre fou !

J'étais à ce point enseveli sous les phrases, les pages, les projets d'autres livres que je ne participais qu'en spectateur aux activités politiques et syndicales qui animaient parfois les discussions dans la cour du lycée.

J'ai signé la plupart des pétitions qu'on me présentait – j'ai assisté à des réunions syndicales, voté pour ou contre la grève. La grande affaire, c'était l'Union de la gauche, le danger fasciste, *le coup d'État permanent*, que pratiquait de Gaulle. En 1965, François Mitterrand, candidat de la gauche, est venu tenir un meeting à Nice.

Je n'ai pas applaudi quand, entouré des représentants des partis qui le soutenaient, il est monté sur la scène du Casino municipal. J'ai reconnu autour de lui des communistes et des politiciens locaux qui avaient été membres, avant la guerre, des partis d'extrême droite.

Comment aurais-je pu m'enthousiasmer pour un pareil alliage ?

Mais c'était le candidat de la « gauche » et mon père avait voulu assister à cette réunion, et il répétait qu'il espérait voir avant de mourir la gauche au pouvoir, comme en 1936.

— Tu te souviens ? m'avait-il plusieurs fois demandé.

Il était radieux, il applaudissait. Il vibrait.

Moi qui avais quarante ans de moins que lui, je ne pouvais me passionner pour cette politique-là.

J'avais vécu, enfant, des temps héroïques, et j'en avais la nostalgie. Je ne pouvais me contenter de la menue monnaie de l'Histoire.

Mais j'ai écouté, les larmes aux yeux, l'hommage d'André Malraux à Jean Moulin lors du transfert des cendres du héros de la Résistance au Panthéon, le 19 décembre 1964. Je l'avais lu, sans pouvoir maîtriser mon émotion, à mes élèves de terminale.

J'aimais cette classe, attentive, brillante. Ces élèves-là remplissaient le vide qui se creusait en moi. Je les sentais en communion avec le texte haletant de Malraux.

« Écoute aujourd'hui, jeunesse de France, ce qui fut pour nous le chant du malheur. C'est la marche funèbre des cendres que voici. À côté de celles de Carnot avec les soldats de l'an II, de celles de Victor Hugo avec *Les Misérables*, de celles de Jaurès veillées par la Justice, qu'elles reposent avec leur long cortège d'ombres défigurées.

« Aujourd'hui, jeunesse, puisses-tu penser à cet homme comme tu aurais approché tes mains de sa pauvre face informe du dernier jour, de ses lèvres qui n'avaient pas parlé : ce jour-là, elle était le visage de la France. »

Spontanément, les élèves, à la fin de ma lecture, s'étaient levés et nous avions observé un long silence.

Puis j'avais évoqué Torrin et Grassi, les corps de ces deux résistants que j'avais vus, pendus, en juillet 1944, avenue de la Victoire, comme de pauvres guenilles.

Et les élèves étaient restés debout.

Une classe terminale, en France, dans les années 60 du XXe siècle, ce pouvait être cela.

58.

Ces visages d'adolescents, marqués par l'émotion, leurs corps figés dans le recueillement et le respect, j'ai souvent pensé à eux dans les années tourmentées qui ont suivi.

Ma vie avait changé.

J'enseignais l'histoire contemporaine à la faculté des lettres et sciences humaines qui venait d'être créée à Nice.

Mes cours étaient souvent interrompus par des étudiants exaltés, érudits qu'on commençait d'appeler « enragés », « trotskistes », « gauchistes ». Ils se réclamaient de la « révolution culturelle » et se proclamaient maoïstes, marxistes, léninistes.

Ils prenaient la parole d'autorité, ils lisaient de longs textes de Trotski et de Lénine, de Mao, de Castro, de Guevara.

Leurs voix, souvent aiguës, et leur ton impérieux, au rythme saccadé, m'accablaient.

Ils prêchaient la violence. L'un d'eux, un jour, avait cité Paul Nizan. Je connaissais ce texte, extrait d'*Aden Arabie*, et sa violence m'avait, dès la première lecture, révolté.

« Il n'existe plus que deux espèces humaines qui

n'ont que la haine pour lien, écrivait Nizan. Celle qui écrase et celle qui ne consent pas à être écrasée [...] Il ne faut plus craindre de haïr, ne faut plus rougir d'être fanatique [...] La poésie et les femmes passent, mais la révolution n'est jamais passée. »

Fanatique. Ce mot revendiqué, brandi comme un étendard, représentait tout ce que je rejetais, la négation de l'Autre.

Et entendre le fanatisme proclamé me désespérait.

Alors je pensais à ces élèves de classe terminale, qui avaient communié dans le souvenir des victimes du fanatisme, Moulin, Torrin, Grassi.

Je rappelais ce qu'avait été le sort de Paul Nizan, condamné et calomnié par ses camarades parce qu'il avait dénoncé le pacte Hitler-Staline et qui était mort au combat en 1940.

Mais on ne désarçonne pas un fanatique !

C'est ces années-là, quand, à la faculté, j'étais confronté à ces « enragés », que j'ai entrepris d'écrire une biographie de Maximilien Robespierre pour tenter de comprendre comment, et pourquoi, l'on devient un fanatique, et j'avais choisi comme sous-titre *Histoire d'une solitude*.

Je n'étais plus seul. Ma vie avait changé.

Mathilde vivait avec nous au Grand Palais.

Chaque matin, je l'accompagnais à ce qu'on appelait encore le lycée de jeunes filles. Il n'y avait que quelques centaines de mètres à parcourir, mais c'était un moment de grâce.

Nous traversions le parc qui entourait le Grand Palais.

Nous nous tenions par la main, nous sautions les haies, les buissons, les barrières. Nous riions, dévalant la pente de plus en plus vite, nous arrêtant, essoufflés, sur le grand boulevard qui séparait la colline de Cimiez, où s'élevait le Grand Palais, du centre de la ville.

Jusqu'à cet instant, nous n'avions pas parlé, mais nous étions à l'unisson, et nos mains si serrées que, devant l'entrée du lycée, nous ne pouvions nous séparer, attendant la seconde sonnerie. Et Mathilde se pendait à mon cou, me murmurant ces deux syllabes – papa, papa – dont je ne voulais pas savoir qu'elles étaient chargées autant d'amour que d'angoisse.

Je rentrais lentement.

Je me cachais, penché en avant, les bras croisés comme pour ne pas laisser deviner ce que j'avais ressenti s'enfuir. Je rencontrais Claudie qui partait pour la faculté où elle enseignait la linguistique.

Elle était la voix de la raison.

« Tu ne devrais pas accompagner Mathilde. Elle doit devenir autonome. Tu ne lui rends pas service. Mais tu le fais pour toi. Être père, ce n'est pas cela. »

Je claquais la porte de mon bureau et plaçais une feuille vierge dans ma machine.

Écrire, écrire, écrire, peut-être pour vivre ailleurs que dans ce présent qui était à la fois exaltant mais incertain et douloureux.

J'achevais cette biographie de Maximilien Robespierre.

« Mon » *Italie de Mussolini* connaissait le succès.

Pierre Dumayet et Pierre Desgraupes m'avaient invité à *Lecture pour tous*, la seule émission littéraire de la télévision.

Je découvrais avec avidité les « mœurs » du « milieu ».

Mon éditeur, m'avait confié Dumayet, avait tenté de m'écarter de l'émission au bénéfice d'un auteur célèbre. Mais Dumayet avait refusé le troc, choisi l'inconnu.

Desgraupes, qui m'avait interviewé, avait cherché à me mettre en difficulté mais j'avais à lui répondre éprouvé un plaisir intense. Tout mon être était mobilisé : le savoir devenait action, la pensée, riposte. J'ai aimé ce duel, courtois mais implacable.

Et lorsque j'étais rentré à Nice, mes élèves – c'étaient les derniers jours de mon enseignement au lycée – m'avaient applaudi.

Je goûtais aux drogues de la « société du spectacle ». Et même si je ne me l'avouais pas, je voulais appartenir à cette caste des « visibles ».

Et puis, écrire, écrire, écrire était devenu ma manière de vivre, ma « révolution permanente ».

Dans l'hiver 1966, je partais chaque après-midi en voiture et je roulais jusqu'à Juan-les-Pins.

La station était déserte, noyée sous les averses de février. Je m'installais dans le seul café ouvert. J'écrivais un roman de politique-fiction, *La Grande Peur de 1989* – 1989 paraissait si loin – que je signais Max Laugham. *L'Express* en publiait des bonnes feuilles et l'éditeur Robert Laffont me signait un contrat.

J'avançais, j'avançais. Vers quoi ?

59.

J'étais aux aguets.

Devant les bâtiments de la faculté des lettres, les étudiants qui avaient déserté les cours se rassemblaient autour de quelques orateurs qui occupaient les marches de l'escalier conduisant au hall d'entrée.

Des groupes se constituaient, s'opposaient. On se bousculait, on s'insultait.

J'allais des uns aux autres.

Là, des communistes tentaient de se faire entendre cependant que les « gauchistes », les « enragés », les « maoïstes » les interrompaient, les accusaient d'être des « crapules staliniennes ».

Des professeurs s'efforçaient de les séparer, mais eux-mêmes étaient divisés.

Je lisais sur les visages des plus vieux d'entre eux la surprise, l'incompréhension et même l'effroi. Eux, syndicalistes depuis toujours, on les ridiculisait, on les rejetait. Ils étaient les « cocos », ceux qui avaient trahi la « révolution », les complices des assassins de Budapest et de Prague.

Et c'était au nom de la révolution qu'on les combattait !

Ils répondaient, dénonçaient les « provocateurs », les « aventuriers », les « personnages troubles », les « trotskistes », les « anarchistes », les complices du « complot gaulliste ».

On en venait aux mains.

C'étaient les premières semaines de l'année 1968.

Je corrigeais les épreuves de la biographie de Robespierre que je venais d'achever. À chaque page, un événement de l'an 1793 ou un discours de l'an 1794 me renvoyait comme dans un miroir à ce que je vivais, à ces assemblées d'étudiants, que l'éloquence, la détermination, l'enthousiasme de quelques gauchistes faisaient basculer du camp de l'ordre à celui de la « révolution ».

Révolution, c'était le grand mot rouge et noir de ces jours-là.

Il divisait les adhérents du ciné-club réunis dans cette petite salle où l'on projetait *La Chinoise*, le film de Godard, *Prima della rivoluzione*, ou *La Cina è vicina*.

On se lançait à la tête l'*impérialisme*, le *marxisme-léninisme*, la *Grande Révolution culturelle prolétarienne*, la revue *Partisans*, et Mao, Guevara, Castro et Lénine.

Il me semblait que le sol grondait, tremblait, que des crevasses allaient s'ouvrir d'où jaillirait l'Histoire en fusion, qui allait submerger, bouleverser les vies. Il fallait saisir ce moment, hisser les voiles, se laisser emporter.

J'étais sûr de ne pas me tromper. Tout se divisait. Des camps se dessinaient, l'Histoire violait chaque vie.

Je suivais, sans m'y mêler, les cortèges qui se dirigeaient vers le consulat des États-Unis, afin d'y déposer des protestations contre la guerre que les Américains menaient au Viêtnam. On brandissait le drapeau du Front de Libération nationale.

Certains des manifestants – les plus vieux, les communistes, ceux qui se voulaient raisonnables – scandaient « paix au Viêtnam », mais d'autres hurlaient « FLN vaincra ». Ils accompagnaient leurs cris en sautant enlacés, comme pour afficher leur jeunesse, leur vigueur. Dans cette guerre des voix, ils l'emportaient.

Mais parfois surgissaient les « gros bras » de la CGT, ces dockers communistes qui se jetaient sur les « gauchistes » comme des molosses.

Puis la police chargeait et les gauchistes, au cri de « Révolution CRS-SS », résistaient.

Je rentrais à regret au Grand Palais. J'y étouffais comme si l'air y avait été confiné.

Je m'enfermais dans mon bureau et si Mathilde entrouvrait ma porte je ne lui prêtais qu'une attention distraite et souvent, après quelques minutes, je la renvoyais, impatient de relire les notes que j'avais prises au cours de la journée.

Je le reconnaissais : la vie quotidienne ne m'intéressait pas.

Et, en ce printemps de Mai 68, je retrouvais des sensations que je n'avais pas éprouvées depuis 1944 quand, chaque jour, un événement extraordinaire envahissait ma vie.

J'avais besoin de ce grand souffle, fait de peur et d'enthousiasme. Je me souvenais de ce milicien qui m'avait mis en joue, de ce SS que, avenue de la Victoire, j'avais frôlé en sifflotant *La Marseillaise* et *L'Internationale*.

Et j'avais été l'un des premiers à voir les corps pendus de Torrin et Grassi.

Mais je n'avais été qu'un témoin de l'Histoire, trop jeune pour y participer.

Et si je n'y prenais garde, j'allais à nouveau rester en dehors.

En 1944, j'étais un enfant de douze ans, en 1968 pour les étudiants j'étais un vieux de trente-six ans.

On m'avait joué un tour, j'étais d'une génération entre deux vagues, ma vie allait passer sans que l'Histoire m'emporte.

Les événements qui s'annonçaient, ce frémissement de toute la société, que je percevais, étaient ma dernière chance.

Il fallait la saisir.

Je quittais mon bureau, je lançais un « je sors » désinvolte.

Et je claquais la porte.

60.

J'entrais dans l'amphithéâtre. C'étaient les premiers jours de Mai 68.

« Camarades… »

Qui pouvait se faire entendre ? Les discours à peine commencés étaient interrompus. On brandissait le poing.

« Camarades… »

On votait à main levée l'occupation de la faculté de droit, l'envoi d'une délégation aux électriciens, en grève.

« Étudiants, ouvriers, même combat. »

« Unité, solidarité, le fascisme ne passera pas ! »

On applaudissait, puis on constatait le résultat du scrutin.

« Camarades… »

On recommençait le vote.

Où étais-je ?

À la faculté des lettres ou bien dans un théâtre où l'on jouait à la révolution ?

Je fermais les yeux.

C'était un grand simulacre. On était au Club des Jacobins en 1793, à la Convention en 1794, au Soviet de Petrograd en 1917.

Tout à coup, le silence.

Les délégués des syndicats ouvriers montaient sur l'estrade. Ils ne voulaient rencontrer, martelaient-ils d'une voix pleine de suffisance, que des représentants régulièrement élus par une majorité d'étudiants et non les porte-parole des « groupuscules ».

Il me semblait entendre Robespierre s'opposant aux *Enragés* :

« De quel droit des hommes inconnus jusqu'ici dans la Révolution viendraient-ils chercher au milieu de tous les événements le moyen d'usurper une fausse popularité ? »

On huait les syndicalistes, alors ils quittaient l'estrade, cependant qu'un étudiant s'emparait du micro :

« Je crois que les hommes nouveaux ne paraissent trop exaltés que parce que les vieux s'usent. Je suis persuadé que les jeunes gens seuls sont susceptibles de ce degré de chaleur nécessaire pour opérer une révolution. »

Mais ce n'étaient point les propos d'un gauchiste que j'entendais mais je me souvenais de ceux d'un *Enragé* – Théophile Leclerc – qui, le 6 août 1793, avait répondu à Robespierre.

Je sortais de l'amphithéâtre, accablé.

J'étais, comme on le disait en 1794 de Robespierre, « une jambe cassée en révolution ».

Ce n'était point seulement une question de génération.

Je n'étais pas un « homme nouveau », il est vrai.

Mais j'étais surtout vieux de tout ce que m'avaient confié dans leurs livres les survivants de la Révolution française et de la révolution russe.

Je découvrais que je ne pouvais plus – au-delà de quelques jours – me laisser prendre aux illusions.

J'étais un spectateur passionné, mais « en dehors », qui avait besoin du souffle de l'Histoire, non pour aider à changer le monde mais pour pouvoir écrire avec passion.

On était le 13 mai 1968.

À Paris, les étudiants avaient les nuits précédentes dressé des barricades, brûlé des voitures, repoussé les CRS à coups de pavés.

Et les commentateurs prévoyaient le déferlement de la révolution.

Je rentrais au Grand Palais. J'étais persuadé au contraire que tout était joué déjà : le vent allait cesser de souffler, la mer se calmer, l'ordre était rétabli.

Les ouvriers reprendraient leur travail, les gauchistes passeraient leurs examens.

Et de cette génération, des « hommes nouveaux » surgiraient, et joueraient les premiers rôles durant quelques années, et peut-être quelques décennies.

J'allais analyser ce « grand simulacre ».

J'ai commencé à écrire, c'était ma façon de participer à l'Histoire.

En tête de cet essai, dont le titre s'était imposé à moi – *Gauchisme, réformisme et révolution*, j'avais décidé de citer un extrait d'un long poème d'Aragon, que j'avais souvent relu.

Texte nostalgique, peut-être complaisant et emphatique, mais qui exprimait ce que je ressentais.

Petits qui jouez dans la rue enfants quelle pitié sans borne j'ai de vous

Je vois tout ce que vous avez devant vous de malheur de sang de lassitude

Vous n'aurez rien appris de nos illusions
rien de nos faux pas compris
Nous ne vous aurons à rien servi vous devrez à votre
tour payer le prix.
Je vois se plier votre épaule À votre front je vois le pli
des habitudes

Bien sûr bien sûr vous me direz que c'est toujours
comme cela mais justement
Songez à tous ceux qui mirent leurs doigts vivants
leurs mains de chair dans l'engrenage
Pour que cela change et songez à ceux qui
ne discutaient même pas leur cage
Est-ce qu'on peut avoir le droit au désespoir le droit
de s'arrêter un moment

Et vienne un jour quand vous aurez sur vous le soleil
insensé de la victoire
Rappelez-vous que nous avons aussi connu cela que
d'autres sont montés
Arracher le drapeau de servitude à l'Acropole
et qu'on les a jetés
Eux et leur gloire encore haletants dans
la fosse commune de l'histoire

Songez qu'on n'arrête jamais de se battre et qu'avoir
vaincu n'est trois fois rien
Et que tout est remis en cause du moment
que l'homme de l'homme est comptable
Nous avons vu faire de grandes choses
mais il y en eut d'épouvantables
Car il n'est pas toujours facile de savoir
où est le mal où est le bien

61.

Ce dernier vers du poème d'Aragon :

« Car il n'est pas toujours facile de savoir où est le mal où est le bien »

J'ai été tenté plusieurs fois de le réciter à Mathilde.

C'était au début du mois d'octobre de cette année 1968 – qui, j'en avais le pressentiment et le désir, allait changer ma vie.

Nous marchions, nous tenant par la main, sur le sentier du bord de mer, au cap de Nice.

Mon livre, *Gauchisme, réformisme et révolution*, venait de paraître dans la collection « Contestation », créée par Jean-François Revel, chez l'éditeur Robert Laffont.

J'admirais ce philosophe qui avait l'audace d'écrire ce qu'il pensait.

Je lui avais envoyé mon manuscrit et il m'avait répondu une semaine plus tard en m'annonçant qu'il avait déjà lancé l'impression de mon texte parce qu'il fallait le publier rapidement, « à chaud ».

Et il m'avait proposé de diriger les collections d'histoire des éditions Laffont. J'étais stupéfait.

« Évidemment, il faudra venir à Paris deux jours par semaine. Est-ce possible ? » avait ajouté Revel.

J'avais accepté d'emblée, sans envisager les conséquences de ma décision.

Enfin une porte s'ouvrait ! Ne pas s'engager, ç'aurait été me renier, et ensevelir avec des regrets tous mes rêves d'adolescent.

Mais l'accord conclu, j'avais mesuré ce que je détruisais : cet équilibre imparfait, mais réel, qui nous réunissait, Claudie, Mathilde, mes parents et moi.

Toute une vie s'était tissée autour de nous.

Le dimanche, je conduisais « ma famille » à l'un des restaurants des environs, à Aspremont, à Gattières, à Saint-Jeannet.

Des collègues étaient devenus des amis proches.

Mathilde n'avait que le parc du Grand Palais et le boulevard à traverser pour se rendre seule – elle l'avait elle-même souhaité – au lycée. Elle avait douze ans, elle entrait en quatrième. Mme le proviseur la félicitait mais la mettait en garde contre ses impertinences.

Claudie la sermonnait. Je haussais les épaules. J'étais fier d'elle.

Et cette vie, ordonnée, je la déchirais, sans doute par ambition et – peut-être suis-je indulgent, complaisant envers moi-même – par l'idée que je me faisais de la fidélité que je devais à cet adolescent qui, assis sur le toit ou dans les combles de l'appartement de l'avenue de la Victoire, écrivait ses premières phrases sur la grosse machine à écrire que son père avait subtilisée à la Banca.

Mais, je le savais, pour satisfaire cette ambition, orgueil, égoïsme – tout cela caché derrière le grand paravent de la fidélité –, j'allais blesser Mathilde, mes parents et peut-être même Claudie.

J'avais dit oui à Jean-François Revel, pourtant rien n'était joué qui m'interdisait de changer d'avis.

Mais je ne le voulais pas.

Deux jours par semaine, à Paris, pour une vie nouvelle, c'était bien peu de chose. J'aurai deux vies, et je ne renoncerai à aucune d'entre elles.

Le devoir de chaque personne n'était-il pas, manière de remercier Dieu ou le hasard, d'aller au bout de soi-même, de faire ce qu'on était le seul à croire pouvoir faire ?

Je devais préparer Mathilde à ces changements que j'allais lui imposer.

Et je voulais le faire sur ce sentier du bord de mer, où enfant j'avais tant de fois couru, et d'où je m'étais élancé pour mes premiers plongeons.

C'est cela que je racontais à Mathilde, alors que nous marchions en nous tenant par la main.

Tout à coup, elle s'est arrêtée, a retiré sa main de la mienne et croisé les bras.

Elle avait le visage grave, son regard me forçait à baisser les yeux.

— Tu pars, papa, tu pars…

Elle s'était mise à courir sur le sentier d'abord, puis elle avait bondi de rocher en rocher et je m'étais précipité sans réussir à la rejoindre.

Mais elle était revenue vers moi, pensive.

Je l'avais prise dans mes bras, comme ce jour où nous avions sauté ensemble du plus haut des rochers du cap de Nice.

SIXIÈME PARTIE

62.

Je traversais la place Saint-Sulpice.

Je me suis tout à coup souvenu de Mathilde bondissant sur les rochers du cap de Nice.

Au moment où cette course de Mathilde sur le sentier du bord de mer, qui m'avait tant effrayé, se recomposait dans ma mémoire, j'avais éprouvé une douleur si vive que je m'étais immobilisé.

J'avais eu l'impression qu'on tailladait ma poitrine, qu'on la déchirait en deux coups de lame qui dessinaient une croix.

J'étais resté immobile plusieurs minutes avant de pouvoir reprendre mon souffle.

C'était le vendredi 25 octobre 1968.

Ce jour-là, à 18 heures, je devais rencontrer Robert Laffont dans son bureau situé au dernier étage de l'immeuble qu'occupaient les Éditions Laffont, au n° 6 de la place Saint-Sulpice.

Au terme de cet entretien, Laffont déciderait s'il suivrait l'avis de Revel et me confierait la direction des collections d'Histoire.

— Robert Laffont, c'est le Roi, m'avait prévenu Jean-François Revel avec qui j'avais déjeuné.

J'avais été séduit par cet homme chaleureux, au visage massif, qui ponctuait chacune de ses phrases par un rire bruyant, qui ne trompait pas. Sous la dérision, j'avais perçu la gravité et même la tristesse. Je n'avais encore jamais rencontré un intellectuel – c'était le mot à la mode – associant l'énergie, des convictions affirmées, le courage – j'avais découvert qu'il avait eu dans la Résistance un comportement héroïque – et le détachement, la capacité d'écouter l'Autre, et de l'aider.

Lorsque j'étais arrivé dans ce restaurant de la rue des Canettes – proche de la place Saint-Sulpice –, il était déjà attablé, les joues empourprées. Il avait aussitôt réclamé une nouvelle bouteille de vin. Je lui avais avoué que je ne buvais pas. Il avait paru navré, m'avait tapoté l'épaule comme pour me consoler et, hochant la tête, il avait interdit au garçon de le servir. Il avait empoigné la bouteille. Ce genre de choses, m'avait-il expliqué, « c'est trop sérieux pour que je les laisse faire à d'autres ». Il s'était esclaffé, puis il avait complété son portrait de Robert Laffont.

— Robert, c'est le souverain, une sorte de Louis-Philippe, mais en même temps c'est Louis XIV. Et le Roi décide. Fais allégeance, clame ton admiration. Ne crains pas d'exagérer. Lui et moi nous sommes marseillais.

En me quittant, il m'avait embrassé et assuré que l'entretien se passerait bien !

J'avais attendu 18 heures avec impatience, passant d'un café à l'autre, lisant *Le Monde*, m'indignant de l'occupation de la Tchécoslovaquie par l'Armée rouge, des arrestations qui se multipliaient, essayant, à partir de cette actualité, de mettre en forme des projets qui pouvaient séduire Robert Laffont.

Je prenais des notes fébrilement. Je pressentais qu'il fallait faire montre d'autres qualités que celles exigées d'un universitaire. *Agolamort* ne suffirait pas. Je tentais déjà de me fixer des objectifs de vie, de trouver un mot d'ordre, exprimant mon programme. J'avais trente-six ans, il fallait que dans dix ans…

Il fallait quoi ?

Je ne pouvais répondre à cette question.

Tout simplement, il fallait vivre et donc écrire intensément.

J'avais pour m'apaiser fait plusieurs fois le tour de la place. La nuit tombait. La place devenait une étendue noirâtre surplombée par de hautes falaises.

Et brusquement, ce souvenir de Mathilde, cette angoisse qui me saisissait, cette douleur qui me lacérait.

J'avais encore un quart d'heure à attendre, plus qu'il n'en fallait pour décider de renoncer, de reculer. Car je savais que cette seconde vie que je voulais ajouter à la première – je continuerai d'enseigner à Nice, je téléphonerai chaque jour à Mathilde, je lui consacrerai tous mes dimanches – dévorerait tout !

Je voulais un « *arrangement* » ? J'aurai la rupture !

Il a commencé à pleuvoir.

Je me suis réfugié dans l'église. C'était un immense, un noir tombeau déserté où seuls se consumaient quelques cierges. Je me suis agenouillé, loin de l'autel, le front contre le rebord du prie-Dieu.

Mais je n'ai pas prié. J'en avais perdu l'habitude. Je n'étais qu'un croyant enfoui, girouette que font tourner ses ambitions, ses projets, et qui n'éprouve plus le besoin de la prière.

Ce vendredi 25 octobre 1968, je n'ai donc pas prié. J'aurais eu honte de le faire, homme n'invoquant Dieu que lorsque la peur et la souffrance le labourent de leurs griffes. Mais je me suis recroquevillé, recueilli, comme ces coureurs qui se concentrent, attendant le signal du départ.

Et peu à peu, ma douleur et mon désarroi se sont effacés. Il ne me restait plus que cinq minutes avant l'heure de mon rendez-vous.

J'ai bondi et je n'ai plus vu bondir Mathilde. Et c'est moi qui courais jusqu'à l'immeuble d'angle, le n° 6.

— Il vous attend, m'a-t-on dit dans l'entrée.

On m'a guidé jusqu'à l'ascenseur.

— C'est tout en haut.

63.

— Racontez-moi, avait dit Robert Laffont.

Je venais de pénétrer dans son bureau dont la porte était entrouverte. J'avais frappé et, puisque personne ne me répondait, j'avais hésité, reculé jusqu'à l'ascenseur. Et la colère et le dépit m'avaient saisi.

J'avais tant attendu de cet entretien qui devait changer ma vie. Et le bureau semblait vide.

Peut-être voulait-on se moquer de moi, m'écarter ? Étais-je victime d'une cabale ?

J'avais en quelques secondes envisagé toutes les hypothèses. Laffont qui se dérobait pour ne pas approuver le choix de Revel, etc.

Et je m'étais aussi souvenu de la manière stupide dont je m'étais comporté quand je n'avais pas osé entrer dans la cour de la Sorbonne ! Que de temps perdu !

Allais-je dix ans plus tard recommencer ?

Crétin ! Lâche ! Je m'étais fustigé, insulté, et j'avais poussé la porte du bureau.

J'avais découvert une vaste pièce au plafond bas, aux fenêtres étroites, sans doute avait-on réuni plusieurs mansardes pour créer cet espace chaleureux.

Enfin, j'avais vu Robert Laffont.

Il était assis dans un large fauteuil de cuir noir, déchaussé, les jambes allongées posées sur un pouf. Les manches d'un pull-over bleu ciel étaient nouées autour de son cou.

J'avais bafouillé quelques mots, montré la porte, invoqué l'absence de secrétaire à cet étage où l'on m'avait envoyé, et j'avais commencé à me présenter.

Et à nouveau la colère, le malaise, l'amertume s'étaient emparés de moi.

J'allais partir, dire son fait à ce butor qui ne se levait pas, ne me tendait même pas la main.

Ça, Louis XIV ? Ça, Louis-Philippe ? Un prétentieux, « *maleducato* », aurait dit ma grand-mère. Je n'avais besoin de personne ! J'allais claquer la porte !

Il m'avait fait signe de m'avancer, de m'asseoir près de lui. Il me montrait une chaise sur laquelle s'élevait une pile de dossiers, sans doute des manuscrits.

Sa voix était affable, chaude.

Je me suis approché, j'ai déposé la pile de manuscrits sur la moquette bleu foncé.

Robert Laffont chantonnait. Je ne sentais chez lui aucune intention de m'humilier mais au contraire la volonté de me traiter comme un proche, faisant déjà partie de la Maison, pour lequel on ne se met pas en frais, mais à qui on s'offre, dépouillé, sans apparat, sans respecter les conventions.

J'ai pensé, en m'asseyant : celui-là n'est pas hypocrite, il est clair, sans les labyrinthes où même les amis, qui se disent chers, vous entraînent pour vous perdre, vous conduire au Minotaure.

— Racontez-moi, avait répété Robert Laffont.

J'avais dû paraître surpris.

— Racontez-moi, qui êtes-vous ? Il faut bien qu'on

fasse connaissance, que je comprenne pourquoi vous êtes là.

Cet homme, comme Revel l'avait fait, me tendait la main. Je devais la saisir.

J'ai cessé de réfléchir, d'hésiter, les mots se sont bousculés dans ma tête, ma bouche, comme si, longtemps retenus, ils se précipitaient.

Mais je me sentais trop vulnérable – et peut-être étais-je trop roué – pour tout dévoiler. J'osais parler de Mathilde, de Claudie, mais je taisais mes origines, sans cacher mes ambitions, les livres que je voulais écrire.

— Il faudra vous occuper de ceux des autres, avait murmuré Robert Laffont en essayant de se lever.

Il m'avait d'un geste demandé de m'approcher afin qu'il puisse prendre appui sur mon bras pour se lever. Il avait une crise de sciatique, m'expliquait-il.

J'ai marmonné des excuses dont il ne pouvait comprendre la raison : mais pouvais-je lui avouer que je l'avais injustement jugé parce que, depuis toujours, je ne faisais pas confiance aux autres ?

Robert Laffont venait sans le savoir de me donner une leçon.

— Un avant-goût de l'impotence, avait-il ajouté en grimaçant.

Il m'avait appelé par mon prénom, et avait souhaité que nous déjeunions une fois par mois en tête à tête.

Je devais aussi participer au comité de lecture qui se tenait le mercredi après-midi, ici, dans son bureau. Il comptait une vingtaine de personnes.

Puis en boitant, il m'avait raccompagné. Il avait gardé longuement ma main dans la sienne.

— Vous vous racontez bien, avait-il conclu.

Il m'avait cligné de l'œil.

Il était bienveillant, mais pas dupe.

64.

Quand, ce vendredi 25 octobre 1968, vers 19 heures, je suis sorti du bureau de Robert Laffont, mon corps vibrant d'énergie, d'émotion et même d'un sentiment de triomphe, je n'imaginais pas que, moins de quatre années plus tard, le mercredi 28 juin 1972, à la fin de l'après-midi aussi, je quitterais ce même bureau oscillant de détresse, gueule à jamais cassée, naufragé à la dérive.

Ce vendredi 25 octobre, j'avais dévalé l'escalier, traversant les étages déserts, sûr de ne pas trébucher, poussé par le besoin d'agir, de courir jusqu'à l'appartement que j'avais loué place Maubert, afin de me mettre au travail.

Je me moquais de la pluie d'averse qui striait la nuit déjà tombée. Je commençais ma deuxième vie. J'étais adoubé, à moi de faire mes preuves.

Ce soir-là, j'acceptais le prix qu'il me faudrait payer.

Je savais que la vie est un jeu de l'oie. On peut passer plusieurs cases, et, tout à coup, les dés roulent et l'on régresse.

Je prenais le risque de reculer. Courant le long du boulevard Saint-Germain, je serrais les mâchoires et les poings. J'allais vaincre. Je m'imaginais en combattant.

J'avais en tête les exploits des parachutistes de la France libre qui avaient peuplé mon adolescence, mais je détournais l'héroïsme à mon profit.

J'étais ma cause et mon armée.

J'avais eu besoin de partager mon enthousiasme.

J'ai téléphoné au Grand Palais. La voix glacée de Claudie m'a pétrifié. Mathilde était chez mes parents, disait-elle.

Je me suis tu et Claudie, ciselant chaque mot, m'annonçait que pendant mes absences, « tes jours parisiens », elle vivrait « ses jours niçois » en toute indépendance.

Il fallait que ces choses-là soient dites.

« Nous appellerons cela, si tu y tiens, une séparation de corps, pour les biens, on verra plus tard, n'est-ce pas ? »

J'avais appelé ma mère mais je n'avais pu parler à Mathilde. Elle jouait avec une amie. Ma mère, dans un soupir, ajouta : « Ne lui gâchez pas la vie. »

Tout était dit, dès ce premier soir : mon « triomphe » devenait déroute.

Ce que j'avais craint – et peut-être aussi souhaité – la *rupture* au lieu de l'*arrangement* se produisait.

L'université n'était pas plus conciliante que Claudie. Et je ne m'étonnais pas du comportement de l'une et de l'autre ! On me poussait dehors, on me contraignait de choisir.

Si bien que quelques semaines plus tard, je demandais une mise en disponibilité sans solde de trois années qu'on s'empressait de m'accorder. Bon débarras, avaient dû s'exclamer mes chers collègues.

Je devenais un « hérétique ».

Je me suis souvenu de l'un des rares films que j'avais vus avec mon père. Il racontait la révolte de l'équipage d'un navire anglais, le *Bounty*. Les mutins avaient brûlé leur vaisseau pour s'interdire toute tentation de retour.

« Toi, garde toujours une embarcation, m'avait dit mon père. Il faut avoir deux fers au feu. »

J'ai donc tenté de garder un pied dans l'Église et j'ai obtenu d'enseigner quelques heures – une « conférence » – à l'Institut d'études politiques. Je n'avais pas brûlé mes vaisseaux.

Chaque mercredi matin, j'allais donc rue Saint-Guillaume faire un cours d'histoire contemporaine à des candidats de l'ENA.

Et lorsque je traversais le hall de Sciences Po, je me souvenais que, étudiant – il y avait une dizaine d'années –, ma licence d'histoire obtenue, je m'étais inscrit à l'Institut.

Mais en dépit de notes excellentes, j'avais abandonné au bout d'un trimestre, tant je me sentais « déplacé » dans ce monde dont je ne connaissais pas les codes.

Mais j'étais fier d'y revenir, maître de conférences. J'étais un hérétique, mais pas un défroqué.

Je découvrais que, dès lors qu'on avait franchi le mur invisible qui séparait « ceux d'en bas » de « ceux d'en haut », tout devenait accessible, à condition de ne pas oublier que le travail, la volonté, le désir, le talent étaient exigés par ceux qui étaient disposés à vous accueillir.

Agolamort, toujours !

J'écrivais donc, avec la même frénésie, une détermination décuplée car je savais que mes manuscrits seraient lus.

Ils n'étaient plus ceux d'un inconnu mais de ce nouveau venu qui participait au comité de lecture, et que « Robert » semblait écouter avec attention !

J'ai écrit *La Nuit des longs couteaux*, cette tuerie organisée par Hitler de ses premiers compagnons qui, en 1934, une fois le pouvoir conquis, devenaient gênants, facteur de désordre.

Le directeur de *France-Soir*, Pierre Lazareff, me convoquait. Il avait aimé le livre, allait en publier des extraits et m'offrait d'écrire une fois par semaine un long récit historique. Les honoraires qu'il me proposait étaient si généreux que j'en restais pantois. Il les augmenta aussitôt, imaginant sans doute qu'ils me paraissaient insuffisants !

Je collaborais déjà à un hebdomadaire gaulliste, *L'Actualité*, dirigé par Paul-Marie de La Gorce, et là, point de question d'argent mais de foi ! Et, alors que de Gaulle démissionnait, mourait, je mesurais combien j'avais été marqué par la guerre, l'héroïsme des Français libres, des résistants, cette épopée qui avait enthousiasmé mon enfance et mon adolescence.

La guerre m'avait fabriqué patriote.

Je pensais à écrire une vie de Jan Palach, l'étudiant tchèque qui s'était immolé par le feu, pour protester contre l'entrée des chars soviétiques à Prague. Mais je dus y renoncer, manquant de témoignages, de sources.

Je m'indignais, écrivant un *Tombeau pour la Commune*, pour réfuter la lecture marxiste de l'insurrection de 1871. Et *Le Monde* m'offrait une page pour répliquer à

Jacques Duclos, le leader communiste. Et un historien du Parti, Jean Ellenstein, que j'avais connu en Sorbonne, me consacrait un éditorial dans *L'Humanité* me qualifiant de « chef d'orchestre intellectuel de la droite »… Je devenais visible !

Françoise Giroud souhaitait me rencontrer.

Je me suis rendu à ce nouveau rendez-vous, emprunté, mais dès les premiers mots elle m'a rappelé la lettre que je lui avais écrite dix ans plus tôt, j'ai maîtrisé mon émotion. Et j'ai accepté d'enthousiasme de collaborer à *L'Express*.

« Vous vous souvenez, conclut-elle, je vous avais écrit : "Devenez l'expert d'un sujet, et les rédacteurs en chef vous solliciteront." »

J'étais emporté.

Comité de lecture, enseignement à Sciences Po, rencontre avec les auteurs, écriture de « papiers », le travail me grisait.

La rédaction de *L'Express* me sollicitait et me donnait quelques heures pour écrire un document de trente-cinq feuillets pour la dernière partie du journal. Je relevais le défi. Écrire vite était ma drogue.

Je commençais un roman dont le héros – il m'habitait déjà –, Marco Naldi, était un jeune Italien né en 1900, en Émilie – la province de ma grand-mère et de ma mère. Il parcourrait tout le siècle qu'ainsi je raconterais.

La mode n'était pas, en France, à ce genre de sujet, mais n'étais-je pas un hérétique ?

Pour moi, l'Histoire était la matière romanesque par excellence. Et mon héros serait fait de ma chair, de mes émotions, de mes hésitations, de mes angoisses.

Elles étaient là, ces divinités noires.

Elles surgissaient chaque fois que la voix de Mathilde – à laquelle je téléphonais chaque jour – me paraissait altérée.

J'avais l'impression de perdre l'équilibre, comme si le sol se mettait à trembler.

Une voix en moi répétait : « Renonce, occupe-toi d'elle. Il n'y a qu'elle qui importe, écoute-la, elle hurle, elle a quinze ans, c'est un âge terrible, ne l'abandonne pas, tu sais bien qu'elle a besoin de toi. »

Souvent, je lui disais : « Tu veux que je revienne. » Elle m'interrompait, elle riait, répondait par une pirouette. Et lâchement, je m'en contentais. Je lui promettais des vacances en Italie, puis je raccrochais.

J'avais un article ou un nouveau chapitre de mon roman à commencer.

Je redevenais Marco Naldi.

Qu'il était facile de vivre les tragédies que l'on imaginait et dont on pouvait en quelques phrases changer le cours !

65.

Ma vie, c'étaient donc des mots.

Mais, quand j'ai vu cet homme au visage tuméfié, dont l'un des yeux, mi-clos, était mort, j'ai su que je n'allais plus rester maître de mes phrases.

La tragédie cesserait d'être un exercice littéraire.

Le sang serait rouge et n'aurait plus jamais la couleur de l'encre.

La tragédie serait souffrance charnelle, cri, tourment, supplice.

Elle aurait les traits de cet homme, Martin Gray, que j'avais voulu rencontrer.

Elle était contagieuse. Et j'ai craint, dès ce moment, qu'elle ne marque à jamais ma vie.

Martin Gray m'invitait à entrer dans la chambre d'hôtel où il séjournait depuis que sa femme et ses quatre enfants avaient péri dans l'incendie du Tanneron, un massif boisé situé près de Cannes.

Il avait échappé une fois de plus à la mort comme si elle l'avait dédaigné, le condamnant à la vie.

Car c'était un survivant du ghetto de Varsovie, du camp d'extermination de Treblinka, des combats qu'il avait livrés avec l'Armée rouge jusqu'à Berlin. Puis il avait fait fortune aux États-Unis et s'était retiré sur la

Côte d'Azur, accompagné de sa femme Dina et de leurs enfants. Là, la mort les avait retrouvés, frappant tous les siens, mais elle avait laissé Martin Gray en vie. De ses enfants et de leur mère, il ne restait que ces albums de photos, posés sur le lit, le canapé, les chaises, la moquette de la chambre d'hôtel…

Il allait d'un album à l'autre et il me les tendait, et ces images du bonheur détruit me brûlaient les mains, embuaient mes yeux.

— Qu'est-ce que vous voulez ? répétait-il.

Pouvais-je sans honte lui parler de la collection « Vécu », que je dirigeais chez Laffont ? lui expliquer que je recherchais des destins exceptionnels, qui pouvaient devenir des sujets de livres ? Je n'osais pas évoquer le succès obtenu avec le récit de la vie d'un bagnard évadé, Papillon.

J'avais convaincu Robert que la vie de Martin Gray était « mythologique ». J'avais prononcé ce mot avec emphase, et j'étais parti à la recherche de Martin Gray, avec une détermination, une passion, dont la force m'étonnait, m'inquiétait.

Je m'étais rendu sur les lieux de l'incendie.

C'était un paysage de guerre. Les milliers d'arbres et d'arbustes étaient des corps squelettiques, des silhouettes noires d'hommes brûlés au lance-flamme.

Dina Gray et ses enfants avaient fui mais leur voiture avait été enveloppée par les flammes. Martin Gray avait voulu lutter contre l'incendie, protégeant son mas, persuadé que sa famille avait pu rejoindre la côte.

J'avais parcouru le massif du Tanneron, vu la carcasse de la voiture calcinée, incapable de m'arracher à ce royaume de la mort.

Je n'avais éprouvé de tels sentiments qu'en visitant l'ossuaire de Verdun, puis en marchant dans les allées des camps de Birkenau et d'Auschwitz.

C'était comme si les centaines de milliers d'humains enfouis dans ces lieux avaient voulu me retenir, murmurant « ne nous laisse pas », « reste avec nous ».

Et j'avais eu la tentation de me coucher sur leur terre, parmi eux.

Et je m'attardais auprès de Martin Gray dans cette chambre d'hôtel gagnée par la pénombre.

— Qu'est-ce que vous voulez ?

— Il faut témoigner, ai-je murmuré.

Il s'était recroquevillé.

— Pour qui ?

— Pour ceux qui sont morts.

D'une voix sourde, il a commencé à me parler de Treblinka, du *Sonderkommando* dont il faisait partie, et qui était chargé de retirer les corps des chambres à gaz, puis de les brûler dans des fosses.

Chaque matin, on retrouvait des membres du *Sonderkommando* pendus. Lui avait résisté à la tentation de la mort.

— Mais maintenant…

Il montrait les albums, se cachait le visage dans ses mains.

Nous sommes restés silencieux. La nuit avait envahi la chambre.

Il a commencé à marcher, me confiant qu'il avait souvent pensé à témoigner, lorsque ses enfants étaient nés.

— Ils sont morts, avait-il répété.

— Pour eux, pour ceux de Treblinka, d'Auschwitz.

Il m'a parlé de Joseph Kessel, qui avait voulu le rencontrer et avait évoqué un projet de livre. Mais ils ne s'étaient jamais vus.

— Je suis là, ai-je dit, je veux écrire ce livre.

Les mots m'avaient échappé.

J'étais plein d'énergie et de terreur.

66.

Martin Gray a commencé à parler et, durant près de deux mois, je l'ai écouté, questionné. Il me suffisait d'un mot que je murmurais, comme si j'avançais dans un lieu sacré où l'on avait recueilli les souffrances de centaines de milliers d'humains, pour que Martin, tête baissée, ses mains épaisses posées sur les genoux, déterre une urne pleine de cendres et raconte.

J'enregistrais ses paroles avec effroi.

J'avais vu les corps écorchés vifs, éclatés, des victimes des bombardements aériens sur les quartiers de l'est de Nice.

J'avais vu les corps torturés et pendus de Torrin et Grassi.

J'avais vu, le jour de la Libération, des « collaborateurs » tués à bout portant, et leurs dénégations, leurs appels à la pitié devenaient des flots de sang que vomissaient leurs bouches.

J'avais vu des femmes rouées de coups, lynchées, tondues, humiliées.

Je croyais connaître la guerre, que j'avais vécue, étudiée, enseignée, et je découvrais que je ne savais rien de ce que les « animaux à visage d'homme » avaient infligé à des nourrissons, à des femmes enceintes, à des vieillards, à des aveugles, à des millions de Juifs.

Et je me souvenais de Robert, de Benjamin, de Simon, mes camarades de classe et de jeux.

J'étais tendu, comme je ne l'avais jamais été.

Il fallait que je sois Mietek, l'adolescent de Varsovie qu'avait été Martin. Il fallait que les mots qui m'appartenaient deviennent les siens.

Il fallait que j'exprime la volonté de vivre, et le choix de mourir, l'énergie indestructible de ces insurgés du ghetto de Varsovie combattant les SS dans les ruines.

J'ai écrit, moi-Mietek : « Nos vies avaient la résistance de la pierre, et nos pierres l'éternité de la vie. »

Il fallait que je survive dans ce wagon où l'on devenait fou, et quand les portes s'ouvraient, c'était Treblinka.

Et je faisais partie du *Sonderkommando*.

J'ai écrit en transe.

Était-ce moi qui écrivais ?

Je m'exprimais *Au nom de tous les miens* – et ce fut là le titre du livre que Robert Laffont avait lu en une nuit. Et lui, le timide, le pudique, me prenait par les épaules, me serrait contre lui, mais il ne disait rien, se contentant de hocher la tête, puis de poser la main sur le manuscrit comme s'il voulait le protéger.

Je suis allé m'asseoir dans le petit bureau qui m'avait été attribué, place Saint-Sulpice, au premier étage.

J'ai téléphoné à Julie de Keren que j'avais retrouvée et qui m'accueillait parfois dans l'atelier qu'elle possédait boulevard Raspail.

J'avais besoin d'elle pour tenter d'échapper à l'angoisse qui m'avait saisi dès que j'avais commencé à écrire.

Ce n'était pas seulement parce que je mesurais ce qu'il me fallait réussir mais parce que je savais, écrivant le premier mot du livre, quel était le destin de Martin.

Il allait survivre, mais ceux qu'il aimait étaient voués à la mort.

Vie pour vies.

Les flammes des bûchers du ghetto de Varsovie et de Treblinka viendraient dévorer ses enfants, sa femme, des décennies plus tard, dans cette maison paisible du sud de la France.

Et l'angoisse me déchirait de ses griffes noires. Le temps d'un livre, j'avais été Mietek, puis Martin. J'avais défié la mort, et j'avais dénoncé ses carnages, exalté le courage de vivre.

J'avais peur qu'elle ne se venge, qu'elle ne me réserve le même sort que celui qu'elle avait choisi pour Martin.

Elle m'épargnerait et s'emparerait de ce que j'avais de plus cher.

Vie pour vie.

67.

J'ai lutté contre l'angoisse.

Elle enfonçait ses serres dans ma nuque.

Elle me lacérait. J'avais l'impression que mon sang, brûlant, bouillonnait sous ma peau. J'appelais Julie de Keren à l'aide. Elle m'accueillait chez elle et se moquait de ce qu'elle appelait mes « superstitions italiennes », et peu à peu je m'apaisais.

J'avais craint qu'on ne me reprochât d'avoir « mis en scène » le témoignage d'un « rescapé de l'enfer », d'avoir utilisé le « je » comme si j'avais été, moi, « petit Français » qui avait échappé à la barbarie, capable de traduire ce qu'avait ressenti un combattant du ghetto de Varsovie, un survivant du *Sonderkommando* de Treblinka.

Je m'en étais expliqué dans un avant-propos et j'avais tenu à ce que mon nom figurât sur la couverture du livre. Mais le succès d'*Au nom de tous les miens* emportait ces précautions.

Les journalistes, les lecteurs m'ignoraient.

La personnalité de Martin Gray était si forte, les séquences de sa vie composaient une tragédie si exceptionnelle que l'on oubliait mon rôle. Et quand j'étais à ses côtés – ce fut le cas lors du lancement du livre – on ne me voyait pas, on ne me posait aucune question.

Je m'en félicitais et j'ai cru que la mort m'avait oublié, qu'elle n'exigerait pas sa part de ma chair, son dû, puisque j'avais eu l'audace de me glisser en enfer, de le décrire, et d'en réchapper sans avoir eu à en payer le prix.

J'ai donc connu des mois tranquilles, presque euphoriques.

Mathilde me paraissait brillante et désinvolte, si bien que peu à peu nous échangions nos rôles.

C'est elle qui se souciait de moi, acceptait de rencontrer Julie de Keren, de passer quelques jours de vacances avec nous, à Belle-Île-en-Mer, et j'étais fier, heureux de les voir complices, bras dessus bras dessous, riant aux éclats.

Elles se liguaient contre moi, refusaient de me donner les raisons de leur gaieté. Une joyeuse comédie succédait à une noire tragédie.

J'achevais d'écrire *Le Cortège des vainqueurs*, et les mots jaillissaient, comme si d'avoir mené à bien *Au nom de tous les miens* m'avait libéré de mes timidités, de mes entraves.

J'ai reçu les premiers exemplaires du *Cortège* au mois de juin 1972.

Et le mercredi 28 juin, à la fin du dernier comité de lecture d'avant les vacances on m'a entouré pour me féliciter. Je n'étais pas dupe : on me lisait différemment depuis le succès – mondial – d'*Au nom de tous les miens*.

Puis je suis resté seul avec Robert Laffont, dans ce bureau où j'étais entré pour la première fois, le vendredi 25 octobre 1968.

— Quel chemin, m'a dit Laffont.

Le téléphone a sonné. Il m'a fait un signe, me demandant de rester.

Je suis allé vers les étroites fenêtres d'où l'on apercevait l'une des tours de l'église Saint-Sulpice. Et je me suis souvenu que, ce 25 octobre 1968, je m'étais réfugié dans l'église, attendant l'heure du rendez-vous avec Robert Laffont.

Quel chemin parcouru en effet.

Mais pour aller où ?

Tout à coup, j'ai senti les griffes de l'angoisse s'enfoncer dans ma nuque. Je me suis retourné.

Robert était debout près du téléphone, joues empourprées, comme si tout le sang de son corps avait afflué dans sa tête.

— Mon Dieu, mon Dieu, a-t-il répété.

Qu'importent les mots qu'il a prononcés et que je n'ai pas retenus.

Il m'annonçait que la mort avait réclamé son dû.

Vie pour vie.

Mathilde s'était donné la mort.

Donné ?

La mort l'avait prise pour se venger de moi.

Je suis sorti du bureau de Robert Laffont ce mercredi 28 juin 1972, oscillant de détresse, gueule à jamais cassée, naufragé à la dérive.

68.

C'était le mercredi 28 juin 1972, et ma vie aurait dû s'arrêter là puisque ma fille était morte.

Car j'avais toujours su, en choisissant de vivre une seconde vie, que j'offrais Mathilde à la mort comme prix de ma liberté, rançon de mes désirs et de mon égoïsme.

Vie pour vie.

Elle s'était asphyxiée, morte gazée, comme les enfants qu'on poussait à Auschwitz, à Treblinka, dans les chambres à gaz. Et, pour écrire *Au nom de tous les miens*, j'avais puisé dans mon angoisse, et dans la crainte de la mort de Mathilde que j'anticipais.

Il m'avait fallu « emprunter » cette mort à venir pour écrire « vrai », hurler le désespoir de Mietek, de Martin et de tous ceux qui avaient succombé, qu'on avait assassinés.

J'avais sacrifié Mathilde, et la mort usurière était venue prendre son dû, intérêt et capital.

Mathilde était morte.

Et maintenant quoi ?

Je me souviens d'avoir vacillé en quittant l'immeuble du n° 6 de la place Saint-Sulpice.

J'avais oublié que la lumière serait si insolente, que cette fin d'après-midi d'été n'en finirait pas de me provoquer, de ricaner : « Alors, qu'est-ce que tu fais maintenant ? »

Je me suis avancé.

Il suffisait de quelques bonds, de quelques pas, pour que je sois fidèle à Mathilde. Mais je me suis arrêté sur le bord du trottoir.

J'ai laissé passer l'autobus. Et je crois même que j'ai reculé.

Puis j'ai traversé la rue et je suis entré dans l'église.

Je me suis souvenu de ce vendredi 25 octobre 1968 quand je m'étais abrité de la pluie, dans la nef déserte.

J'aurais pu alors renoncer et j'y avais songé. Mais j'avais choisi d'aller à ce rendez-vous.

J'avais signé le pacte « vie contre vie ». La mienne contre celle de Mathilde. Et je venais de le renouveler.

Je me suis agenouillé.

J'ai prié, non pour solliciter le pardon mais pour m'accabler et appeler le châtiment.

Je suis arrivé à Nice dans la nuit.

J'ai téléphoné à Martin Gray. Il me semblait qu'il était le seul capable de comprendre ce que je ressentais.

— Ma fille est morte, lui ai-je seulement dit.

Il a hurlé, crié : « Vous êtes où ? » Il voulait me rejoindre, m'aider. Au moment où j'allais lui répondre, j'ai vu, *vu*, le sol se fendre, un abîme s'ouvrir devant moi.

Je n'imaginais pas, je *voyais* un monde souterrain. Et j'ai dû m'agripper aux parois de la cabine téléphonique pour ne pas y être précipité.

J'ai fixé longuement cette cavité noire, ce repaire de la mort. J'ai raccroché sans répondre à Martin.

Je devais affronter seul ce que j'avais provoqué.

Dans les heures et les jours qui ont suivi, j'ai fait ce qu'il fallait puisque j'avais choisi de survivre.

J'ai posé ma main sur le front de Mathilde. Je l'ai embrassée. Je savais que ce froid minéral entrait en moi et qu'il y demeurerait jusqu'à ce que je devienne moi aussi ce gisant qu'on appelle un cadavre.

Puis j'ai dû m'avancer vers ma mère et mon père, être le messager de la mort.

Et ma mère a chancelé, bras en croix, tombant en arrière et je l'ai retenue, masse inerte aux yeux révulsés.

Moi le fils aimé, moi le fils protégé, qui leur devais tout, je les tuais.

Je les ai confiés à des amis puis j'ai quitté la France.

J'emportais les carnets de Mathilde, deux classeurs contenant les textes qu'elle avait écrits, des poèmes, son journal.

Et j'avais posé sur le siège arrière de la voiture la machine à écrire que mon père m'avait donnée, et que j'avais offerte à Mathilde.

Je me suis installé à Vignola, dans le seul hôtel de cette petite ville de la province d'Émilie, là où j'avais séjourné avec ma grand-mère Italina, avant la guerre.

J'ai arpenté la campagne.

J'avais promis à Mathilde de lui faire connaître le berceau de la famille des Gasparini, ce *casel* dans lequel des cousins s'affairaient autour des grandes cuves où bouillonnait le lait. Elle savourerait ce parmesan frais qui allait mûrir.

Mais je n'avais pas tenu parole.

Et j'étais seul, marchant dans l'atmosphère étouffante et grise de ces journées d'été.

Je me suis enfermé et j'ai écrit.

Un roman ! Je l'ai intitulé *Un pas vers la mer*. C'était la longue plainte d'une mère – Claire – dont le fils se suicide.

J'étais voué à maquiller la vérité. Mais, caché derrière le masque de Claire, je me confessais.

J'écrivais :

« Je me hais de m'établir encore, toujours, à l'aide de ces mots au centre du monde. Je me hais d'être cette habile, cette hypocrite usurière qui voue les autres à devenir des miroirs et se voit seule dans leur regard. La voici ma culpabilité, ma maladie : je tire profit de tout pour parler de moi, et la mort de mon fils c'est ma dernière carte. Je perds mais je gagne. Tout m'est tremplin, je fais commerce de tout. Je suis la dévorante, la cannibale, je me repais de mon fils mort ; je solde mes souvenirs et je pourris aussi de moi. Je suis une menace. Qu'on me lapide, qu'on couse mes lèvres, mes paupières, qu'on fasse de ma peau un sac d'os. Qu'on me tue, qu'on me livre au silence. »

Mais j'écris encore, quarante ans plus tard !

J'avais à mon retour à Paris déposé le manuscrit d'*Un pas vers la mer* sur le fauteuil de Robert Laffont.

Il ne m'en avait pas parlé mais le roman avait été publié et il avait obtenu le Grand prix littéraire 1974 des lectrices de *ELLE*.

Il m'arrivait de penser que j'avais bien monnayé la mort de Mathilde.

J'avais écrit dans les dernières pages d'*Un pas vers la mer* :

« Voici que tout recommence. Que je n'ai rien résolu, rien compris. Je sais seulement qu'un jugement est rendu. Que des années se terminent, et que *Mathilde* les scelle en les nommant de sa mort volontaire. Elle me désigne. Elle me marque. Sa mort m'enfante… »

Il m'a suffi de glisser dans ces lignes le prénom de Mathilde, de remplacer le masculin par le féminin, pour que la fiction du roman s'efface et devienne l'interminable aveu d'une éternelle souffrance.

SEPTIÈME PARTIE

69.

Mathilde est morte il y a quarante ans.

J'avais quarante ans quand elle est morte.

J'étais comme l'écrit Dante Alighieri – et ma mère jusqu'à son dernier jour, et alors que sa mémoire n'était plus qu'un champ de ruines, a récité ces vers de *La Divine Comédie* :

« *Nel mezzo del cammin di nostra vita…* »

Et je me retrouvais au mitan de ma vie, comme l'ajoute Dante : « *Mi ritrovai per una selva oscura.* »

Que faire dans cette obscure forêt ?

Je passais la plus grande partie de ma semaine à Nice, pour tenter d'arracher ma mère au désespoir.

Elle qui avait toujours voulu être élégante, elle qui avait teint ses cheveux gris d'une légère nuance bleutée, allait, négligée, hirsute, hagarde, de la chambre de Mathilde à son lit.

Elle s'y abattait, mordillant un mouchoir qu'elle enfonçait dans sa bouche comme pour s'étouffer ou contenir ces cris, ces sanglots, ces gémissements qui ponctuaient ses journées et ses nuits.

Mon père, le visage émacié, la rejoignait, la suppliait et, tout à coup, il laissait sa tête retomber sur la poitrine de ma mère et il pleurait.

J'avais la tentation de m'agenouiller près d'eux.

Mais il fallait vivre.

Je les contraignais à sortir, je les houspillais. Ils étaient devenus mes enfants.

Je roulais sur les routes de l'arrière-pays et peu à peu mon père sortait de son silence. Il retrouvait des souvenirs quand, avec des adolescents du quartier du port, ils « montaient » jusqu'à Peira Cava, cueillir des champignons. Un sourire fugace animait son visage, il se tournait vers ma mère : « Tu te souviens, Mafalda, de ces vacances à Lantosque ? »

Le désespoir reculait devant le flot de souvenirs de leur jeunesse.

Un jour, alors que je roulais au hasard des routes, le nom d'un village m'a attiré : « Spéracèdes ». J'ai imaginé que ce nom que je découvrais avait pour origine *speràre*, « espérer, espérance ».

Il pleuvait à verse.

Alors qu'on n'était qu'à quelques kilomètres de Grasse, on se trouvait au milieu des oliviers. La place du village était déserte. Une grande bâtisse de deux étages se dressait, dominant la campagne et, à l'horizon, malgré la pluie, on percevait les îles de Lérins, l'Estérel, et les Maures.

Un petit panneau était accroché à la façade : « À vendre ».

J'avais touché quelques droits d'auteur – *Le Cortège des vainqueurs* avait été traduit aux États-Unis, dans plusieurs pays et s'était bien vendu – et j'ai décidé, sans réfléchir, d'acheter cette maison. J'ai signé la promesse de vente ce jour-là.

Si je voulais que mes parents survivent au deuil, il fallait agir. Et si je voulais ne plus être ce « fanatique » de soi, indifférent au sort des siens, seulement soucieux de gagner sa guerre personnelle, il fallait que je m'occupe d'autre chose que de moi.

Écrire ? Oui, mais cesser de raconter avec complaisance ma petite aventure, oublier Martin Eden, et faire vivre les *autres*, les « sans-voix ».

Je me suis souvenu, ce jour-là – alors que mes parents m'accusaient de « folie », que mon père me reprochait de ne pas avoir pris le temps de réfléchir, de visiter une deuxième fois cette maison –, d'une phrase que j'avais écrite dans *Un pas vers la mer*, la prêtant à la mère qui pleurait son fils « suicidé » : « sa mort m'enfante ».

La mort de Mathilde devait « m'enfanter ».

Et j'ai pensé qu'elle s'était sacrifiée pour me sauver de cette vie égoïste, de ce fanatisme du moi qui m'avaient aveuglé.

L'averse avait cessé, mais le ciel restait menaçant.

J'ai forcé mes parents à me suivre dans les ruelles en pente, transformées en ruisseaux.

Je voulais voir l'église, y prier.

Je voulais voir le cimetière.

Il surplombait la campagne, et était ouvert sur l'horizon : la mer, les massifs, le ciel et ces planches plantées d'oliviers comme les marches d'un escalier conduisant à la vallée : le paysage était immense et apaisant.

Dans les jours qui ont suivi j'ai conclu la vente et acheté une concession au cimetière.

Sur la dalle, j'ai fait graver le nom de ma grand-mère :

Italina
La Mora dei Gasparini

Puis le prénom de :

Mathilde

Suivi d'un poème que j'avais attribué dans l'un de mes projets de roman à un écrivain américain, Allan Roy Galway :

To the child
Of my century
Who lives and dies
Every day
In my heart.

Quelques semaines plus tard, j'écrivais la première phrase d'un roman qui raconterait les vies de ces immigrés italiens qui avaient quitté l'Italie de la misère et de la faim pour les chantiers qui s'ouvraient à Nice.

C'était tout un peuple, toute une ville, tout un paysage que je voulais raconter.

Je voulais me perdre dans l'Histoire, dans la foule des personnages.

J'ai écrit la première phrase : « Ils étaient trois frères et ils venaient de la montagne. »

Et le titre s'est imposé : *La Baie des Anges*.

Je le dédiais à Mathilde.

70.

Je me suis assis, face à la mer, sur le plus haut des rochers du cap de Nice.

Les mains croisées sur la nuque, la tête penchée, les yeux fermés, j'ai écouté le déferlement des vagues dans la crique que surplombait le rocher, et le flux et le reflux portaient mes souvenirs.

Et tout à coup, j'ai sangloté.

L'émotion et la surprise avaient été trop fortes.

J'avais durant toute l'après-midi signé près de trois cents exemplaires de *La Baie des Anges*.

Les lecteurs avaient envahi la librairie où je dédicaçais le premier tome de ce roman qui devait en compter trois.

Bien sûr, les « héros » – des humbles, des miséreux, des immigrés italiens –, les frères Revelli, devaient beaucoup à mes souvenirs, aux récits de mes parents et de mes grands-parents, Italina et Louis.

Mais j'avais voulu échapper à la complaisance égocentrique qui avait fait des quarante premières années de ma vie l'histoire solitaire d'un humilié orgueilleux, frère cadet de Rastignac et de Lucien de Rubempré, de Julien Sorel et de Martin Eden.

Et voilà que des centaines de lecteurs s'attardaient

dans la librairie, que d'autres formaient une longue queue dans la rue.

Ils me serraient longuement la main, me montraient les photos de leurs parents. Un fleuriste faisait livrer à la librairie une gerbe de cent fleurs.

Tous me disaient : « Les Revelli, c'est nous, c'est notre histoire. »

Je souriais niaisement, je n'éprouvais pas de joie. J'avais l'impression que, dans ma poitrine, était enfoncé un bloc de tristesse aux arêtes acérées, que rien ne pourrait dissoudre.

J'avais réussi à « m'oublier », à devenir l'« écrivain public » qui parle pour les autres. Mais comment aurais-je pu m'abandonner à l'euphorie du succès alors que cette conversion, c'était la mort de Mathilde qui l'avait rendue possible ?

« Sa mort m'enfante », avais-je osé écrire.

Et je dédicaçais le livre sur la page où j'avais voulu que soit imprimé :

« Pour Mathilde
To the child
Of my century… »

Une jeune fille hésitante m'avait chuchoté, les yeux remplis de larmes, qu'elle était une amie de classe de Mathilde.

« Votre fille, tout le monde l'aimait », avait-elle murmuré.

Je n'avais pu que hocher la tête, incapable de prononcer un mot, craignant qu'il ne devienne un sanglot.

La séance de signatures terminée, j'avais marché vers la mer. J'étais entré dans l'église du Port, et je m'y étais agenouillé.

Cela faisait trois ans que Mathilde était morte.

Et les prières que ma grand-mère Italina m'avait apprises étaient revenues à ma mémoire. J'avais renoué avec mon enfance. Mais la mort de Mathilde m'avait rendu autre.

Agolamort ne serait plus jamais ma devise.

J'avais découvert dans l'un des carnets de Mathilde une citation de saint Bernard, qui me révélait l'exigence qui avait dû être au cœur de la brève vie de ma fille :

« Que chacun donc s'efforce de ne pas être en dissidence avec soi-même », avait elle recopié d'une écriture encore enfantine.

J'avais voulu aussitôt que telle soit ma ligne de vie.

Et recherchant la source de cette pensée, j'avais découvert les écrits de saint Bernard.

Et je notais sur le carnet de Mathilde qui comptait tant de pages vierges les phrases dont je voulais qu'elles deviennent mon armature.

J'ai ainsi relevé cette *considération* de Bernard de Clairvaux :

« Connais ta propre mesure

« Tu ne dois ni t'abaisser ni te grandir, ni t'échapper ni te répandre.

« Avance donc avec précaution dans cette considération de toi-même.

« Sois envers toi intransigeant.

« Évite lorsqu'il s'agit de toi l'excès de complaisance et d'indulgence. »

Face à la mer, au cap de Nice, en ce lieu où venaient s'échouer tant de mes souvenirs, j'avais prêté serment d'être fidèle à ces règles que Mathilde m'avait léguées.

71.

Il ne me fut pas toujours facile de rester fidèle à mon serment.

Éditeur, auteur, souvent invité aux émissions littéraires de Bernard Pivot afin d'y présenter des livres d'histoire, éditorialiste à *L'Express*, je détenais une parcelle de pouvoir.

On tentait donc de me séduire, de me flatter, on me suggérait d'écrire ou de publier ceci ou cela, au nom de supposées affinités politiques.

J'étais de gauche, n'est-ce pas ?

Je m'interrogeais.

Je côtoyais Raymond Aron et Jean-François Revel au comité éditorial de *L'Express*.

J'aimais leur lucidité, leur indépendance d'esprit. Ma raison les approuvait.

Mais mon père m'avait porté sur ses épaules, au temps du Front populaire.

Mais je venais de publier *La Baie des Anges*, dont les héros étaient des pauvres, ces « humiliés et offensés », ou bien des hommes qui, comme mon père, croyaient aux lendemains qui chantent.

Comment aurais-je pu éviter d'être en « dissidence » avec moi-même ?

Et d'autant plus que je ne me reconnaissais pas dans le projet de Valéry Giscard d'Estaing dont cependant l'intelligence, l'ampleur de la vision me fascinaient et que soutenaient Aron et Revel.

Je signais donc un appel en faveur de François Mitterrand, candidat à l'élection présidentielle de 1981, un homme dont je contestais les alliances – avec les communistes – et dont le passé m'intriguait.

Avait-il oui ou non servi le maréchal Pétain à Vichy, recevant des mains du Maréchal la « francisque », la décoration des bons serviteurs de l'État collaborateur ? J'hésitais à le croire.

Or, à la fin des fins, j'étais toujours l'enfant de douze ans qui avait chanté *La Marseillaise* un jour d'août 1944, patriote, gaulliste sans le savoir.

Et donc je me défiais de Mitterrand.

Lorsque je l'ai vu s'avancer vers moi, sur ce plateau de télévision où Bernard Pivot avait réuni quelques chroniqueurs pour dialoguer avec le premier secrétaire du Parti socialiste – je devais l'interroger sur la biographie de Louis XI, que l'historien américain P.M. Kendall venait de publier –, je me suis souvenu du meeting qu'il avait tenu à Nice en 1965 lors de l'élection présidentielle où il avait mis de Gaulle en ballottage. Tous les antigaullistes de la ville, de l'extrême droite pétainiste aux communistes, étaient rassemblés sur l'estrade du Casino municipal.

Aussi, onze ans plus tard, avant l'émission de télévision, j'étais resté sur mes gardes, alors qu'il déployait tous ses charmes, m'attirant à l'écart, familier, complice.

« Nous avons des amis communs », susurrait-il. Je savais qu'il me circonvenait, me désarmait.

Je l'avais écouté sans lui répondre, rompant avec les usages policés du « milieu ».

Durant l'émission, j'avais été incapable de percer sa défense, de briser sa rhétorique brillante, et je n'avais pu mettre en contradiction son marxisme affiché et l'apologie d'une biographie qui ignorait la société française du XVe siècle !

Il avait dominé avec talent tous ses interlocuteurs et, à la fin de l'émission, il m'avait, souverain, invité à dîner.

J'avais refusé, mal à l'aise, mécontent de mon comportement.

Et cependant j'appelais, en 1981, à voter pour lui.

Revel, directeur de *L'Express*, démocrate rigoureux, honnête, avait laissé la plume libre à ses quatre éditorialistes. Aron et lui se prononçant pour Giscard, Olivier Todd et moi pour Mitterrand.

Le propriétaire de *L'Express*, Jimmy Goldsmith, enrageait, renvoyait Todd, et Revel et moi, pour protester, démissionnions.

Mitterrand était élu.

J'en éprouvais non de l'enthousiasme mais une intense curiosité qui me rappelait ce que j'avais ressenti en 1944 puis en 1968.

Mon père exultait.

« La gauche enfin ! On existera toujours ! » répétait-il au téléphone.

La politique, l'actualité, l'histoire des hommes, ses passions qu'il m'avait transmises ravivaient son désir de vivre, effaçaient ce désespoir gris qui l'avait accablé comme ma mère depuis la mort de Mathilde.

Et cela a compté quand des socialistes niçois sont venus me proposer d'être candidat aux élections législatives, à Nice, dans la première circonscription, celle du port, de la rue de la République, des quartiers où j'étais né.

J'ai accepté.

Étais-je en dissidence avec moi-même ?

Il me semblait au contraire que je restais fidèle à mon serment du cap de Nice.

Car je pressentais que je n'avais rien à gagner à descendre dans l'arène politique.

Peut-être voulais-je seulement vivre un chapitre non écrit de *La Baie des Anges*.

Et aider les hommes démunis à réaliser quelques-uns de leurs rêves.

72.

Moi aussi, le temps d'une brève campagne électorale, j'ai rêvé.

C'était le mois de juin 1981, j'arpentais les rues et les marchés, je prenais la parole, debout sur quelques caisses installées au centre des places.

L'ocre et le rouge des façades s'accordaient aux couleurs vives et bigarrées des étals des maraîchers.

C'était ma ville, mon quartier, la rue où j'étais né, et mon grand-père était mort dans cet immeuble-là, sur l'un des quais du port.

On venait vers moi, on m'entourait.

Je n'étais pas d'abord le candidat à la députation, mais l'auteur de *La Baie des Anges*.

On retenait ma main, on me parlait en niçois, en italien. Les hommes ressemblaient aux camarades de mon père, Gancia, Tasso, Boldrini, auprès de qui, enfant, j'avais grandi, les femmes, à ma grand-mère ou à Rosette, l'ouvreuse du cinéma *L'Excelsior*.

Le temps ne s'était pas écoulé.

Mathilde n'était pas née, donc elle n'était pas morte.

J'habitais chez mes parents, dans la chambre qu'elle avait occupée.

J'avais oublié Rigord qui, moine de l'abbaye de Saint-Denis, avait écrit en 1207 : « Ne meurent et ne vont en enfer que ceux dont on ne se souvient plus. L'oubli est la *ruse* du diable. »

Et pourtant ces phrases étaient gravées dans ma mémoire et je les avais citées, maintes fois.

Mais l'action politique est une drogue.

On va d'un lieu à l'autre. On croise tant de regards, on serre tant de mains qu'on ne se souvient plus des gestes que l'on a faits, des visages que l'on a embrassés. On ne sait qui l'on est.

Sur les marchés, de vieilles paysannes m'enlaçaient comme si j'avais été leur fils.

Ainsi j'oubliais tout ce que je connaissais de la politique, de l'histoire, et que le temps des illusions est aussi bref que l'ascension d'un ballon d'enfant, qui après quelques minutes explose.

Et ne restent que le marchandage, l'*arrangement*, et ce qu'on appelle noblement l'« adaptation aux circonstances ». Et l'on commençait déjà à s'emplir la bouche de ce mot « pragmatisme » qui allait envahir tous les discours et tout excuser.

Je rêvais donc.

J'avais aussi oublié ce propos de saint Bernard : « La mesure est la vertu. »

J'étais emporté par la démesure.

Je n'entendais pas les quolibets que les partisans du maire, Jacques Médecin, me lançaient, me conseillant de prendre une douche et de laver ainsi mes cheveux longs et gras.

Quand je croisais ces adversaires, ils crachaient quelques mots, en niçois : « *Es maï aqui lou piemontès* » – « il est encore là le Piémontais » – et le maire, lors d'un grand meeting, me qualifiait de « fils d'Italien né par hasard à Nice ». La foule l'acclamait, oubliant que des dizaines de milliers de Niçois – sans doute la majorité du corps électoral – et le maire lui-même avaient des origines italiennes.

J'ignorais aussi la colère et même la haine qu'avait suscitées parmi les socialistes niçois mon « parachutage ».

Ils attendaient depuis des années le moment historique qui leur offrirait victoire et carrière et je raflais leur mise accumulée au fil d'années d'actions quotidiennes.

C'était injuste, mais avais-je le temps d'imaginer leurs ambitions brisées ?

Cependant, parfois, tout à coup, mon rêve s'effaçait.

Une jeune femme portant un enfant s'avançait vers moi, souriante. Elle avait été l'une de mes étudiantes, disait-elle. Elle me rappelait son nom.

Je ne l'entendais plus. Je savais seulement que Mathilde aurait pu avoir son âge, être mère elle aussi, SI…

Ce SI était un abîme.

Le ciel, les façades, le sol devenaient noirs. J'allais être englouti, je le désirais, je voulais que tout finisse.

Puis les couleurs et la rumeur des voix revenaient.

Je hochais la tête. Je disais à la jeune femme : « Oui, bien sûr. » Je demandais le prénom de l'enfant, je l'interrogeais : quel âge avait-elle ?

Je tentais de calculer l'âge qu'aurait eu Mathilde SI…

Et à nouveau ce voile noir. Je chancelais.

On me soutenait.

On incriminait la fatigue, la faim, le soleil. On m'entraînait vers la terrasse d'un restaurant de la rue Saint-François-de-Paul, si proche, trop proche de ce jardin Albert-Ier, où j'avais joué enfant, où ma mère avait tant de fois conduit Mathilde qui avait foulé les mêmes pelouses que moi et tenté de grimper – comme je l'avais fait – sur le dos de la statue de lionne, placée à quelques pas du lieu où ma mère avait l'habitude de retrouver ses amies.

J'ai pu dire : « Allons au port. » Et peu à peu, la marche le long du quai des États-Unis, l'air vif qui balayait le cap de Rauba Capeu, la beauté du site, et surtout la présence des jeunes gens qui m'entouraient m'arrachaient à l'abîme.

Être en politique, c'est vivre en groupe. Les solitaires n'ont pas leur place sur les estrades.

En ce mois de juin là, j'ai beaucoup donné aux autres, mais les autres m'ont empêché – plusieurs fois – de basculer dans cette faille, béante en moi.

J'ai été élu.

Deux hommes athlétiques m'ont encadré. Ouvrant leurs vestes, ils m'ont montré l'arme qu'ils portaient sous l'aisselle. Ils étaient, disaient-ils, des « policiers républicains » qui se chargeaient de me protéger car, à les entendre, certains avaient envie de me liquider.

Mourir ainsi, Dieu m'en ferait-il la grâce ?

Il me l'a refusée.

Je suis donc rentré chez mes parents, vieil enfant proche de la cinquantaine.

Mon père avait comme autrefois une cigarette coincée sur l'oreille droite et cela faisait des années qu'il avait cessé de fumer.

Il a posé la main sur ma nuque, et j'ai frissonné, gagné par l'émotion, sentant contre ma peau son moignon de pouce.

— C'est pas tous les jours que son fils est élu député, a-t-il murmuré. Ça, même en rêve je ne l'espérais pas. Et je l'ai vu, tu m'as donné ça.

Il a allumé sa cigarette, a aspiré lentement quelques goulées de fumée, puis il s'est recroquevillé, écrasant la cigarette à peine commencée.

— SI…, a-t-il dit, puis il s'est aussitôt interrompu.

Le silence s'est abattu sur nous.

Ma mère a mordu son mouchoir et tout son corps a été secoué par des sanglots.

Mon père l'a entraînée vers leur chambre.

Je n'ai pas pu rentrer dans celle de Mathilde.

J'ai passé la plus grande partie de la nuit à regarder défiler sur l'écran du téléviseur les résultats du scrutin et les personnalités qui les commentaient.

Mais j'avais coupé le son.

73.

J'étais député.

Dans l'ascenseur qui me conduisait à mon bureau proche de l'Assemblée nationale, rue de l'Université, je me suis trouvé face à face avec l'élu que j'avais battu.

Je le connaissais bien. Il avait été mon collègue au lycée Masséna. J'avais de l'estime pour lui.

Il m'a tendu la main, a bredouillé quelques mots et s'est mis à pleurer. La défaite l'avait vieilli et, en même temps, son expression était celle d'un enfant malheureux.

Mal à l'aise, gêné comme un voyeur surpris, j'ai tourné la tête, murmuré que je ne serais pas longtemps député, qu'il retrouverait son siège.

Il s'est redressé, a vivement retiré sa main de la mienne.

— Vous êtes venu foutre le bordel, pauvre con. Et pour rien.

La colère et l'amertume l'enlaidissaient. J'ai même cru qu'il allait me frapper, et j'ai serré les poings. Mais il s'est contenté de me répéter, en quittant l'ascenseur : « Pauvre con, je vous emmerde ! »

C'était « ça », être député.

Je n'étais plus un « collègue », professeur, écrivain

de *La Baie des Anges*, historien, éditorialiste à *L'Express*, mais un « politicien », comptable des choix du gouvernement qu'il soutenait.

J'avais l'impression d'être mutilé, l'« homme public » agressé ; sollicité, fustigé.

J'entrais dans la permanence de député située près de la place Masséna, à quelques centaines de mètres de l'immeuble de la Banca où j'avais grandi, non loin du lieu où les Allemands avaient pendu Torrin et Grassi.

Chaque fois que je passais près des deux lampadaires où je les avais vus, corps en guenilles, je levais la tête, me souvenant de l'enfant que j'avais été, de ces années durant lesquelles j'avais rêvé de devenir un héros.

Mais ce n'était plus le temps des héros.

Les militants socialistes qui avaient participé à la campagne électorale réclamaient leur dû.

L'un voulait être titularisé à son poste, l'autre me remettait un dossier de candidature à ceci ou cela. Et puis il y avait le défilé des électeurs.

« On vous a donné six voix dans notre famille », disait le premier quémandeur. Il posait sur le bureau les photos et les pièces d'identité de son épouse et de ses enfants.

Il s'étonnait quand je tentais de lui expliquer que seul le maire de la ville pouvait lui attribuer un appartement.

Il m'interrompait, s'indignait.

« À quoi vous servez alors ? C'est pas pour vous qu'il fallait voter ! »

Il claquait la porte.

Une journée passée à la permanence m'accablait. Mais il y avait pire pour moi que l'agressivité et le mépris de ces électeurs déçus.

Ils me rappelaient que j'étais l'élu des « pauvres », des « humbles », et que je ne réussissais pas à les arracher à la misère, au chômage.

J'allais dans leurs quartiers. Je voyais leurs logements dégradés, j'imaginais leur vie.

Et moi, après avoir serré quelques mains, je prenais l'avion pour Paris, je retrouvais mon appartement du Ve arrondissement. Je me sentais coupable.

Il me semblait que je n'étais qu'un imposteur qui avait, durant la campagne, brandi les étendards de l'égalité et de la fraternité et qui trahissait ses promesses.

Et cette double vie me devenait insupportable.

J'avais accompagné à sa demande un président de région qui voulait visiter des écoles et s'adresser aux étudiants. J'avais été professeur. Il tenait à m'exhiber. Mais des ouvriers qui venaient d'être licenciés avaient barré la route. J'avais été avec le « président » à leur rencontre. J'avais vu dans leurs yeux le désespoir, deviné à leurs vêtements leur misère.

Nous avions rebroussé chemin. Le président avait, dans la campagne que dorait le crépuscule, fait arrêter la voiture, et le chauffeur avait ouvert le coffre et présenté un choix de sandwichs. Le président m'avait invité à faire quelques pas et demandé qu'on nous servît un verre de vin blanc frais.

On m'avait reconduit à mon domicile.

J'ai su ce soir-là que mon aventure en politique serait brève.

Pourtant, je n'avais rien vécu de scandaleux. Au contraire ! Le président de la région avait longuement dialogué avec les délégués syndicaux. Il avait recommandé au préfet de suivre l'« affaire », de veiller à ce que ces ouvriers retrouvent tous – « Vous entendez, Monsieur le préfet ? Tous ! » – un emploi.

Mais ce qui n'avait pas été un incident m'avait révélé que je n'avais pas la force d'affronter de telles situations : prôner l'égalité et vivre dans le confort que procure l'inégalité.

Être l'élu, le représentant des pauvres, parler en leur nom, tenter d'améliorer leur condition, mais jouir de tous les luxes de la vie aisée !

Je savais qu'il n'existe de société égalitaire que dans les utopies, qui deviennent rapidement criminelles. Et je n'envisageais pas de renoncer à mes privilèges d'auteur qui était son propre exploiteur, rivé dès l'aube à sa machine à écrire.

Mais « homme public », je n'aurais été en paix qu'en choisissant d'être un *apôtre*, ayant abandonné tous les biens de cette vie afin de vivre comme le plus démuni des citoyens, le plus humble de mes électeurs.

Je n'avais pas ce courage.

Il me faudrait donc quitter la politique.

74.

Mon voyage dans la vie politique a cependant été plus long que je ne l'imaginais.

J'allais de réunion en réunion, je présidais le groupe d'amitié France-Italie, j'intervenais à la tribune de l'Assemblée nationale et j'étais convié à déjeuner à l'Élysée.

Dans l'un des salons de la présidence, je découvrais les autres invités qui appartenaient tous au monde de la presse, « grandes signatures », journalistes de télévision.

On m'entourait. J'avais été des leurs et j'étais passé de l'autre côté du miroir.

J'ai sans doute péroré, grisé par la curiosité que je suscitais, écrivain parmi les députés et député parmi les journalistes.

L'huissier s'est avancé, nous invitant à le suivre, et j'ai pour la première fois pénétré dans la salle à manger du président de la République.

Il est arrivé, souverain, avançant à pas lents, tendant sa main glacée, et l'on s'inclinait, certains pliés en deux, comme s'ils s'apprêtaient à baiser un anneau pontifical.

Je prétendais m'attarder dans la vie politique afin de pouvoir accumuler des matériaux qui me permettraient d'écrire un cycle romanesque, dont j'avais déjà choisi le titre : *La Machinerie humaine*.

Grand projet : la peinture du pouvoir. Je serai Balzac et Barrès, Roger Martin du Gard, Jules Romain. Je me grisais, gonflé d'orgueil et d'ambition.

En fait, j'étais pris par ce jeu jamais achevé qu'est la politique. J'étais sensible aux dorures, au roulement des tambours de la Garde républicaine lors de l'ouverture des séances de l'Assemblée nationale.

Je pensais être acteur, l'« auteur de l'Histoire ».

Certes, ce n'était plus le temps des héros et des saints, mais là, à l'Assemblée, à l'Élysée, à Matignon, se tramait le destin du pays.

Je fanfaronnais en racontant à mon père, avide de m'écouter, les réunions du groupe socialiste, les batailles pour les postes à pourvoir.

Et mon père, brusquement, se voûtait.

— Ils sont comme ça, murmurait-il. Alors rien ne va changer ?

Je le détrompais, je lui présentais l'autre côté des choses, les projets de loi, les premières mesures sociales votées, mais le charme était rompu.

Je gagnais ma permanence. J'étais dégrisé. J'écoutais les doléances, je mesurais mon impuissance. Je décevais les quémandeurs.

Je m'interrogeais : et si l'exercice du pouvoir n'était qu'une « mise en scène » ? Si on n'avait que peu de prise sur les causes et le déroulement des événements ? Gouverner ce n'était peut-être que discourir, faire croire qu'on contrôle les faits, alors qu'on se contentait, à l'aide des mots, de donner l'illusion d'une cohérence à ce qui n'était que chaos, surprise, impuissance.

Le pouvoir, c'étaient des discours et des armes.

Parler et tuer, c'était la dictature ; parler pour ne pas tuer, c'était l'art de la démocratie.

Mais un jour, quelqu'un criait : « Le Roi est nu », et plus personne ne croyait aux discours. Alors venait le temps des armes.

J'étais donc assis à la table du Roi, le président François Mitterrand.

Dans son visage de marbre, d'un blanc tirant sur le gris, les yeux étaient deux lueurs vibrantes, perçantes, presque insoutenables.

Il m'a fixé et j'ai baissé la tête.

Il demeurait impassible, levant à peine sa longue main blanchâtre pour inviter l'un des courtisans à parler. C'était à qui serait le plus flatteur, le plus soumis.

Les « Monsieur le Président » onctueux rythmaient les phrases.

Ce jour-là – mon premier déjeuner avec Mitterrand, il y en eut quelques autres –, les « grandes signatures » fustigeaient les députés socialistes qui s'opposaient à une mesure proposée par Mitterrand.

— Vous, Monsieur le Président, alors que sans vous ils seraient encore dans leur cour d'école.

Monsieur le Président avait souri. Puis, d'une main toujours lasse, il avait balayé l'opposition des députés socialistes à la reconstitution des carrières des généraux qui, durant la guerre d'Algérie, avaient tenté un putsch et rêvé d'assassiner de Gaulle.

Pourquoi ai-je pris la parole ?

J'ai dit :

« Les députés socialistes ont leurs raisons. On se soucie des généraux félons, alors que les postiers qui ont fait grève en 1953 n'ont jamais vu leurs carrières reconstituées. Ces postiers ont voté pour vous et pour moi, Monsieur le Président. »

Silence.

Le regard de Mitterrand m'a percé, crevé. Puis il a détourné la tête. J'étais un petit tas de cendres. Et il en fut ainsi jusqu'à la fin du déjeuner.

Les courtisans, au moment où nous quittions la salle à manger puis le salon, m'ont ostensiblement ignoré.

Qu'ont-ils pensé quand Mitterrand, d'un geste las, inclinant un peu la tête, battant des paupières, m'a invité à demeurer dans le salon à ses côtés ?

75.

Mitterrand me tournait le dos.

Debout, immobile, devant l'une des fenêtres en bois doré qui donnaient sur le parc de l'Élysée, il m'ignorait.

Il ne m'avait accordé qu'un bref regard, sans m'adresser un mot.

J'attendais une admonestation implacable et je me heurtais au silence.

Le Roi, présent, m'infligeait son absence.

J'avais la bouche sèche, le front couvert de sueur, humilié et surtout affolé, tel un rat pris au piège.

J'ai pensé à mon père, à la joie enfantine qu'il avait manifestée quand je lui avais annoncé que j'étais invité à déjeuner par le Président.

— Tu vas être ministre, c'est pour cela qu'il veut te voir, avait-il dit.

Puis il avait répété, alors que je tentais de l'interrompre : « Ministre, tu te rends compte, ministre. »

Mon entourage, à ma permanence de député, pensait de même, rêvant aux bénéfices qu'il pourrait tirer de mon entrée au gouvernement.

J'avais déclaré que je refuserai cette improbable proposition mais je me débattais en vain. « Ministre », « gouvernement », ces mots me rongeaient alors même que je mesurais combien la vie politique corrodait ce qui avait été l'âme et le ressort de ma vie, le désir d'écrire.

Mitterrand s'est retourné, est venu vers moi, s'arrêtant à quelques pas, la lèvre boudeuse, comme s'il découvrait ma présence, s'en étonnait, ennuyé de me voir.

— Je vous ai lu, a-t-il dit.

La voix était fluette.

— Cette grève des postiers en 1953…

Il a haussé les épaules.

— Je ne vous imaginais pas aussi éloquent. Vous avez choisi un bon angle d'attaque. Les pauvres contre les gros, les Français aiment entendre ces discours.

Il s'est éloigné.

— Difficile n'est-ce pas d'être député ? Ne vous laissez pas ensevelir par la médiocrité. Je connais les socialistes niçois, ce sont des rats.

Sa bouche et tout son visage exprimaient le dégoût.

— Mais vous ne serez pas toujours député. Prenez cela comme une initiation. L'élection, c'est le baptême de celui qui veut entrer en politique.

Il me tournait à nouveau le dos.

L'huissier ouvrait la porte du salon et, cérémonieusement, m'invitait à sortir.

La silhouette noire devant la fenêtre en bois doré n'a pas bougé.

Dans l'escalier, j'ai croisé l'un des « conseillers » de Mitterrand, qui, avec une familiarité amicale inattendue, me prit par le bras, m'entraînant dans son bureau qui jouxtait celui du Président.

— Comment est-il ? Tu es resté seul avec lui un long moment. C'est exceptionnel.

J'ai esquivé chacune des questions que fébrilement il me posait.

Il m'a raccompagné, répétant qu'il voulait « absolument » et « régulièrement » « faire le point » avec moi.

Le Roi m'avait arraché à la pénombre.

Et la lumière du pouvoir attire les courtisans.

76.

Ainsi j'ai découvert que le pouvoir engloutit ceux qui l'approchent.

Et j'ai été l'un d'eux.

Je me débattais encore mais j'étais assis dans la voiture qui me conduisait à l'Élysée.

En ce 23 mars 1983, je devais participer à « mon » premier Conseil des ministres, puisque j'avais accepté de faire partie du nouveau gouvernement constitué par Pierre Mauroy.

J'avais été nommé secrétaire d'État porte-parole du gouvernement.

L'un des conseillers de Pierre Mauroy m'avait téléphoné. Il fallait répondre immédiatement.

J'ai dit *oui* et je l'ai aussitôt regretté, essayant de joindre le conseiller, l'obtenant enfin. Il m'interrompait et m'annonçait que mon nom avait été communiqué à la presse, qu'une voiture viendrait m'attendre, demain matin, à 9 heures.

« Autre chose ? »

Il était trop tard pour reculer, et je retrouvais cette curiosité, cette exaltation qui, depuis l'enfance, m'avaient toujours poussé à relever des défis, à me contraindre d'agir, à rêver d'un avenir, qui se dérobait et me décevait au fur et à mesure que je m'en approchais.

Et déjà dans la voiture, ce 23 mars 1983, je pensais au premier tome de cette suite romanesque, *La Machinerie humaine*, qui aurait pour héros déchiré par ses contradictions – il va de soi ! – un ministre.

Bonne et belle excuse !

Et je m'étais incliné devant le président de la République qui faisait le tour de la table du Conseil composé, disant un mot à certains ministres.

« Vous voyez, me dit-il, on n'est pas condamné à vie à être député. Vous êtes du petit nombre. »

Et il est vrai que nous n'étions que quatorze à participer au Conseil.

Je regardais autour de moi : j'étais donc là, à l'un des bouts de la table immense, autorisé à prendre des notes, puisque je devais rendre compte du Conseil.

Je ne quittais pas des yeux le Roi au teint blafard, et j'observais Rocard, Delors, Badinter, Bérégovoy, tous ces ministres qui cessaient d'être des personnages auréolés par la lumière du pouvoir, devenant de simples acteurs intermittents de *La Comédie Humaine*, des rouages de la *Machinerie*.

J'étais au cœur du pouvoir.

Le Conseil a été bref.

Les huissiers ont ouvert les portes-fenêtres en bois doré et le responsable du protocole nous a placés sur les marches de l'Élysée – du Château, comme on disait –, face au parc, pour la photo rituelle.

J'étais le dernier de la deuxième rangée, un peu à l'écart, voisin d'Alain Savary, ministre de l'Éducation nationale que j'estimais et admirais. Il avait choisi dès 1940 la France libre aux côtés de De Gaulle et avait été adoubé *Compagnon de la Libération*.

Mitterrand, lui, avait été décoré de la *Francisque* par Pétain.

C'était cela la politique, c'était cela la France, c'était cela un gouvernement de gauche.

Et j'en étais le porte-parole.

J'étais au cœur du pouvoir.

J'avais obtenu du Roi qu'il me reçût en tête à tête chaque semaine. Lorsque je lui en avais fait la demande, il avait paru interloqué.

— Si vous l'estimez utile, m'avait-il dit après m'avoir fixé longuement.

Mais je n'avais pas baissé la tête. Le monarque ne me paralysait plus – comme si le fait de l'avoir côtoyé avait dissipé l'autorité que la fonction, le décor, le rituel, ses silences calculés suscitaient.

Peut-être était-ce le fait de ne rien lui devoir, de n'avoir rien sollicité, et n'espérant donc rien du pouvoir, qui me permettait ces audaces et ce regard critique.

Les conseillers du Roi, les ministres, les dirigeants du Parti, selon leur tempérament, leurs attentes, m'invitaient, m'interrogeaient, m'exposaient leurs doléances, leur politique, et tous, à un moment donné, disaient en se penchant vers moi :

— Il faut que le Président comprenne…

Je les ai vus dans le bureau du Président, soumis, obséquieux. Alors que je les avais entendus, quelques minutes auparavant, tempêter, condamner tel ou tel projet présidentiel… et en vanter les mérites quand ils se trouvaient face au Roi.

Mitterrand était silencieux, énigmatique, et ils bredouillaient, courtisans, et même serviteurs pour certains. Moi, plus je le voyais, et moins il m'impressionnait.

À plusieurs reprises, devant les journalistes que je rencontrais à l'issue du Conseil des ministres, je donnais de l'importance à tel ou tel propos du Roi, pour créer un événement que la presse allait amplifier, faisant croire ainsi que le Conseil des ministres était un lieu de débats, une instance créative.

Et le Roi, la lèvre boudeuse, s'arrêtait un instant devant moi, au Conseil des ministres suivant, et me disait : « La prochaine fois que vous me faites parler, avertissez-moi. »

Je vérifiais que le pouvoir, comme je l'avais pressenti, était d'abord un discours. Et je discourais.

Je recevais chaque jour à « mon ministère » les journalistes, en compagnie de François Hollande, un jeune énarque que j'avais choisi, sur les conseils de l'Élysée, comme directeur de cabinet. Il ignorait tout de la presse, mais en quelques semaines son intelligence, sa vivacité, son sens de l'humour en firent un collaborateur efficace.

Il est vrai que les gens de presse étaient sensibles aux égards, et François savait les séduire. La tâche était aisée tant le pouvoir les fascinait.

Ils voulaient que je leur parle du Roi. Ils rêvaient de le rencontrer, d'accompagner le monarque lors de l'un de ses voyages.

Que le Roi se déclarât de gauche leur permettait toutes les flagorneries. Ils étaient les courtisans, mais la morale et la déontologie étaient sauves puisque le monarque appartenait au parti du Bien.

Mais je percevais leur inquiétude. Ils pensaient déjà à leur avenir si le pouvoir changeait de mains.

Or, après moins de deux ans de gouvernement du parti du Bien, le climat changeait.

Quand je quittais mon ministère, l'officier de police m'avertissait que des manifestants bloquaient telle ou telle rue.

Lorsque je me déplaçais pour rencontrer la presse de province, je devais faire face à des paysans qui venaient de déverser du fumier devant la préfecture.

Ailleurs, des étudiants en médecine occupaient leur faculté et une forte et bruyante délégation pénétrait dans le « Club de la presse » où je dialoguais avec les journalistes.

Le pouvoir sans l'appui – la tolérance – de l'opinion n'était qu'une forteresse assiégée et impuissante.

Ses caisses étaient vides et Jacques Delors, ministre de l'Économie et des Finances, annonçait une politique d'austérité.

Le Roi restait maître de lui, impassible.

Il écartait d'un petit geste les échos que je lui apportais de l'état du pays. Une manifestation nationale pour la défense de l'école privée se préparait, peut-être réunirait-elle plus d'un million de personnes.

— Savary est un incapable, avait-il grommelé.

En Conseil des ministres, il avait eu des mots impitoyables, blessants pour rejeter le projet de loi préparé par Savary afin de créer un service public et laïc de l'école, englobant donc l'enseignement privé.

Projet que Mitterrand avait laissé aller jusqu'à son terme, manière de susciter une réaction qui lui permettrait de renoncer aux promesses sur lesquelles il s'était fait élire.

Je l'observais, je l'écoutais me dire pour la deuxième fois, en feuilletant des agendas qui s'entassaient sur son bureau, qu'il était bien plus assidu à son poste, dans ce bureau, que ne l'avait été de Gaulle.

Et sans doute voulait-il abattre Savary parce que celui-ci avait été non seulement un rival pour le contrôle du Parti socialiste mais encore un Français libre, un compagnon de De Gaulle.

J'ai compris que Mitterrand était mû par une jalousie haineuse et mesquine à l'égard de De Gaulle.

Autant dire que nous étions dans des camps opposés.

Il me restait à tenter d'échapper aux sables mouvants du pouvoir.

Qu'avais-je encore à y découvrir ?

Pourquoi défendrais-je une politique dont je rejetais le ressort : nier ce que de Gaulle avait fait et voulu pour la France ?

Lors d'une des audiences hebdomadaires que m'accordait le Roi, j'ai souligné que Jean-Marie Le Pen participait à de nombreuses émissions de télévision et que le service public ne pouvait devenir le tremplin de la propagande du Front national.

Je connaissais cette moue qui dessinait autour de la bouche du Roi des rides méprisantes.

Le Pen était un notable qui aspirait à la notoriété et ne souhaitait pas le pouvoir, me dit Mitterrand.

Il avait posé sa main gauche sur le bureau et la caressait d'un geste lent qui lui était familier.

De sa voix la plus suave, le Roi avait ajouté :

— Avec Le Pen, qui n'est pas dangereux, nous embarrassons la droite.

Il s'était levé, marquant la fin de notre entretien.

— C'est une grenade que nous leur lançons dans les jambes, avait-il conclu en me tournant le dos.

77.

J'ai quitté le gouvernement sans éclat.

J'avais imaginé le courroux du Président et son mépris quand je lui ferais part de ma volonté de démissionner.

Ce matin-là d'avril 1984, j'étais tendu mais résolu lorsque l'huissier m'a introduit dans le bureau du Président.

Il a levé la tête, a vissé lentement le capuchon de son stylo et a croisé les mains, les bras repliés, les coudes sur le bureau, le menton appuyé sur ses pouces.

J'avais préparé une longue tirade boursouflée, insistant sur le poids grandissant du Front national. Les sondages accordaient 10 % des voix à Jean-Marie Le Pen aux prochaines élections européennes prévues pour le mois de juin.

J'avais ajouté à ma harangue quelques raisons privées, dérisoires : mon œuvre d'écrivain à poursuivre.

Le Roi ne m'a pas invité à m'asseoir, laissant le silence s'épaissir.

— En somme…

Il a dénoué ses mains, les reposant à plat sur le

bureau, la droite commençant à caresser la gauche comme à l'habitude.

— Oui, a-t-il poursuivi, cette fonction de porte-parole, vous en avez fait le tour. Et par ailleurs, ce gouvernement n'est pas éternel, le prochain aura besoin d'un autre visage, d'une autre voix, d'un autre style.

Il a d'un geste de la main gauche indiqué qu'il ne voulait pas être interrompu.

— Mais…

Il me félicitait. Il était satisfait de mes interventions. Il ne voulait pas se priver de mes talents, prétendait-il, et donc il me proposait de figurer sur la liste du Parti socialiste aux élections européennes que conduirait Lionel Jospin.

— Vous auriez, cela va de soi, une place qui vous permettrait d'être élu.

Il s'était levé, s'était approché.

— Situation d'attente. Vous pourrez dans un prochain gouvernement être à la tête d'un ministère, vous avez été professeur. Pourquoi pas l'Éducation nationale ?

La veille, j'avais annoncé mon intention de démissionner aux membres de mon cabinet. Sans doute l'un d'eux avait-il prévenu l'Élysée. Et Mitterrand ne voulait pas que ma démission aggrave un climat politique déjà délétère : la manifestation qui se préparait en faveur de l'école libre rassemblerait sûrement à Paris plusieurs centaines de milliers de participants.

Mitterrand m'a tendu la main, ce qu'il n'avait jamais fait lors de nos entretiens.

Mais c'était le dernier.

Je suis sorti, mécontent de moi, mal à l'aise. Je n'avais pas dit un seul mot, me contentant de hocher la tête.

Je n'ai pas répondu aux propos du conseiller dont je devais traverser le bureau qui me félicitait.

Dès le lendemain, les journaux affirmaient que j'occuperais la troisième place sur la liste socialiste aux élections européennes. Pour tous les commentateurs, mon départ précédait – et annonçait – la démission prochaine du gouvernement de Pierre Mauroy.

Durant ces semaines d'attente – les élections européennes ont eu lieu le 17 juin 1984 et le Front national a obtenu dix élus ; la démission de Pierre Mauroy et son remplacement par Laurent Fabius intervenant le 19 juillet – j'étais souvent tenaillé par des regrets.

Il m'est même arrivé d'espérer que le Roi me confierait un ministère dans le gouvernement Fabius.

N'avais-je pas été un bon politique, moi qui avais prévu le succès de Le Pen et le triomphe des défenseurs de l'école libre : deux millions de manifestants déferlant dans Paris, le 24 juin ?

Je lisais, j'écrivais, en fait j'attendais un signe du Président tout en me reprochant de regretter la tension que j'avais connue au centre du pouvoir.

Je commençais à prendre des notes, en vue de l'écriture d'une biographie de Jaurès qui aurait brossé le portrait d'un *vrai* socialiste, d'un intellectuel sans ambition autre que de servir le peuple et la nation.

Je relisais la trilogie de Jules Vallès – *L'Enfant*, *Le Bachelier*, *L'Insurgé*.

Et en même temps je m'interrogeais.

Je découvrais le mépris que Zola exprimait pour la politique.

« La politique en nos temps troublés est le lot des impuissants et des médiocres…, écrivait-il. Comment un homme du talent de Monsieur Jules Vallès a-t-il pu gâter sa vie en se fourvoyant dans la politique ? Comment diable peut-on se passionner pour cette chose laide et sale qui se nomme la politique ? »

Je me remémorais le cynisme du Roi, favorisant Le Pen, humiliant Savary, et célébrant le quarantième anniversaire du débarquement du 6 juin 1944 sans mentionner la France libre, sans rendre hommage à de Gaulle.

Petitesse d'un Roi qui savait au fond de lui que la personnalité de son prédécesseur le repousserait toujours dans la pénombre de l'Histoire. Et comme un été indien dont la chaleur et la lumière font illusion, je retrouvais mes indignations d'adolescent en lisant Jules Vallès, en pensant à écrire, après celle de Jaurès, une biographie de cet écorché vif qui déclarait :

« L'homme qui dit n'avoir pas d'opinions politiques en a une. Il est le collaborateur et le complice de tous ceux qui ont mis la main sur le pouvoir, le pied sur la gorge de la patrie. C'est sur son indifférence que s'appuient les tueurs de pauvres et les bourreaux de la pensée. »

Mais qu'avais-je été, moi, sinon un « fanfaron d'indépendance », courbant l'échine devant le Roi, acceptant sa proposition ?

Vallès avait raison d'écrire : « Ou insurgé ou courtisan, il n'y a pas à sortir de là. »

Cependant, grâce à Jaurès, à Vallès, je m'arrachais peu à peu des sables mouvants du pouvoir.

« Il faut être soi, écrivait Vallès, affirmer faible ou forte sa personnalité et ne sacrifier le caractère et les droits de l'individu ni aux besoins de gloire ni à la raison d'État. »

Et Jaurès avait exalté : « Ce qu'il y a de plus grand dans le monde, la liberté souveraine de l'esprit. »

Et ajouté : « Plutôt la solitude avec tous ses périls que la contrainte sociale : plutôt l'anarchie que le despotisme quel qu'il soit. »

Ces propos, je les ai faits miens. Ils m'ont guéri du pouvoir.

78.

Et puis ma mère est morte.

« Maman, pauvre petite maman ! »

Ce n'était pas moi, le fils, qui bégayais ainsi de douleur mais mon père qui retrouvait les mots de l'enfance pour m'annoncer le décès de ma mère.

J'aurais voulu qu'il se taise mais il s'épanchait, il pleurait, et je mordais mes lèvres pour ne pas hurler de remords.

Car j'avais sacrifié ma mère à la grande dévoreuse de temps, cette *politica sporca* – cette politique sale – que déjà ma grand-mère Italina maudissait, et ma mère avait utilisé les mêmes mots le jour de mon élection, alors que mon père exultait.

Et maintenant qu'elle était morte, il répétait : « Maman, pauvre petite maman ! »

J'écartais le téléphone de mon oreille, mais j'entendais quand même la voix chevrotante de mon père :

« Pauvre petite Mafalda… », disait-il.

Sa confession était la mienne.

« Je ne lui ai pas donné la vie qu'elle méritait, poursuivait-il. Elle était la plus belle, et tu te souviens de toute cette poésie qu'elle récitait, c'est à elle que tu dois tout ce que tu es devenu. Elle aurait mérité quelqu'un dont elle aurait été fière, il y a eu toi heureusement, si tu savais comme elle t'aimait, mais… »

Ce *mais*, il me déchirait la poitrine, il tailladait ma gorge, et mon père ne pouvait que répéter ce *mais* sur lequel il trébuchait, et il se taisait, avant de murmurer : « Mais qu'est-ce qu'on y pouvait… »

Ce *mais*, c'était donc bien le suicide de Mathilde, ma fille que j'avais confiée à ma mère, lui donnant des années de bonheur comme pour mieux la frapper, la tuer, en lui annonçant que Mathilde était morte.

Mon père parlait de sa « petite Mafalda », de notre « pauvre petite maman », et moi je revivais la scène quand, messager du malheur, j'avais dit : « Vous ne reverrez plus Mathilde. »

Ma mère avait ouvert les bras, le visage tout à coup empourpré, et elle s'était raidie, tombant en arrière. Je m'étais précipité, la retenant, la serrant contre moi.

Mais c'était ce jour-là qu'elle avait commencé à mourir, sa raison, sa mémoire disparaissant par fragments, et il ne lui restait que ces vers de *La Divine Comédie*, qu'elle récitait les yeux fixes :

Per me si va nella città dolente […]
Per me si va tra la perduta gente […]
Lasciate ogni speranza voi ch'entrate[1] !

Je voulais les faire graver sur la dalle dans le cimetière de Spéracèdes, sur cette tombe où j'avais déjà seul, debout devant la fosse, enseveli Italina, *la Mora dei Gasparini*, et ma fille Mathilde :

1. « Avec moi vous entrez dans la cité de la douleur/Avec moi vous vous mêlez à la foule des gens maudits/Abandonnez toute espérance vous qui entrez. »

To the child
Of the century
Who lives and dies
Every day
In my heart.

Et j'ai prié seul devant cette tombe, cependant que deux fossoyeurs commençaient à recouvrir le cercueil de ma mère de cette terre sèche aux reflets rouges.

Mon père, alité, n'avait pu m'accompagner et peut-être voulais-je être seul pour enterrer « mes morts » – et j'entendais, cependant que la terre frappait fort le bois, la voix de ma grand-mère qui évoquait ceux qu'elle appelait « *I miei morti* » mes morts à moi.

C'est à la fin de la matinée, après l'inhumation, que j'ai découvert dans le quotidien niçois – dont je tais le titre parce que aujourd'hui, au moment où j'écris, il est devenu un journal honorable – que mon nom avait été retiré du faire-part que j'avais rédigé et porté au journal. Au nom de mon père et du mien, nous invitions tous ceux qui connaissaient Mafalda et l'aimaient à prier pour elle.

Mais depuis que, participant à la vie politique, j'étais devenu l'adversaire du maire de Nice, son soutien le directeur et propriétaire du journal avait décidé que mon nom n'apparaîtrait plus dans les colonnes du quotidien. Et cela valait donc pour un faire-part de deuil.

« *Politica sporca !* »

J'ai forcé la porte du directeur et je lui ai dit tout mon mépris.

Il m'a écouté cependant que deux employés me saisissaient par les bras, m'entraînant hors de son bureau.

Politica sporca !

79.

Et puis mon fils est né.

J'ai vu surgir sa tête noiraude, j'ai entendu son premier cri.

C'était la naissance du monde.

Je n'avais jamais imaginé que je pourrais, un jour, éprouver une telle émotion, une joie si grave, un sentiment de libération aussi, comme si on brisait les chaînes qui, depuis le suicide de Mathilde et la longue agonie de ma mère, m'entravaient.

J'ai tremblé, j'ai pleuré, et j'ai eu la certitude que l'amour l'emportait sur la mort.

Puis j'ai marché.

C'était le 4 avril 1985, la nuit était déjà tombée et je croyais aller au hasard. Et tout à coup, levant la tête, j'ai découvert la façade et les tours de l'église Saint-Sulpice.

Je suis entré et je me suis agenouillé dans la nef glacée et obscure où déambulaient quelques silhouettes chuchotantes.

Là, dans cette même pénombre, je m'étais réfugié quand j'hésitais à faire le choix d'une seconde vie, puis quand j'avais appris la mort de Mathilde.

J'ai prié et j'ai eu le sentiment que ma fille et ma

mère, mes deux victimes, celles que j'avais sacrifiées à mes ambitions, me pardonnaient, m'autorisaient à vivre sans être torturé par le remords. Elles ne m'innocentaient pas mais elles ouvraient la porte de la cellule dans laquelle je m'étais enfermé.

Elles me prenaient par la main et elles me disaient « va ».

Et j'allais.

Quelques jours plus tard, j'ai dit à mon père en m'approchant de lui, en lui présentant David que je portais :

« Prends-le dans tes bras. »

Il hésitait.

J'ai vu ses mains déformées, raidies par les rhumatismes, son moignon de pouce, rouge, ses grosses veines bleues gonflant la peau tavelée.

J'ai tendu les bras, je lui ai offert David, comme une offrande, comme une promesse de renaissance.

Mon père était entré dans sa quatre-vingt-treizième année.

Il essayait avec obstination de ne pas se laisser ensevelir par cette somnolence qui le recouvrait une grande partie de la journée.

Il hochait la tête, appuyait ses avant-bras sur le rebord de la table, et le journal déplié devant lui il lisait jusqu'à ce que sa tête s'incline et que son corps s'affaisse.

Souvent je m'approchais, je caressais sa nuque, son crâne, il me paraissait si vulnérable que j'en tremblais.

Mais il se réveillait et ses yeux bleus brillaient comme autrefois, comme si les gestes d'affection que j'avais eus leur avaient donné un regain de vie.

Puis le voile gris l'enveloppait à nouveau, et ses paupières éteignaient son regard.

Enfin, il a saisi David, l'a posé sur ses genoux, et il a approché sa main de la peau mate de mon fils. Mais il n'a pas osé le toucher.

J'ai pris sa main et je l'ai placée sur celle de David.

Il m'a semblé que le monde enfin était en ordre, que je n'avais pas vécu en vain. Que mon fils porterait un peu plus loin le regard et que lui-même transmettrait ce que je lui avais confié.

Quelques temps après, mon père m'a donné ce gros livre à couverture sombre éclairée par la zébrure d'or d'un éclair.

Je reconnaissais ce volume, le *Manuel pratique du monteur électricien*. Mon père m'avait plusieurs fois expliqué qu'apprenti, il avait essayé de lire ce traité, mais qu'il avait buté sur les formules mathématiques des lois d'Ohm et d'Ampère.

— Lui, notre David, il saura, avait dit mon père.

Sa voix depuis longtemps ne m'avait pas paru aussi assurée.

Il avait ouvert le volume à la page de garde et du doigt il avait souligné la phrase qu'il avait écrite – il y avait un siècle, un siècle ! : « *Prolétaires de tous les pays, unissez-vous ! Jè, Nice, 1911.* »

— On était des idiots, avait-il poursuivi, on n'imaginait pas que trois ans plus tard on allait s'étriper entre prolétaires à coups de baïonnette. Mais je suis sûr que notre David, il comprendra.

Mon père est mort quelques mois plus tard.

Les derniers jours de sa vie, il n'avait été préoccupé que par le dossier que je devais constituer afin qu'il puisse voter par correspondance aux prochaines élections législatives.

— Je veux, tu comprends, une dernière fois…

La mort nous a devancés.

Je l'ai enterré seul, à Spéracèdes, et j'ai fait inscrire sur la pierre tombale ces mots :

« *Pour Jè, notre mémoire, notre révolte, notre espoir.* »

Lorsqu'il est mort, j'ai hurlé, j'ai mordu mes poings et cependant je n'étais pas désespéré, comme si la présence de David était la preuve que l'Espérance, la longue, l'infinie chaîne de l'amour humain n'étaient pas des illusions.

La *politica sporca* ne régnait pas sans partage ! On devait croire que les hommes portaient en eux le rêve d'une cité qui n'était pas seulement vouée à la barbarie, au désespoir.

Je dois cette espérance à David.

Dès que j'ai vu sa tête apparaître, j'ai vécu autrement le monde.

Il était la fragilité et en même temps la preuve de l'énergie, de la volonté de vivre de notre espèce humaine. Il était comme chaque nouveau-né un mystère et ainsi il réanimait ma foi.

Et ma grand-mère Italina revivait.

J'étais fier de lui, heureux que mon père l'ait vu, touché. Il avait insisté, à la veille de sa mort, pour que je n'oublie pas de remettre à David le livre, ce *Manuel pratique du monteur électricien*.

Je l'ai fait avec gravité. Et David, plus tard, a placé ce livre au cœur de sa bibliothèque.

C'est pour lui que j'ai écrit un récit de la vie de mon père intitulé : *Jè, histoire modeste et héroïque d'un homme qui croyait aux lendemains qui chantent*.

Je l'ai lu à David au fur et à mesure que je l'écrivais. Et je lui ai parlé de Mafalda et d'Italina. Il a appris seul l'italien et par sa mère – dont je me suis séparé – il est ouvert aux cultures et aux langues germaniques.

Il est historien.

Je pense à lui et aussitôt tous les miens que j'ai portés en terre, dans le cimetière de Spéracèdes, se rassemblent et je me souviens d'une réflexion de Milan Kundera :

« Pourtant, écrit Kundera dans *Les Testaments trahis*, s'il m'est impossible de jamais tenir pour mort l'être que j'aime, comment se manifestera sa présence ?

« Dans sa volonté que je connais et à laquelle je resterai fidèle. Je pense au vieux poirier qui restera devant la fenêtre tant que le fils du paysan sera vivant. »

Jè, mon père, était le paysan. Moi, et David, nous sommes ses fils, notre poirier c'est l'Histoire que nous transmettons.

Et lorsque je me remémore mon père, je m'interroge sur le sens de sa vie et donc de la mienne, et donc de celle de David, ces vers d'Aragon dans *Le Nouveau Crève-cœur* me reviennent en mémoire :

C'est déjà bien assez de pouvoir un moment
Ébranler de l'épaule à sa faible manière
La roue énorme de l'histoire dans l'ornière
Qu'elle retombe après sur toi plus pesamment

Car rien plus désormais ne pourra jamais faire
Qu'elle n'ait pas un peu cédé sous ta poussée
Tu peux t'agenouiller vieille bête blessée
L'espoir heureusement tient d'autres dans ses fers

80.

J'approchais de la soixantaine. Était-ce possible ?

L'espoir – l'Espérance – m'habitaient à nouveau comme si l'adolescence de David, son énergie, sa volonté, ses projets – classes préparatoires, École normale supérieure, tout ce qui m'était apparu inaccessible au temps de ma jeunesse –, son désir de comprendre faisaient renaître les miens.

J'achevais de décrire les rouages de la société française en cette fin du XXe siècle.

Je voulais mettre à nu dans les dix romans de *La Machinerie humaine* l'hypocrisie et le mensonge des hommes de pouvoir, qu'ils se prétendent de gauche ou de droite.

J'avais, lors d'une cérémonie officielle dans le grand amphithéâtre de la Sorbonne, croisé François Mitterrand et jamais l'expression « être fusillé du regard » ne m'a paru aussi exacte.

Il est vrai que j'avais écrit quelques articles critiques et il n'aimait pas les esprits indépendants et irrévérencieux.

Coïncidence, paranoïa ou punition et menace ?

Je fus soumis à un contrôle fiscal suivi d'un redressement !

Banal, m'expliqua Jean-François Revel. À l'entendre, tous les présidents de la République agissaient de même.

— À toi de voir, me dit-il d'une voix grasseyante, à la fin d'un déjeuner, si le jeu en vaut la chandelle. Moi, j'agis non par calcul ou par duplicité, mais pour fuir la monotonie.

Il avait le visage empourpré, l'élocution lente, mais sa pensée était aiguë.

— Chaque homme, me dit-il ce jour-là, dispose en lui de plusieurs jeux de cartes. Il conduit simultanément plusieurs parties, les unes privées souvent dérisoires, les autres capitales pour son destin ou celui d'une cause.

Il desserra le col de sa chemise, se servit à boire.

— On joue aussi sa partie pour la grande Histoire et d'autres sont jouées par amour d'un art, d'un être ou d'une simple distraction, avait-il conclu.

Il rit aux éclats, se leva et, sans tituber, traversa la salle du restaurant.

— Mange et bois, me dit-il, en me donnant l'accolade avant de s'éloigner d'un pas lourd. Qu'est-ce qu'il y a d'autre pour oublier notre précaire condition ?

Je l'estimais, je l'aimais.

Ce fut au cours de l'un de nos déjeuners qu'il me parla de l'Académie française où il avait été élu.

— Ça protège et, pour des gens comme nous, ce n'est pas inutile. Penses-y !

Ces paroles, je ne les ai pas oubliées, car ces années-là, on avait vraisemblablement voulu me tuer, ou me donner une leçon.

Politica sporca ! mais aussi *criminelle*.

J'ai gardé une mémoire précise des faits.

Je me rendais à Spéracèdes pour me recueillir comme je le faisais régulièrement sur la tombe de « mes morts ».

J'abordais le premier virage de la route qui, en pente raide et sinueuse, conduit de Cabris à Spéracèdes.

J'ai voulu freiner. Mon pied a appuyé sur la pédale sans résultat.

J'ai voulu rétrograder. Le levier de vitesse était bloqué.

Et le volant en même temps ne me permettait plus de diriger la voiture. J'ai pensé à ouvrir la portière et à sauter, puis j'ai levé le frein à main et j'ai pu ralentir, m'engager dans un chemin où la voiture a heurté une souche d'arbre et s'est immobilisée. J'ai coupé le moteur.

Plus tard, un mécanicien, après avoir examiné la voiture, m'a dit en hochant la tête, s'essuyant les mains dans un chiffon huileux :

— Vous, vous n'avez pas que des amis.

J'ai déposé plainte. Tentative d'assassinat. Les gendarmes, les juges, les inspecteurs m'ont souri quand je leur ai expliqué que je garais ma voiture dans un garage dont le personnel était, au moins en partie, recruté par la mairie, dont j'étais l'adversaire politique.

— C'était peut-être naïf et imprudent, m'ont-ils dit d'une voix pleine de commisération.

L'enquête n'est pas allée au-delà.

Mais les gendarmes m'ont expliqué qu'il suffisait de débloquer quelques pièces de la direction et du moteur, puis d'attendre qu'après avoir parcouru dix, vingt ou cent kilomètres, les vibrations aient achevé de dévisser les écrous qu'on avait desserrés.

C'était un sabotage classique, efficace, qu'on ne pouvait pas prouver. Alors, on attribuait l'accident à une erreur de conduite ou à un malaise du chauffeur.

Politica sporca et *criminelle.*

J'avais écrit, quelques années auparavant, un roman intitulé *Une affaire intime, chronique d'un hiver dans une ville du Sud.*

Le maire, les lecteurs avaient sans doute reconnu dans « ma » ville « imaginaire » leur cité.

L'un d'entre eux avait-il décidé de se venger et de se débarrasser d'un importun ? Je n'en ai pas la preuve.

Mais ces « incidents » – le contrôle fiscal et le sabotage de ma voiture –, loin de m'inciter à me retirer de la vie publique, me poussèrent à y être plus présent encore.

Je multipliais les articles, les interventions, je me rapprochais de Jean-Pierre Chevènement qui avait, à plusieurs reprises, démissionné du gouvernement plutôt que de renoncer à ses convictions.

Je l'invitais à rompre définitivement avec le Parti socialiste dont la justice révélait les compromissions.

On apprenait aussi que Mitterrand, qui achevait son second septennat, avait dissimulé sa double vie, maquillé ses bulletins de santé, ordonné la mise sur écoute de dizaines de personnalités. L'un de ses conseillers les plus intimes avait été découvert, mort, d'une balle tirée à bout portant dans son bureau de l'Élysée. Pierre Bérégovoy, l'un de ses anciens Premiers ministres, s'était lui aussi suicidé, harcelé par des journalistes que j'avais connus courtisans. Et Mitterrand qui les avait tant flattés les accablait soudain, les accusant de se comporter comme « des chiens ».

Fin de règne !

Politica sporca et *criminelle !*

Je proposais à Jean-Pierre Chevènement de créer un nouveau mouvement.

Pour le définir, j'ai cherché un mot emblématique et en même temps tombé dans l'oubli.

Ainsi est né le Mouvement des citoyens dont je fus même, un temps, le président. Le MDC et Jean-Pierre Chevènement se situaient à gauche.

L'étais-je encore ?

J'avais lu et écouté Raymond Aron et Jean-François Revel qui dénonçaient l'un « l'opium des intellectuels », l'autre « l'immense imposture de la gauche ». Je les approuvais. J'avais écrit des biographies de Robespierre, de Jaurès, de Vallès, de Victor Hugo, de Napoléon et de De Gaulle.

C'est de ce dernier que je me sentais proche. J'étais gaulliste à contretemps.

J'écrivais un roman intitulé *Bleu Blanc Rouge*, j'avais évoqué la Première Guerre mondiale dans *Morts pour la France*, un autre roman, titré *Les Patriotes*, faisait revivre la Résistance française pendant la Deuxième Guerre mondiale.

J'étais un patriote républicain.

L'Histoire de France ne commençait pas avec la Révolution et la gauche, mais bien davantage avec le baptême de Clovis, au tournant du Ve siècle, et la bataille de Bouvines au début du XIIIe siècle.

Et j'étais fier d'être français.

81.

Ces trois mots, *fier d'être français*, ils claquaient dans ma tête, comme l'étoffe du drapeau que j'avais brandi lors des combats de la libération de Nice en 1944. J'avais alors douze ans, et je courais, tricolore au poing, comme un lecteur des *Misérables* qui rêve de Gavroche.

Fier d'être français.

Ces trois mots, je les ai prononcés en ce début de l'année 2006, dans le bureau de Nicolas Sarkozy, ministre de l'Intérieur.

Ils étaient devenus le titre d'un livre – pamphlet et manifeste – que j'avais écrit en quelques jours, et l'opinion s'en était emparée. Le livre avait bondi en tête des meilleures ventes, et Nicolas Sarkozy m'avait invité à le rencontrer.

J'avais accepté sans hésiter en dépit des mises en garde que l'on m'avait prodiguées. Sarkozy n'était, me disait-on, qu'un ambitieux sans scrupules, prêt à s'allier avec le diable pour parvenir à ses fins.

J'avais haussé les épaules. De droite, Sarkozy ?

Je n'attachais plus grande importance aux étiquettes, j'avais écrit une biographie de De Gaulle et je savais qu'on avait manifesté contre lui aux cris de : « Le fascisme ne passera pas ! » Son adversaire – son ennemi, devrais-je écrire – je l'avais vu à l'œuvre, envieux de la gloire du fondateur de la France Libre, l'accusant d'être l'homme du « coup d'État permanent ».

Mais de Gaulle avait résisté dès le 18 juin 1940 et le futur grand homme de la gauche, le président Mitterrand, était à Vichy.

Ce qui comptait pour moi, ce n'étaient plus les réputations et même les appartenances politiques, mais l'attachement à l'histoire de France, la foi dans l'avenir de la nation.

Sarkozy m'attendait au haut de l'escalier du ministère, place Beauvau, où j'avais souvent rencontré Jean-Pierre Chevènement qui avait été, lui aussi, ministre de l'Intérieur, et patriote républicain intransigeant.

— Expliquez-moi, m'interrogeait Sarkozy, en se penchant vers moi.

J'ai posé devant lui quelques-unes des lettres que les lecteurs m'écrivaient.

Ils me confiaient leur souffrance, leur désarroi, leur colère. Ils me félicitaient. « Enfin ! quelqu'un qui dit ce que je ressens. » L'un d'eux citait Albert Camus qui, en 1958, s'élevait déjà contre la « repentance » exigée de la France, cette « vieillerie criminelle, cette nation antisémite, esclavagiste ».

« Il est bon, écrivait Camus, qu'une nation soit assez forte de tradition et d'honneur pour trouver le courage de dénoncer ses propres erreurs. Mais elle ne doit pas oublier les raisons qu'elle peut avoir encore de s'estimer elle-même. Il est dangereux en tout cas de lui demander de s'avouer seule coupable et de la vouer à une pénitence perpétuelle. »

J'ai évoqué de Gaulle, Marc Bloch, la chanson de Roland, qui au XIe siècle formait le vœu « que jamais de France ne sorte la gloire qui s'y est arrêtée ».

J'ai parlé de René Char qui, évoquant la Résistance dont il était en Provence l'un des chefs, écrivait dans *France des Cavernes* :

« J'ai confectionné avec des déchets de montagne des hommes qui embaumeront quelque temps les glaciers. »

J'ai répété que gagnerait l'élection présidentielle en 2007 celui qui exalterait la France, Jeanne d'Arc et Clemenceau, Michelet et de Gaulle, celui qui n'abandonnerait pas le drapeau tricolore au Front national.

Savait-il que ses collègues ministres, le Premier d'entre eux et le président de la République n'avaient pas osé célébrer le deux centième anniversaire de la victoire d'Austerlitz puisque Napoléon avait rétabli l'esclavage en 1802, mais que la marine française avait prêté son concours aux Anglais, qui avaient fêté leur victoire de Trafalgar remportée contre nous ?

— Honte et scandale, avait murmuré Sarkozy.

Il avait le visage mobile mais ses yeux ne m'avaient pas quitté.

J'avais côtoyé de nombreux hommes politiques, tous, quel que soit leur camp, m'avaient paru d'abord soucieux de ne pas dévoiler leurs intentions, les labyrinthes de leurs calculs et de leurs ambitions.

Nicolas Sarkozy, après ce premier entretien, m'avait donné le sentiment d'une franche et brutale sincérité. J'ai pensé à Clemenceau.

— Je veux rompre avec ces lâchetés, cette impuissance.

J'ai eu confiance dans sa détermination.

Il a conclu notre conversation par cette phrase qui,

dans l'Appel du 18 juin 1940, exprimait le cœur de la pensée de De Gaulle :

« La flamme de la Résistance française ne doit pas s'éteindre et ne s'éteindra pas. »

Je me suis souvenu qu'à Neuilly, la ville dont il avait été le maire, Sarkozy, face à un homme qui avait pris en otage toute une classe de jeunes enfants menaçant de la faire sauter, avait fait preuve de détermination et de courage.

Gauche ? Droite ?

La France avait d'abord besoin pour affronter la crise nationale qui la minait, d'un chef d'État énergique et résolu.

Quelques mois plus tard à Nîmes, dans son premier grand discours de candidat à l'élection présidentielle de 2007, Nicolas Sarkozy avait prononcé treize fois ces trois mots : « *Fier d'être français* ».

Et la foule à treize reprises avait applaudi à tout rompre.

82.

Je me suis souvenu, le jeudi 31 janvier 2008, de ces trois petits mots, *Fier d'être français*, dont j'avais dit à Nicolas Sarkozy que les Français les attendaient, les espéraient.

Le candidat Sarkozy les avait fait applaudir.

Et ce jeudi 31 janvier 2008, il était là, président de la République, assis, seul, au centre, sous la coupole de l'Institut où j'allais prononcer mon discours de réception à l'Académie française.

J'avais été élu, le 30 mai 2007, au vingt-quatrième fauteuil laissé vacant par la mort de Jean-François Revel, mon ami auquel je devais tant.

J'ai commencé à parler.

Je sentais ma voix assurée mais ma main qui tenait la trentaine de feuillets de mon discours tremblait.

Et, depuis ce jour, à chaque émotion forte, ma main a tressailli comme si la séance de réception m'avait à jamais marqué.

Il est vrai qu'elle inscrivait ma vie dans une lignée qui depuis 1635 n'avait jamais été interrompue.

C'était l'un des visages de la France.

La conservatrice de la bibliothèque de l'Institut disposait à chaque réception les œuvres des académiciens qui avaient précédé celui qui allait être reçu sous la coupole.

Avant moi, il y avait eu des « oubliés », mais aussi Colbert, La Fontaine, Marivaux et Poincaré.

Et naturellement, Jean-François Revel qui tout au long de ma vie m'avait tendu la main.

Je n'ai rien voulu taire de mes origines. J'ai dit :

« Vous avez élu, Mesdames et Messieurs de l'Académie, un fils d'immigrés italiens, originaires de la Gaule Cisalpine – le Piémont et l'Émilie – et, longtemps avant moi, d'autres, choisis par vous, arrivaient de terres bien plus étrangères.

« Vous avez élu le fils d'un ouvrier électricien et mon premier diplôme est un certificat d'aptitude professionnelle de mécanicien ajusteur.

« Vous affirmez ainsi, une nouvelle fois, que votre conception de l'unité et de l'identité nationale française, dont votre Compagnie reste depuis Richelieu l'une des expressions majeures, est ouverte.

« En m'élisant, et je mesure avec humilité et gravité l'honneur que vous m'accordez, vous m'invitez à une communion solennelle avec la France… »

Chaque fois que je levais les yeux de mes feuillets, je voyais ma femme et ses trois fils assis au premier rang.

Et derrière eux, nos parents, nos amis, Claude Durand qui m'avait incité à être candidat à l'Académie et avait publié mes essais, mes romans et les dix volumes de *La Machinerie humaine*. J'avais toujours pu compter sur lui, sur son indépendance d'esprit et son courage.

J'avais aussi été soutenu par Bernard Fixot, mon éditeur, lui aussi présent sous la coupole. Enthousiaste, généreux, créatif, il m'avait proposé d'écrire la biographie de Napoléon. J'avais d'abord été réticent, puis sensible à ses arguments, je m'étais jeté dans l'aventure, et Bernard Fixot avait fait de ce livre – et des biographies qui avaient suivi – un succès.

Mais je savais que la personne qui m'avait permis de parvenir à vivre dans l'unité, à ne plus être en « dissidence avec moi-même », d'atteindre cet équilibre et cette confiance en soi indispensables à la naissance d'une œuvre, celle qui m'avait fait découvrir la joie de tout partager avec l'autre, c'était Marielle, « ma sœur-épouse, mon armée ».

Il avait suffi que je croise son regard – c'était lors d'une réunion du Mouvement des citoyens – pour que je sache que j'avais besoin d'elle, que ce qui restait de ma vie, je voulais, je devais le vivre avec elle.

J'avais eu l'impression qu'au milieu de la foule qui entrait dans la grande salle de la Mutualité – ce lieu où j'avais assisté déjà à tant de meetings – nous nous étions immobilisés comme si nos regards nous avaient figés, parce que nous nous étions reconnus.

Sa silhouette que je devinais élancée sous son ample manteau noir m'avait fait penser à celle de ma grand-mère Italina, telle que je l'avais vue sur les quelques photographies de sa jeunesse.

Puis le charme s'est rompu. Elle a été entraînée par la foule, et j'ai en vain tenté de la suivre mais, poussé dans une autre direction, je l'ai perdue de vue.

À cet instant, j'ai su que je ne pourrais plus vivre sans elle, et de penser que c'était pour moi une question de vie et de mort m'avait rassuré. Elle viendrait à ma rencontre. Elle ne reculerait pas.

Je n'ai pas écouté les orateurs. Puis on m'a appelé à la tribune.

J'ai prononcé quelques mots désordonnés, parce que je cherchais son visage dans la pénombre de la salle.

Tout à coup, je l'ai vue. Et j'ai parlé pour elle. J'ai quitté la tribune le premier. Je ne voulais pas la perdre à nouveau.

J'avais en tête les mots que Clemenceau avait murmurés à son ultime compagne :

« Mettez votre main dans la mienne, je vous aiderai à vivre et vous m'aiderez à mourir. »

83.

Elle a fait mentir Clemenceau.
C'est elle qui m'a aidé – appris – à vivre.

La première fois que nous nous sommes retrouvés, en tête à tête, rue Tournefort, dans l'un de ces petits restaurants où j'avais mes habitudes, j'ai déversé en vrac devant elle ma vie.

J'ai sûrement été sincère, complaisant et roué. Je voulais l'émouvoir, l'étonner, la séduire.

Je parlais de mon fils David, dont j'étais si fier, de mes origines, et d'une voix plus grave de Mathilde, ma fille morte. Et j'étalais ma souffrance et mes remords.

Silence.

J'ai pris son poignet. Elle avait la peau mate et soyeuse. J'avais envie de la serrer contre moi.
Mais elle a retiré son bras.

Silence.

Je lui ai dit, comme si cela pouvait se cacher, que j'avais franchi depuis longtemps déjà le « milieu du chemin de ma vie ». Et j'ai parlé des miens disparus.

Elle m'a interrompu. En quelques mots, elle m'a révélé qu'elle avait trois fils de trois maris différents, qu'elle était avocate, passionnée de politique, avait publié des romans et qu'elle comptait bien en écrire d'autres.

Quant à la mort. Eh bien, oui, la mort… et d'une voix lente elle m'a parlé de saint Augustin : « La terre porte les humains comme des feuilles », a-t-elle dit.

Rentré chez moi, ce jour-là, j'ai retrouvé le passage qu'elle avait commencé de citer :

« La terre porte les humains comme des feuilles. Elle est pleine d'hommes qui se succèdent. Les uns poussent tandis que d'autres meurent. Cet arbre-là non plus ne dépouille jamais son vert manteau. Regarde dessous, tu marches sur un tapis de feuilles mortes. »

Je lui ai aussitôt téléphoné, lui lisant le texte, lui répétant que je voulais la revoir, que j'avais besoin de lui parler, qu'elle m'accorde cela, en dépendaient le sens, le reste de ma vie.

J'ai été sans doute ridicule. J'entendais sa respiration, régulière, et lorsque je me suis tu, elle a simplement dit : « Si vous le croyez, si vous le voulez. Moi aussi, je suis au milieu du chemin de ma vie. »

Nous nous sommes vus le soir, dans ce même restaurant de la rue Tournefort.

J'habitais à quelques centaines de pas.

Nous avons partagé cette nuit-là.

Le reste est vie privée, et je ferme la porte.

Mais Marielle est présente dans chacune des femmes qui peuplent mes romans et mes biographies.

Je lui ai lu chaque jour les lignes que j'avais écrites depuis l'aube.

Je savais qu'elle ne dissimulait rien de ce qu'elle pensait. Et j'attendais ce moment où, attentive, les yeux clos, elle m'écouterait. J'écrivais pour elle.

Mes livres surgissaient parce que mon fils David m'avait fait redécouvrir l'Espérance. Et grâces en soient rendues à sa mère de lui avoir donné naissance.

Mais ils étaient différents parce que la confiance en moi que Marielle faisait naître me libérait. Mes « héros » – personnages de *La Machinerie humaine* ou sujets de mes biographies – lui devaient d'être faits de pâte humaine et non de théories.

Elle me donnait l'audace et l'élan nécessaires pour écrire une trilogie intitulée *Les Chrétiens*. Et je découvrais ce propos de saint Bernard : « Ce n'est pas dans la connaissance qu'est le fruit mais dans l'acte et l'art de le saisir. »

Marielle m'a convaincu de cela. Elle a changé ma manière de vivre et donc l'angle sous lequel je m'emparais d'un sujet.

Je restais historien – je respectais scrupuleusement les faits, je n'écrivais pas de roman historique – mais je choisissais des « gros plans » qui dévoilaient la personnalité de tel ou tel de mes héros.

Je me suis rendu ainsi, avec Marielle, à Colombey-les-Deux-Églises, alors que je m'apprêtais à écrire la biographie de De Gaulle.

J'avais déjà rassemblé ma documentation, dont un ensemble de photos.

Celle que j'avais placée au-dessus de la pile montrait de Gaulle installé face à la mer, en strict costume croisé, portant un chapeau de feutre à bords retournés. Sur ses genoux, Anne, sa fille handicapée, était assise.

Et dans le cimetière de Colombey-les-Deux-Églises,

le nom du père et celui de sa fille étaient gravés sur la même pierre tombale.

J'ai éclaté en sanglots.

Ces deux « détails » qu'un historien classique aurait peut-être écartés étaient, pour moi, la clé qui me permettrait de mieux comprendre de Gaulle, sa sensibilité, et son humaine grandeur.

J'ai pleuré longuement, de manière irrépressible.

Ce que j'avais vécu, la mort de ma fille, ce que je n'avais pas fait, la tenir, elle, à la profonde blessure invisible, contre moi, expliquait sans doute mon comportement.

Mais Marielle m'enlaçait, me murmurait que je devais me laisser porter par l'émotion, qu'ainsi ma biographie « vivrait ».

Des années plus tard, préparant mon discours de réception à l'Académie, consacré à Jean-François Revel, j'ai retenu dans son dernier livre une remarque que Marielle, à sa manière, avait énoncée après m'avoir écouté lui lire mes pages.

« Tout récit n'est pas fiction, mais tout récit naît de la recomposition imaginaire. »

Tels sont mes biographies et mes romans. Et c'est Marielle qui m'a fait prendre cette voie.

Mais elle m'a d'abord donné l'inestimable : le désir de continuer à créer, le courage de dire, de regarder mon destin en face et de n'en rien dissimuler.

David et elle m'ont offert l'été indien de ma vie.

Elle est « ma sœur-épouse, mon armée ».

84.

J'écris les dernières pages de ce livre dans la pièce où depuis trente-deux années, chaque jour, dans la solitude de l'aube, j'ai transcrit les mots qui emplissaient ma tête, ma poitrine, ma bouche.

Ils sont là, ils brûlent ma gorge, mais j'ai de la peine à les extirper.

Je suis distrait. Je m'interromps souvent, je me lève, je fais le tour de cette pièce bibliothèque.

Sur chaque rayonnage, adossées aux livres, j'ai disposé les photos de mon fils David, de Marielle, et de tous les miens disparus.

Et puis il y a ces deux « parchemins » encadrés.

L'un atteste que j'ai obtenu le certificat d'aptitude de mécanicien ajusteur. Le diplôme est daté du 12 juin 1948 et signé par l'inspecteur de l'enseignement technique.

C'était le temps où sur le toit de l'immeuble dans lequel j'habitais j'écrivais mes premiers textes, avec la mer – ma Baie des Anges – pour horizon. Il y a donc soixante-quatre ans.

Est-ce possible ?

Cette question si banale, si convenue m'habite. Des vers d'Aragon se glissent entre mes lèvres.

C'est peut-être bien ce tantôt
Que l'on jettera le manteau
Dessus ma face.

Le deuxième « parchemin », placé près de mon diplôme, est daté du 2 décembre 2009. Il est signé par le président de la République, par le général Grand Chancelier de l'ordre de la Légion d'honneur et par le secrétaire général de l'Ordre.

Je suis nommé commandeur de la Légion d'honneur.

Entre ces deux parchemins, ma vie !

Tant de révolte, de travail, de souffrances, d'humiliations, de renoncements, d'égoïsmes, d'ambitions, mais où sont le Bonheur, la Joie, l'Amour ?

S'il n'y avait pas David et Marielle, que ce chemin parcouru me paraîtrait sombre !

Ils me manquent, je voudrais pouvoir à chaque minute leur parler, les serrer contre moi, sans doute pour me rassurer.

Mais David, historien, poursuit ses recherches à Berlin, et Marielle, député européen, passionnée, assidue, siège à Bruxelles, à Strasbourg, et se rend fréquemment dans les capitales des États de l'Union.

Alors nous nous téléphonons.

J'ai besoin de leurs voix.

Ce sont elles que je guette plutôt que les mots dont la rumeur en moi me suffisait et qui allaient devenir livres.

Les livres sont là, autour de moi.

Ce matin, un coursier m'a remis la réédition de *L'Italie de Mussolini*, mon premier livre, publié en 1964, il y a près d'un demi-siècle.

Je le feuillette, je n'ai apporté aucune modification à mon texte.

Je me souviens de l'exaltation avec laquelle je l'avais écrit. J'avais renoncé à accompagner Mathilde et sa mère à Valberg, une station de ski de l'arrière-pays niçois. J'avais travaillé nuit et jour. J'étais fier de moi. Je ne me rendais pas compte que j'avais préféré la « recomposition imaginaire » de l'histoire, et l'ivresse qu'apporte l'écriture, cette drogue, à la vie de mes proches.

Et ce choix, je l'avais fait tout au long de ma vie.

Combien d'heures, de jours, de mois, d'années, avais-je refusés à Mathilde ?

M'est revenu en mémoire comme une excuse un conseil de Clemenceau : « De ton propre effort, fais toi-même la rémunération de ta vie. »

Je ne pouvais m'en satisfaire.

Je savais depuis que j'avais un fils, depuis que je vivais avec Marielle, que le sens de la vie, sa justification, c'est la *communion* avec les autres qui les donne.

Et j'ai passé la plus grande partie de ma vie à l'ignorer, enfermé dans ma forteresse de mots, ajoutant un livre à un autre, et ne pouvant pas même concevoir qu'il existait une autre manière de vivre.

Marielle me l'a enseigné et j'ai tenté de la pratiquer.

Mais, juste châtiment, légitime revanche de ceux qu'au long de ma vie j'ai négligés, David et Marielle sont loin de moi.

C'est donc cela une vie, ma vie.

Jean-François Revel, au terme de ses Mémoires – *Le Voleur dans la maison vide* –, écrit que, lorsqu'il se retourne et juge sa vie, il ne voit qu'« un peu d'eau sur la terre sèche, elle stagne un instant puis disparaît ».

Moi, je ne peux croire que tout s'efface.

Je refuse de faire de la vie un épisode absurde.

Je rejette cette conclusion de Clemenceau :

« Je suis quelque part un atome de quelque chose qui passe. »

Clemenceau, Revel, deux hommes que j'admire dont les choix et les écrits m'ont nourri.

Mais je suis croyant. Ils ne l'étaient pas.

« Tant que nos cœurs sont encore divisés, et que l'on est dans l'entre-deux, écrit saint Bernard, il reste en nous bien des sinuosités, nous ne possédons pas la cohésion parfaite. »

Mais dans et par la foi, on peut atteindre la communion, l'union.

« Là, en cette Jérusalem d'en Haut, continue saint Bernard, non seulement chacun mais tous également commencent d'habiter dans l'unité : il n'y a plus de division ni en eux-mêmes ni entre eux. »

Ce *Sermon sur l'Ascension*, je l'ai eu constamment en mémoire alors que, le 15 mars 2008, dans la cour des Invalides, je prononçais l'éloge de Lazare Ponticelli, Italien de naissance, Français de préférence, ancien combattant de la Première Guerre mondiale, mort à cent dix ans, dernier survivant des centaines de milliers de « poilus », mobilisés, tombés pour la France de 1914 à 1918.

En retraçant la vie exemplaire de cet enfant de neuf ans arrivant seul à Paris, ne connaissant pas un mot de français et dont la seule richesse était la volonté, l'obstination, le courage, j'avais le sentiment de parler de mon père, de mon grand-père, de mes oncles.

J'étais seul, face à ce cercueil, au milieu de cette immense cour, en présence du président de la République, des ministres, de troupes françaises et italiennes.

Pour moi, cette cérémonie était la preuve que tout ne s'efface pas, qu'au contraire tout demeure, et la fin rejoint le commencement.

Lazare Ponticelli était né entre Parme et Piacenza, dans cette Émilie que ma grand-mère et ma mère avaient si souvent évoquée et où je m'étais rendu.

C'était mon commencement.

Et en célébrant Lazare Ponticelli, je rendais hommage aux miens.

« Un humain », ce n'était pas « un atome de quelque chose qui passe ».

C'était, au contraire, la trace, la mémoire de l'amour.

J'ai commencé mon discours par les mots de Primo Levi, survivant inoubliable d'Auschwitz. « *Se questo è un uomo.* »

Et il me semblait que par ma voix, c'était mon père qui s'exprimait, avec les mots de Primo Levi, et c'était mon père encore qui gisait aux côtés de Lazare Ponticelli, dans cette cour glorieuse des Invalides.

Se questo è un uomo

Considérez si c'est un homme
Que celui qui peine dans la boue,
Qui ne connaît pas de repos,
Qui se bat pour un quignon de pain
Qui meurt pour un oui ou pour un non.

Le 7 novembre 2011
Le 18 avril 2012
Le 20 juillet 2012

Sources des citations littéraires

Pages 25, 221 et 338 : Dante, *Divina Commedia*, 1472

Page 137 : Victor Hugo, *Les Misérables*, 1862.

Pages 262-263 : Louis Aragon, « Épilogue » dans *Les Poètes* © Éditions Gallimard

Page 345 : Milan Kundera, *Les Testaments trahis*, © Éditions Gallimard

Page 345 : Louis Aragon, « Le cri du butor » dans *Le Nouveau Crève-Cœur*, © Éditions Gallimard

Page 364 : Louis Aragon, « La chanson noire » dans *Elsa*, © Éditions Gallimard

Page 367 : Primo Levi, *Si c'est un homme*, traduit de l'italien par Martine Schruoffeneger, © Robert Laffont, 1996

Sources des chants

Pages 14 et 123 : *L'Internationale*, compositeur Petrus de Geyter, auteur Eugène Pottier

Page 43 : *Au Devant de la vie*, musique Dimitri Chostakovitch, paroles attribuées à Paul Vaillant-Couturier

Page 46 : *Le Chant des jeunes gardes*, auteur Eugène Le Coq, auteur Gaston Brunswick, arrangeur Michel Sendrez

Page 56 : *La Marseillaise*, Claude Joseph Rouget de Lisle

Page 66 : *Ce que c'est qu'un drapeau*, musique de X. La Mareille, paroles de E. Favart

Page 66-67 : *Alsace et Lorraine*, musique de Ben Tayoux, paroles de Gaston Villemer et Henri Nazet

Page 92 : *Le Chant des Girondins*, refrain de *Roland à Roncevaux* de Claude Joseph Rouget de Lisle, repris par Alexandre Dumas et Auguste Maquet dans *Le Chevalier de Maison Rouge*, 1792, 1848.

Page 98 : *Il Commiato* connu sous le nom de *Giovinezza*, musique de Giuseppe Blanc, poème de Nino Oxilia

Page 99 : *On ira pendre notre linge*, compositeur-auteur Beresford Stephen, compositeur-auteur James B Kennedy, adaptateur Paul Misrachi

Page 99 : *Ça fait d'excellents français*, compositeur Georges Van Parys, auteur Jean Boyer

Page 110 : *Maréchal nous voilà*, compositeur Charles Courtioux, compositeur-auteur André Montagard, arrangeur Félicien Foret

Page 237 : Chanson traditionnelle italienne

Composition et mise en pages
Nord Compo à Villeneuve-d'Ascq

Imprimé en France par

MAURY IMPRIMEUR
à Malesherbes (Loiret)
en octobre 2016

POCKET – 12, avenue d'Italie – 75627 Paris Cedex 13

N° d'impression : 212704
Dépôt légal : novembre 2016
S24604/01